碧梧桐《へきごとう》百句

栗田 靖

翰林書房

碧梧桐百句◆目次

碧梧桐百句

1　砂の中に海鼠の氷る小さゝよ

（『新俳句』）

明治二十六年十二月六日、碧梧桐二十一歳の作である。

この句は、碧梧桐・虚子ら三高生による飄亭歓迎句会の折に「なまこ」の題で詠まれたものである。この歓迎句会の参加者は碧・虚二人のほか、飄亭、鳥寸、曦白、秋竹、岐山であった。[*1]

句意は、余りの寒さに海鼠が砂の中に小さく凍ってしまったようだといったところであるが、〈砂の中に〉によって実感がこもり、下五の〈小さゝよ〉で、生きながら凍ったようにしてじっと動かない海鼠に対する憐れみの情が滲み出ている。しかし、この句は実景を詠んだものではない。おそらく芭蕉の、

　いきながら一つに氷る海鼠哉

の句が念頭にあったものと推測できる。それにしても〈氷る小さゝよ〉という把握は碧梧桐の鋭敏な感覚をうかがわせている。

尚、この海鼠の句は、三高校友会誌「壬辰会雑誌」[*2]に「俳句」と題して、

冬木立屋根のくづれもあらはなり　岐山
其むかしをゝしきものよはち叩　鳥寸
水鳥の目の玉くろき雪野かな　虚子

などの句とともに〈砂の中に海鼠の氷る小さゝよ　青桐〉の形で掲載されている。

碧梧桐は明治二十六年の九月に京都の第三高等中学校に入学し、学校のすぐ向かいの靴屋の二階に虚子と共に下宿し、虚桐庵と名付けていた。

この冬、子規の紹介で除隊となった五百木飄亭を虚桐庵に迎え、東山方面から嵐山あたりまで吟行する。この時の飄亭について碧梧桐は「十歩に一句、二十歩に一句を吐」き「それが皆事実ありのまゝの叙事であつて、さうしてちやアんと一句にまとまつてゐた」[*3]とし、この飄亭の句作方法から「人の見ないものを探つたり、滅多に気づかないものを見つけることが写生の真意義ではないのだ、といふ抽象論を具体化した詩人飄亭を心から渇仰せねばならなかつた」「私は何よりもこの時始めて写生の意義を明かに体得したことを感謝せねばならなかつた。[*3]」と回想している。

この飄亭に刺激を受けた虚子は自由な勉強を求めて上京を決意し、退学手続きを碧梧桐にまかせ、ひとまず松山に帰省するが、翌二十七年一月中旬に勇躍上京し子規のいる常盤会寄宿舎に入ることになった。

この虚子の退学が碧梧桐にとって大きなショックであったことは碧梧桐の「上京した虚子はトン〳〵拍子に文学者の仲間入りをして、其の製作が世間に持て囃される凱歌を揚ぐる声をも夢幻の間に聞いた。さうして、自分はいつまでもコツ〳〵高等中学、大学と重箱詰めの生活を送らねばならないのか、と一人とり残された神楽丘の冬木の空を眺めて、不甲斐ない孤独の淋しさを味つてゐた。[*4]」という言葉によって窺うことが出来る。

しかし、その虚子も二十七年六月に三高に復学し、九月、学制変革のため碧梧桐は虚子・四方太らと共に仙台第二高等学校に転校するが、十二月には二人揃って二高を退学、上京して子規と同宿(虚子は非風宅)するということになるのである。

後日、碧梧桐は二十六年の冬に飄亭の句作法から体得した自らの「写生」について、「今日の芸術論から言へば、単純で平易で、又た余りに幼稚であるが、」「時代を区画する重大な意味を齎らしたのだつた[*3]」と回想している。

＊1　虚桐庵運座(明26・12・6)「吉田のしぐれ」『子規の第一歩』(大14・12　俳画堂)。＊2　第18号(明26・12・22　佐々醒雪編集)。＊3　「子規の回想⑥二十二　写生」(大13・12「碧」18号)。＊4　「子規の回想⑥二十一　吉田のしぐれ」(大13・12「碧」18号)。

2　ものうくて二食になりぬ冬籠

（『新俳句』）

碧梧桐が伊予尋常中学を卒業して京都の第三高等中学校予科一級甲組に入学したのは明治二十六年の九月であった。そこには前年入学した虚子がいた。

碧梧桐は虚子よりも一つ年上であったが、二十年に中学校に入学したとき虚子と同級になり、翌二十四年の三月、碧梧桐は中学校を中退上京し、一高を受験し、失敗して復校するなどの事情もあって、第三高等中学への入学は虚子が一年先んじていた。

虚子は同郷の碧梧桐が入洛したので、加茂の下宿[*1]を出て、始業のベルが鳴りだしてから駆けつけても間に合うような、学校のすぐ向かいの靴屋[*2]の二階に下宿した。二人のほかに寒川鼠骨ら同級生が二、三同宿していたが、二人は虚桐庵と名付けていた。

二人は思い立つと草鞋脚絆のいでたちで、暇さえあれば京都近郊の名所を探って歩いた。時には奈良まで歩き、二泊して俳句を作ったりもした。その折の句は三高校友会雑誌「壬辰会雑誌」十六号（明26・10・31）「奈良十句」として、

おりたてば蓑虫なくやけさの露　青桐
八月やならの二夜の鹿のこゑ　桐
秋かぜや大仏未たさめたまはず　虚子
奈良坂やすゝき生ひつゝうし車　子

といった句を載せた。この頃の碧梧桐はまだ碧桐、青桐などと号していた。

五百木飄亭が虚桐庵を訪れたのはこの年の十二月であった。三高生が飄亭を囲んで開いた句会は、子規派の人々の地方における最初の句会であり、やがて二、三年のうちに、京阪満月会*3の旗揚げを見ることとなるのである。

この年の冬休みは碧梧桐にとって心楽しいものではなかった。というのも、学校が休みになると、突然虚子は飄亭に刺激されて、学校をやめてもっと自由に好きな勉強をしたいと三高の退学手続きを碧梧桐にまかせて、ひとまず松山に帰省していたのである。

京都に一人残された碧梧桐は神楽丘の冬木の空を眺めて、不甲斐ない孤独の淋しさを味わっていた。十二月二十五日より神戸の中兄竹村鍛夫婦が帰郷するため碧梧桐は留守を預かることとなるが、翌日にお手伝いの女性が無断で家出したため、新年かけて十日ほど自炊のやむない境涯となったのである。

掲出の句は、このときの淋しさを詠んだもので、句意は「寒さを厭い、ほとんど一日中誰もいない

家の中にこもっているが、何となく気も晴れず、つい面倒なので二食で済ませたことだ」といったものである。同時作に、

冬ごもり飯焚くひまを謡かな
米倉に鼠音すなり冬籠
冬籠粥を焚きつゝ夜に入りぬ
冬籠米洗はゞや芋きらばや

など日記のように詠んだが、子規はこの一連の作を「この冬の籠居貴兄第一なり」[*4]と誉めた。

虚子が上京したのは翌二十七年一月中旬で、子規のいる常盤会寄宿舎に入ったのである。碧梧桐はこの時の心境を後日「私はそれを羨望するといふよりもむしろそれほどの自信と決断を持たなかった自分を恥ぢた」[*5]と回想している。

＊1　京都市吉田町八番戸　大井清光方　＊2　吉田町一五三番戸　中川周順方。　＊3　明治二十九年夏、大阪の水落露石、京都の中川紫明・寒川鼠骨の三人が結成した子規派の句会。　＊4　「子規の回想⑥二十二　写生」（大13・12「碧」18号）。　＊5　「子規の回想⑥二十一　吉田のしぐれ」（大13・12「碧」18号）。

3　木屋町や裏を流るゝ春の水

『新俳句』

虚子が上京し、一人京都に残された碧梧桐は自らも転校か退学かで大いに悩み、心晴れぬままふらりと京の町へ出た。その足はいつか木屋町の賑わいを避けて鴨川に沿って歩いていた。そこには華やかな賑わいとは関わりなく鴨川の水が静かに流れていた。

春の水は輝かしくも豊かな感じであるが、この句では作者の愁いを感じさせる。これは上五に〈木屋町や〉と京都でも一、二の歓楽街を据え、中七で〈裏を流るゝ〉と反転させた上で、静かに流れさる春の水を配しているからであろう。

この句が「小日本」に掲載された明治二十七年四月二十九日より四日前の二十四日に碧梧桐の父静渓が松山市千船町の自邸で急逝した。静渓は松山藩士藩学明教館教授河東虎臣の子で、はじめ昌平に学び、帰郷し明教館教授となり、松山藩主久松家の松山詰扶を勤めた人である。私塾千舟学舎を開き多くの子弟を教育、子規もその教えを受けた一人であった。その人柄は「質性温厚にして講説叮寧を極めた」[*1]と伝えられている。

子規は静渓の死を悼んで五月五日の「小日本」に「河東静渓翁を悼む」の前置きで〈花を見た其目を直《すぐ》に冥《ふさ》がれぬ〉と詠んでその急逝を悼んだ。

最も頼りとする相談相手を失った碧梧桐の悲歎は大きく、子規に宛てて五月十二日に長い書簡[*2]を送り、

　吾父ハ能く人を容る又た能く正理を解す　此故に理の存する処常に父の歓迎をうく然るに今や長逝して行く処をしらず（往時を追憶して涙数行しバらく筆を動すこと能ハず）吾理を戦すの父なきを如何ん　吾が山海の恩恵をかへすの父なきを如何ん　思ひ到れバ遂に此涙を写すの筆なきを如何ん

とその悲しみを伝えるとともに、落第を恐れて「若し落第せバ如何んせんと左思右考自ら決す　断然決したるところハ」とし、

　此学校を廃して専門学校に到らん　若し吾家に之を許さず学費を出さずとならバそれこそ後ハ野となれ山となれ　背水の陣を　布て此浮世間の独立人間とならん

とその悲痛な心のうちを訴えている。碧梧桐にとって二十七年の春は辛く悲しいものであった。

父の葬儀のため急ぎ帰郷した碧梧桐は学期試験に間に合うよう再び入洛した。そして試験勉強に疲れてぐっすり寝込んでいた蚊帳の中に、意外にもこの一月から上京中であった虚子が入ってきて驚くのである。

碧梧桐はこの時の様子を、

「お前、どうしたんぞな。

「もうやめて来たのよ。

「やめて？

「思ふやうな学問するところは東京にもないな。

「へ！

と記し、碧梧桐は虚子の突飛な転身を、たゞ驚きの眼で迎えたきりだった。

虚子は上京中殆んど何もしなかった。少々遊蕩気分を味わった位だった。それで第三高等中学に復校して、又窮屈な重詰学課をやると言ったのである。[*3]

碧梧桐は再び虚子と同宿することとなったが、その喜びも束の間で明治二十七年六月二十三日の勅令をもって、高等中学校は高等学校と改称され、第三高等中学校では従来在学の本科と予科並びに医学部薬学科の生徒は他校に転学させられることとなり、学期試験が終わると同時に、碧梧桐と虚子は同級生七十六名とともに仙台の第二高等学校に移ることとなった。

碧梧桐の約一年間の京都遊学時代はここに終わりを告げたのである。

＊1　『伊予偉人伝』（昭11・6　愛媛県文化協会）。　＊2　封筒欠。　＊3　「子規の回想　二十三　二高退学」（『子規の回想』昭19・6　昭南書房）。

4　春寒し水田の上の根なし雲

（乙字編『碧梧桐句集』）

この句は、明治二十八年四月五日に鳴雪、五洲・酒竹・碧笠・虚子の五名が本郷台町の碧・虚の下宿で開いた句会[*1]で「春の雲」の題で作られたもので、碧梧桐二十四歳の作である。

前年の十二月、虚子とともに仙台の第二高等学校を退学し上京した碧梧桐は放蕩生活を続け、未来の大文豪を夢見て小説を書き、その批評を子規に求めるが、子規からの言葉はすべて碧梧桐の夢を打ちくだくものであった。

この年の三月三日、子規は日本新聞社の従軍記者として新橋を発ち広島に向かっている。子規の送別会は二月十七日に紀尾井公園において開かれ、その帰路、虚子とともに子規の従軍を思いとどまらせようとしたが、それは子規の機嫌を悪くするばかりであった。二十五日には子規、碧梧桐、虚子の三名で食事をしたが、別れるにあたって子規は従軍に際しての悲壮な決意を記した碧・虚宛ての書簡[*2]を二人に手渡している。そこには従軍に当たっての決心が縷々記されてあり、「僕若シ志を果サズシテ斃レンカ僕ノ志ヲ遂ゲ僕ノ業ヲ成ス者ハ足下ヲ舎テ他ニ之ヲ求ムベカラズ　足下之ヲ肯諾セバ幸甚」と結ばれていた。

読み終わった二人は惘然自失したように、しばらく顔を見合わせて口をきくこともできなかった。事も無げに話した従軍に、それほどの決心を持っていたのか、という驚きと、不甲斐ない自分たちをこれほどに信頼しているかという感激であった。

子規の留守中の日本新聞の仕事は碧梧桐が代行することになったのである。

こうした状況の中で作られた〈春寒し…〉の句は、春とは名ばかりで寒いことだ。一面に見渡される水田にちぎれ雲が映って根なし雲のように流れ漂っていることよといったものである。

一面に水を張った田んぼの上に影を落として漂う根なし雲には、従軍の子規を送り出した後の寂しさと、未来の大文豪を夢見てゐた首途の誇りを完膚なく打挫かれた自棄的心理から放蕩生活を送る我が身のふがいなさを嘆く気持が込められている。水田に浮かぶちぎれ雲を「根なし雲」と表現したところに碧梧桐の哀感が色濃く投影されており、季語「春寒し」の情趣がよく生きて働いている句と言えよう。

ちなみに、この句について、瀧井孝作は、元禄の続猿蓑の惟然の句〈更行や水田の上の天の川〉に似ているが、「惟然の句は凄艶、春寒しの句は処女のやうに美しい」[*3]と評し、大野林火は「根なし雲」が「一片、早春の水田にただようごとくうつっているさびしさにひかれたのがこの句である。」[*4]とし、悲劇の中に一生を終えた碧梧桐の生涯を暗示しているような句であると評した。

また、阿部喜三男は「美しくも、また哀愁のただよう、ロマンチックな味もあって、叙景の中によく情趣がたたえられている佳句」[*5]であるとし、さらに、「水田の上に影を落として浮かぶ根なし雲は美しい透明な景であるが、それをおおっているのは春寒い、哀愁を帯びた情調で、繊細な詩情が流れる」[*6]と、いずれも、この句の漂うさびしさを、哀愁といったものとして読み取っている。

こうした鑑賞とは対照的に山口青邨は碧梧桐の生涯とは関わりなく、「根があったり、黒い雲だったりしたら、こういう明るさと軽快さはない。白い雲が水田にも映って、なお明るさを増している。寒いけれども、春らしい感じがただよっている。」[*7]と評し、明るく春らしい感じの句としている。

＊1　「第五会六人」（麻野恵三編『明治俳壇埋蔵資料』昭47・4　大学堂書店）。「寓居日記」（「俳句」昭29・7　大野林火紹介）。＊2　明治28年2月25日　河東秉五郎・高浜清宛封書　手渡し。＊3　解説（『碧梧桐句集』昭22・10　桜井書店）。＊4　『俳句講座6　現代名句評釈』（昭33・10　明治書院）。＊5　『河東碧梧桐』（昭39・11　桜楓社）。＊6　『現代俳句評釈』（昭42・2　學燈社）。＊7　『明治秀句』（昭43・2　春秋社）。

5　遠花火音して何もなかりけり

『新俳句』

この句は明治二十八年、碧梧桐二十三歳の秋の作である。

句意は、思いがけず遠くで花火の爆ぜる音がした。思わず音のした方角を見やったが、夜空には何もなく、ただ深い闇があるだけだったというもの。

花火の句では西東三鬼の、

暗く暑く大群衆と花火待つ

がよく知られている。暑さに耐え、闇の中で花火の揚がるのを待つ群衆の期待感は、長い時間待つことによって刻々と巨大なエネルギーと化してゆくであろう。これに比べて碧梧桐の句は、そうした期待感はゼロであった。花火など全く予期していない。突然遠くに花火の爆ぜる音を聞き、反射的に音のした方角に目を見やって、ぱっと花火が開くのを予期したのである。が、その期待はみごとに裏切られたというのである。作者の咄嗟に抱いた期待感が〈音して〉に、また、〈何もなかりけり〉に無限の寂寥感が込められている。

明治二十七年の九月に虚子・坂本四方太・大谷繞石らと仙台第二高等学校に転校し、仙台市新町四十七番地、鈴木芳吉方に虚子とともに下宿した碧梧桐は授業に全く興味が無く、二高の校風にも馴染めず、毎晩蒸栗を買ってきてそれを剝きながら文学論や小説家論などを虚子と交わして鬱を散じていた。結局二人は仙台二高の退学を決意し、子規に「此に一大事一激変を申上ねバならぬ事有之申候」という書き出しで「小説家たらんとするにハ学校生活に甘んずべからず　乃ち学校生活ハ小説家を生まず　故に小生は此際断然廃校仕候」（明治27・10・27日書簡）と退学の決意を書き送り、子規から二人の許に「学校をやめる事がなぜ小説家になれるか一向分らぬ様に思ハれ候」（明27・10・29日書簡）と退学を諫め止めさせようとする返書が届いた時はすでに二人とも二高を退学し、上京を決意していたのである。

上京後の碧梧桐は一時子規方（虚子は新海非風方）に寄寓し、やがて虚子と本郷の下宿に同居することとなった。

翌二十八年春、子規は人々の反対をおして日清戦争に従軍したものの病が再発、五月、大連より帰路につくと船中で喀血し、上陸後ただちに神戸病院に入院するが、碧梧桐と虚子の献身的な看病もあって、七月二十三日に退院。八月二十日まで須磨保養院で静養した後、二十七日に松山市二番戸上野儀方の離れ家を借りていた夏目漱石の許（愚陀仏庵）へ移り静養、十月には帰京している。

この間、子規は密かに後継者を虚子と決め、須磨でこの事を虚子にも語り、碧梧桐と一緒になるとたちまち駄目になるから、これからは断じて別居して静かに学問するように諭している。この頃、碧梧桐は虚子と本郷の下宿に同居し、相変わらず放蕩を続けていたのである。

七月二十八日に須磨より帰京した虚子は碧梧桐とは同居せず、戸塚村のもと藤野古白が借りていた家に移り住んだ。その表面上の理由は、子規が、碧・虚の二人を一緒に置いては依然として放蕩に耽溺するからというのであったが、内実は、虚子が子規の訓戒によって東京専門学校に籍を置き、単独勉強することを決意したからであった。

八月に入り碧梧桐は日本新聞社に通勤する都合もあって、神田淡路町の下宿、高田屋に移った。

この時まで碧梧桐は、須磨において子規と虚子との間で後継者問題が話されたということは一切知らなかったが、すでに子規から見放されたとの思いを強めていた。

この遠花火の句が持つ寂寥感は、碧梧桐のこうした内に秘めた哀しみを背景としていると言えよう。特に〈何もなかりけり〉とずばりと言い切ることによって、その哀しみは無限に広がっていくのである。

6　地震《ない》知らぬ春の夕の仮寝かな

『新俳句』

明治二十九年、碧梧桐二十四歳での作。うたた寝から覚めたのは、どこか肌寒さを感じたからであろうか。それとも、かすかな地震を身に感じたからか、その辺りが微妙に交錯していていかにも春の夕方のうたた寝に相応しい。

句意は、ふと目を覚ますとあたりは物音もなく春の一日が暮れようとしている。聞けば、今しがた小さな地震があったというが、少しも気づかなかったなあ、といったものであるが、自己の体験を客観化し、感覚によって情趣化した佳句といえよう。蕪村に、

うたゝ寝のさむれば春の日ぐれたり

がある。思わずうとうとと寝入ってしまい、ふと目を覚ますと、あたりがすっかり暗くなっていたとの意で、「蕪村には珍しく淡々たる面白さが出ている。」「京都らしい春の夕冷えの実感が出ていて、少しも季題趣味的でないこの句は珍重に値する。散文的な平叙が見事に詩化されている。[*1]」と評した

のは蕪村研究家の清水孝之博士である。碧梧桐の念頭にこの句があったことは充分考えられる。ちなみに後日碧梧桐はこの蕪村の句を評して「仮寝をして居つて不図目がさめて見た所が、已に春の日が暮れて居つて、其辺薄暗くなつて居たといふ」「淡泊な一寸した実情を叙した」[*2]句であると評している。

この年の二月、長兄の病気のため帰松した虚子が四月に東京に帰り、神田淡路町の碧梧桐の下宿高田屋に仮寓することになる。

この時、虚子は碧梧桐に須磨保養院以来の話を打ち明けたのである。

> お前に打ち明けて言へなかつたアシの心の苦痛を察しておくれ、実際お前の顔を見る度に、すまん〳〵と思つてゐたのだ。もうアシもな、升さんに捨てられたのだから、今後はお互ひに思ふ存分勝手なことをやらうぢやないか[*3]

というのであった。碧梧桐は、虚子が子規の後継者としての依頼を断り、喧嘩別れしたという前年十二月の道灌山でのいきさつをこの時初めて知った。それとともに、須磨療養中の子規より、碧梧桐との同宿を禁じられていたことも初めて知ったのである。そんなこととは知らなかった碧梧桐は虚子と逢うごとに二人が別れて住んでいる不便さと寂寥を虚子に訴えていたのである。が、子規と喧嘩別れした今となっては少々のヤケも手伝って再び碧梧桐と同宿を決意したのであった。

その後、虚子は下宿を麹町、本郷台町と二度移したが、七月に母の病気のため帰松し、九月に上京後は碧梧桐のいる高田屋に移り、碧梧桐とともに奔放な日々を送ることとなる。碧梧桐はこの頃のことを、

碧虚二人の荒んだ遊蕩生活が繰返さるゝいゝコンディションを醸成してゐた。（略）若し軍資金でも十分あつたとしたら、それこそ本当に、子規から見放されてゐたかも知れなかつた。*3

と回想している。

ちなみに道灌山で自らの後継者として選んだ虚子の拒絶にあった子規は俳友五百木飄亭に次のような手紙*4を送ってその悲痛の思いを伝えている。少し長いがその一部を引用する。

碧梧桐虚子の中にても碧梧桐才能ありと覚えしは真のはじめの事にて小生は以前よりすでに碧梧を捨て申候　併し虚子は何処《ママ》やりとげ得べきものと鑑定し又随てやりとげさせんと存居種々に手を尽し申候（略）吁命脈は全くこゝに絶えたり　虚子は小生の相続者にもあらず小生は自ら許したるが如く虚子の案内者にもあらず　小生の文学は気息奄々《えんえん》として命旦夕に迫れり（略）非風去り碧梧去り虚子亦去る　小生の共に心を談ずべき者唯貴兄あるのみ　前途は多望なり文学界は混乱せり（略）今迄でも必死なりされども小生は孤立すると同時にいよ〳〵自立の心つよくなれり死はます〳〵近きぬ　文学はやうやく佳境に入りぬ

というもので虚子の拒絶がいかに子規を落胆させ、その心を動揺させたかがうかがえる。なお、子規の後継者は虚子なりとはすでに同年七月、須磨療養中に子規は虚子に明言していたのである。
子規の後継者に碧梧桐が選ばれなかった理由には数多くの要因が絡み合っていたであろうが、一つの、おそらく最大の理由は、真っ正直で、曖昧さを自分の中に持てない碧梧桐の性格が子規に入れられなかったと考えられる。が、いずれにしても、碧梧桐は後継者としての資格を失っていたのである。*5

*1 『与謝蕪村の鑑賞と批評』(昭58・6 明治書院)。 *2 「蕪村句集講義」(明33・7 「ほとゝぎす」)。 *3 「当時の新調」『子規の回想』(昭19・6 昭南書房)。 *4 明治二十八年十二月十日頃。 *5 拙論「子規の後継者問題」(昭和57・1 「語文」五十三輯)参照。

7　赤い椿白い椿と落ちにけり

『新俳句』

この句は、明治二十九年二月末日付で「春季雑詠」[*1]と題して、子規・飄亭・虚子・漱石・碌堂（後の極堂）に評点を乞うた四十一句中の一句で、子規、飄亭、漱石、虚子が「天」を付した句である。

この句を高く評価した子規は「明治二十九年の俳諧」[*2]で、

碧梧桐の特色とすべき処は極めて印象の明瞭なる句を作るに在り（略）之を小幅の油画に写しなば只地上に落ちたる白花の一団と赤花の一団とを並べて画けば則ち足れり（略）只紅白二団の花を眼前に観るが如く感ずる処に満足するなり。

とし、素材を視覚的に俳句の表現に移すという写生論の一つの実りとして高く評価した。

この子規評に対して平井照敏は「この直截《ちょくさい》簡潔な評は、この句に関しては適確《てきかく》無比《むひ》で、他につけ加えることはなく、かれの明快な詩才を十分に発揮《はっき》している。[*3]」とし、碧梧桐の俳句は、このころまさに絵画的な印象明瞭な句として充実し、単純化された客観写生の典型のようであり、ロマン的、主観的で、「神仙体《しんせんたい》」といわれた虚子の幻想的句風とは対照的なものであった。[*3]

と評している。

この句の解釈は後日、虚子が「其処に二本の椿の樹がある、一は白椿、一は赤椿といふやうな場合に、その木の下を見ると、一本の木の下には白い椿許りが落ちてをり、一本の木の下には赤い椿許りが落ちてをる」[*4]と解し、以後ほぼ同様の解釈がなされてきた。

ただ、石原八束は子規の解釈を紹介した上で、

> 花の色をならべてみただけではその花は生きない。その花の生命がそこに写されて、はじめてそこに詩品がうまれるのではなかろうか？　色だけはあっても、この句の花は死んでいるではないか？[*5]

とし、「いまはこれだけを云っておく」と含みを持たせながら疑問を投げかけているのである。はたしてこの句は八束の言うように死んでいるのであろうか。

先ず、問題になるのは座五の〈落ちにけり〉であろう。

虚子の句に、

桐一葉日当りながら落ちにけり

がある。これは広い大きな桐の葉がゆったりと落ちるさまを写生したものであることは言うまでもない。という事は、碧梧桐の椿の句の〈落ちにけり〉も、落ち敷いているさまというような静止の状態を詠んだものではない。つまり、この椿の句は、碧梧桐の言う「刹那の感」をあらわしたもの、言葉を換えて言えば、椿の散る一瞬を捉えることによって、梅でもない、桜でもない、まさに「椿」の生命を捉えた句である。ただ地面に散っている赤色と白色の椿と平面的に詠んだ句と解するから八束に「その花の生き―即ち生命を写すことを忘れていはしまいか?」とされるのである。

さらに、この句を平面的な句と解すべきでないとする根拠は、この句の制作時の句形は〈赤い椿白い椿と…〉であったものを、子規が新聞「日本」の俳句欄に〈白い椿赤い椿と…〉の形で入選させたが、その後の選集『新俳句』(明31・3)では再び〈赤い椿白い椿と…〉の形に戻していることである。これはおそらく碧梧桐が視覚的効果を重視したからであろうと思われる。

したがって、この句は、赤い椿の花が落ちたと思った瞬間、白い椿の花がぽたりと落ちた。つまり、椿の花の落ちる「瞬間」を捉えた句と解することによって、八束のいう「死んだ椿」は再び生き、生命を取り戻すのではなかろうか。だからと言って、この句の印象明瞭であることには変りはない。

＊1　麻野恵三著『明治俳壇埋蔵資料』(昭47・4　大学堂)所収。　＊2　獺祭書屋主人(新聞「日本」明30・1・4)。　＊3『俳句開眼』(昭62・11　講談社学術文庫)。　＊4『俳句読本』(昭10・10　日本評論社)。　＊5『現代俳句の世界』(昭47・9　中央大学出版部)。

8　寺による村の会議や五月雨

『新俳句』

明治二十九年の作。村の生活の一面を巧みに捉えたもので、まるで映画の一場面を見るようである。句の意味としては、村にとって何かただならぬ問題が持ち上がったのであろう。この五月雨の降りしきる中を急遽寺に集まって会議をしているというもの。緊迫した雰囲気の漂う句である。季語「五月雨」の課題句であろうが、〈寺による村の会議〉という新鮮な発想によって、季語「五月雨」が持つ季題情緒から一歩踏み出した物語性を帯びた句となった。

この句は三十年の「国民之友」の六月号に「夏季雑吟」として、

衣替えて家内飯くふ小昼時
汗拭ふべく樹下に肌白き小商人

の句とともに掲載されており、いわゆる新調の句である。碧梧桐は後年、其の新調なるものが凡そいつ頃始まつたか、はつきりした記憶はない。大方子規不在中に其の端を発したのであらうが、其の帰東を迎へて句作に熱中し始めてから、一層著しくなつたと記憶する。[*1]

とのべ、さらに蕪村の、

梅遠近南すべく北すべく
蚊屋の内に螢放してア、楽や
酒を煮る家の女房ちよとほれた

などの句にふれ、「かやうな取材句法の、所謂発句らしからぬ新鮮味に度肝をぬかれた我々は、こゝに新たな句作指針を摑んだ気になつて、盛んに性来の放縦性を発揮した」「蕪村の魂が乗り移つた、そんな気のする新調であり乱調であつた。[*1]」と書いている。

文中で「子規不在中」というのは、明治二十八年三月に子規が日清戦争従軍記者として大陸に渡り、帰途の船中で病を得て、神戸病院に緊急入院し、その後、須磨・松山で静養して十月末に帰京するまでを言ったものである。

ところで、子規はこの新調について「文学」[*2]の中で触れ、碧梧桐の、

水楼に夕立来べく待ち設け

炎天の鴉は鳶よりも苦し
夏川や人愚にして亀を得たり
水飯一椀冷酒半盞に僧を請ず
花薔薇の小さきを鉢植ゑにせし
桑は伐りしやがて麻刈るべき小村
蝸牛秋風殻を吹いて出でず

など七句をあげて「右の数句の如き異調の句は蕪村調より脱化して来りて従来の五七五調を去ること一層甚だしきを見る。是れ亦碧梧桐の特色なり。」と書き、元禄天明に異なる特色を持つ句であるとし、これを称揚しているのである。

最初にあげた〈寺による…〉の句は五七五調ではあるが、平板な写生句にもの足らず、新しい句作法を探ろうとする気運の中で生まれた句と言えよう。

＊1 「当時の新調」『子規の回想』(昭19・6 昭南書房)。 ＊2 越智処之助(「日本人」明29・10・20)。

9　乳あらはに女房の単衣襟浅き

『新俳句』

これも明治二十九年の作で、子規がこの句を「明治二十九年の俳諧」[*1]の中で〈赤い椿白い椿と落ちにけり〉などとともに「印象明瞭」の句として挙げた句である。「乳あらはに」は『源氏』に「うすものの直衣単衣を着たまへるに透きたまへる肌つき」(賢木)の用例もあり、乳房がはっきり透けて見えると解することも出来るが、ここでは、涼しげに単衣を着た女性の胸のふくらみが透けて見え、その襟元の白い肌が一層なまめかしい風情であると解するのが妥当であろう。

ところで、子規は「明治二十九年の俳諧」の中で、「女の半身像と見て可なり。是れ亦特種の妙味あるに非ずして普通の事を上手に写したる者なり。」と評している。ただ、「特種の妙味あるに非ず」とことさら断っているのは、虚子の句の特色を「時間的」「空間的」な句と評するのに対して、碧梧桐の句の特色は「印象明瞭なる」「純客観句」であるとして挙げた句の中に

葉鶏頭と鶏頭とある垣根かな

かんてらや井戸端を照す星月夜

などの純客観句とともに、

乳あらはに女房の単衣襟浅き
白足袋にいと薄き紺のゆかりかな

などの句を挙げたことを意識していたからではなかろうか。阿部喜三男も「単衣を着た胸のあたりの曲線が、年増女の〈子でも持っているのか〉人妻らしい乳房の存在をよく見せているさま」で「当時としては、字余りの句調も新工夫によるところだったが、この句の中にこの女性の生き味とか人間性をよみ込もうとしているのではなく、ただ絵画的にその半身像を写したものであったのだろう。」としながらも、「この句には単なる写生以上の味も鑑賞できそうである。」[*2]と評しているように、「印象明瞭なる」「純客観句」の例として挙げたことに子規もいささかのこだわりがあって、あえて「特殊の妙味あるに非ず」と言ったのであろう。

この年の夏、子規は碧梧桐と二人で連句を巻き「歌仙」を「めさまし草」（明29・9）に発表している。それは、

芭蕉破れていまだ聞くべき雨もなし　　碧梧桐
宵の嵐にかたわれる月　　子規

うそ寒み栗飯喰ふ人老いて　桐
物引くあとの畠さびしき　規
鶏の親ぬすまれし竹の垣　桐
客と主と蝦釣りて居る　規

といったもので、こうした連句興業の体験が碧梧桐の句境を広げたことは十分考えられる。子規も「碧梧桐の句必ずしも此の如く小景的の者のみに非れども極端を取つて説明すれば説明し易きを以て特に此等の句を挙げたるなり」[*1]とことわっていることに注目すべきである。〈乳あらはに…〉の句は単に女性の半身像を写した純客観句と見るのではなく、六・八・五の破調による新調によって一人の女性のなまめかしい姿態を情緒的に捉えた句と解すべきであろう。

＊1　新聞「日本」（明30・1・4）。　＊2　『河東碧梧桐』（昭39・3　桜楓社）。

10　頂に湖水ありといふ秋の山　　『新俳句』

この句も明治二十九年の作。この年の八月十八日、子規は帰松中の虚子に宛てた手紙の中で「秉公は伊香保へ参り候」と碧梧桐の伊香保行を伝え、また随筆「松羅玉液」（明29・4・21・〜12・31）の八月二十七日の条に「肋骨野州に閑居し碧梧桐其後を追ひ翻つて榛名に遊ぶ」と記している。

碧梧桐はこの伊香保行を新聞「日本」に紀行文「伊香保紀行」（8・16）「伊香保雑興」（8・20・28）と発表し、この中で榛名湖に触れて、

湖は水澄みて青く一面鏡をのべたらんが如し。南の方に少し葭の生ひたるのみ浮草の少しだも見えず。燕のすれ〳〵に飛びかふさま危き心地す。北に烏帽子山、榛名富士なんど立てり。其富士の麓に赤白の牛数多飼ひ放ちあり、あるは樹下に草を食みあるは湖中に水を飲むさま遠く椽の間に隠見したるは一幅の油絵とも見んか

と記し、

さして行く小舟見えずなりぬ秋の湖
葭の中に秋の湖辺の小魚かな
秋の湖山一角に雲起る

の三句を書き添えている。掲出の〈頂きに…〉の句は先にあげた紀行文中には記されていないが、「滞在凡て十日なりき、此日は空晴れて近山遠村の景前日と異なりいと好し」[*2]と二十二日に下山の途についたことを記していることから考えれば、この伊香保行での作であることは間違いないであろう。

句意としては、さわやかな季節となり、澄んだ大気によって手に取るように間近に見える山々、聞けばあの頂きには湖があると言うことだというもの。

これから深まりゆく秋を、澄んだ水をたたえ、天に近く静かに迎えようとしている湖。まだ見ぬ山頂の湖に対する碧梧桐の憧れの気持ちが、〈ありといふ〉という伝聞形と、下五の〈秋の山〉によって爽やかに表現されている清澄の気に満ちた句といえよう。

この頃、子規は「腰痛少しはげしく室内の歩行思ふにまゝならず」と先の虚子宛の手紙（八月十八日）の中でも伝えているが、十年前の明治十九年八月には伊香保に旅し榛名山にも登っており「榛名は十年前一たび屐痕《げきこん》を残せし所、今にして当時を思へば胸中一種の感慨に打たれて嗚咽に堪へざらんとす」[*1]と記し、

やゝ寒みちりけ打たする温泉かな

草むらや露あたゝかに温泉の流れ
高楼やわれを取り巻く秋の山
山駕や榛名上れば草の花
駕二つ徒歩五六人花薄

の五句を曽遊追懐の句として書き添え、健康であった日々を懐かしんでいる。

この頃より子規を中心とする日本派の進出はめざましく、碧梧桐・虚子のほか石井露月・佐藤紅露・夏目漱石・坂本四方太らの新人を輩出した。

ちなみに、碧梧桐は七月に日本新聞社を退社、雑誌「新声」（七月創刊）の俳句欄選者となり、虚子は翌三十年の八月から「国民新聞」の俳句選に当たることとなった。

＊1　「松羅玉液」（明29・8・27）。　＊2　「伊香保後雑興」（明29・8・28）。

11　白足袋にいと薄き紺のゆかりかな

『新俳句』

明治二十九年の冬、会者、牛伴・紅緑・子規・其村・虚子・鳴雪・碧梧桐の七名で開いた句会の席上「白足袋」の題で作られたうちの一句。当日の読まれた「白足袋」の句は、[*1]

皮足袋の黄なるをはきぬ狂言師　　虚子
足袋ぬいであかゞり見れば夜半の鐘　　子規
総角や赤い足袋はく三の君　　紅緑
病む人の足袋はいて居はすとこの上　　牛伴

などで、碧梧桐の句は虚子のみが選んでいる。

「ゆかり」にはよすが・よるべ・えんなどの意がある。句意は真っ白な足袋はいかにも清潔な感じがする。よく見ると、着物か鼻緒か、紺の染め色が移ったのであろう。うっすらと白足袋に紺の色が走っているといったもの。

子規は「明治二十九年の俳諧」の中で、「白足袋の句に至りては瑣事中の瑣事、小最中の小景にして画も写すこと能はず俳句も亦今迄斯ばかりの小景を詠じたる事無し」[*2]と評している。

この子規の解に沿って中島斌雄は「月並俳句の小主観を排し、純粋客観に立脚し、自然の真を得ようとする態度である。」「碧梧桐後年の作風——自然主義の影響を受けた新傾向俳句の出発点として注目すべきであろう。」とし、白地に見いだした汚点は、この場合「すこしも気にならないのはふしぎだ。いや、気にならないどころではない。むしろ、そうした『紺のゆかり』を見いだしたため、白足袋の白さ、その清潔感がいちだんときわだつような、そんなふしぎな『紺』のありようである。」[*3]と評した。

こうした解釈に対して大野林火は、「むしろこの句からは碧梧桐の主情こそ汲むべきで、絵画美は乏しい」[*4]とし、伊沢元美の「いい句だなあと思った。純客観ではなく、唯美的な主観が秘められていて水巴あたりに似ている。」[*5]とする見解に賛成し、「この句の主人公を女とすると、白足袋の残んの紺はますますあはれふかい。伊沢元美がこの句をどういうふうに解釈して『唯美的な主観が秘められている』といったか、さだかでないが、私はこう解して賛成している」[*4]とし、子規のいう印象明瞭というよりは、むしろ情趣的・瞑想的なうつくしさを持った句であるとの考えを示している。

こうしてみると、子規の解のように印象明瞭な句ではあるが、単に「純客観句」というよりも、白足袋に移されたごくごくかすかな紺のなごりによって、足袋の持ち主である女性にまで作者の思いがいたった、「主観を秘めた句」と解するのがこの句の魅力を捉えた解といえよう。

この冬、子規の禁を破り碧梧桐と虚子が下宿した高田屋は神田淡路町一ノ一の角屋で、主人は前橋藩士、官吏を辞し、下宿屋を始めたもので、主婦の外に長女夫婦、次女糸子と女中一人くらいで運営しており、俳人下宿の観を呈していた。寒川鼠骨の思い出によれば、二階の南東うけの日当たりのよい六畳に虚子が寄宿、碧梧桐は二階の東北うけの床の間つきの六畳に鼠骨と同居、森々は階上、其村は階下の部屋におり、この他、時としては牛伴・露月が泊まり、瓢亭も毎日のように覗き、鳴雪も来る、さらには、把栗・墨水はじめ、子規庵句会へ出席する新進作家の出入ははげしく、寄れば俳談俳座となり、一時は子規庵の出張所のようになっていたという。[*6]

この高田屋の次女糸子は妙齢で、初め碧梧桐に意を寄せ、碧梧桐も何時からか密かな思いを寄せるようになっていた。

＊1 『子規全集』⑮（昭52・7 講談社）。＊2 新聞「日本」（明30・1・4）。＊3 『現代俳句全講』（昭37・7 学燈社）。＊4 『俳句講座6 現代名句評釈』（昭33・10 明治書院）。＊5 『現代俳句の流れ』（昭31・5 河出新書 河出書房）。＊6 「新俳句時代の思ひ出」（『句作の道』昭25・12 目黒書店）。

12　水仙と唐筆を売る小店かな

『新俳句』

明治二十九年の冬、子規庵句会で[*1]「水仙」の題で作った句のうちの一句で、当日の出席者は、子規・楽天・繞石・愚哉・四方太・把栗・墨水・虚子・牛伴・可全・左衛門・鳴雪・太古・碧梧桐の十四名で、当日の席題は「新年」「水仙」「河豚」ほかで、水仙の題では、

水仙や葉蘭の陰に日の寒き　四方太
水仙を夜剪る人や小雪洞　鳴雪
大なる瓶に水仙を活けて梅を得ざる　虚子
水仙の莟に星の露を孕む　子規

といった句が作られた。碧梧桐の唐筆の句は、子規・楽天が二重丸を付したほか、可全、牛伴、虚子、墨水の選に入り、最高点であった。碧梧桐の同時の句、

鉢浅く水仙の根の氷りつく

の句も子規、四方太、繞石の選に入っている。

「水仙」は代表的な冬の花で、その清楚な姿は寒気の中にあって気品を漂わせ、古来文人墨客に愛好されてきた。中国では水中の仙人を意味し、呉の伍子胥、楚の屈原、趙の琴高らが水仙と号し、清初の李漁（笠翁）は、「水仙の一花は予が命なり」（『門情偶寄』種植部）といい、この花がなければ、自分の命がないものと同然であるとまで言っている。

掲出の碧梧桐の句は、その清楚な水仙と唐筆を取り合わせて、寒々とした町中で水仙と唐筆を売っている小さな店をイメージしたもので、この句会で鳴雪も、

水仙や端渓の硯紫檀の卓

と作り、この句会以外でも、

易水の酒旗古ひたり水仙花　　古白（明28）

水仙や主人唐めく秦の姓　　漱石（明29）

などを挙げることが出来、決して珍しい取り合わせではない。しかし、碧梧桐は、水仙と唐筆という二つのものに焦点をあて、両者を感覚的に響かせ、しかも、下五の〈小店かな〉で一句全体の情緒を

巧みにまとめている。つまり、大店ではなく、ひっそりとした小店であることによって、その店の落ち着いたたたずまいと同時に、主人の上品で慎ましやかな人柄まで偲ばれるのである。作者の豊かな感性から生まれた印象明瞭な写生句と言えよう。

三十年一月には、松山から柳原極堂によって俳誌「ほとゝぎす」が創刊され、子規や鳴雪その他、在京の子規門の俳人がこれを全面的に協力することとなった。子規は、同誌創刊号に「ほとゝぎすの発刊を祝す」と題して〈新年や鶯啼いてほとゝぎす〉を添えて、

世は明治三十年と変りて文運は南海の空に方りて稍盛ならんとするの兆あり。俳諧雑誌「ほとゝぎす」の発刊の如きは其一例にあらずや。われは偏に此雑誌の栄えて金玉の句の多く出でんことをこそ望むものなれ。

と記した。

＊1 「俳句会稿」(『子規全集』⑮ 昭52・7 講談社)所収。

13　三味線や桜月夜の小料理屋

『春夏秋冬』（春）

この句は明治三十年、碧梧桐二十五歳の春、静岡の加藤雪賜が上京し、根岸の子規庵を初めて訪問した折り、歓迎のため開かれた句会（会者—子規・碧梧桐・雪賜・愚哉・子規・四方太・春風庵・三川・牛伴）*1の席上、「三味線」の題で作られた句のうちの一句で、子規（地）と春風庵に選ばれている。

雪賜はしばしば子規に宛てて見舞状を書いていたようで、子規は二十九年七月八日に雪賜に宛てて「復　度々御慰問を辱うし難有候　小生病気ハ最早攝養とか何とか申す処を通りぬけ居候」*2と書き、見舞いにも及ばないこと告げている。雪賜が子規庵を訪問したのは翌三十年四月二十三日頃*3とされているが、子規はこの日に虚子に宛てて、自分は近来体調がすぐれないので、一度手術を受けなければ、寝ることも出来ず困っていると書き送っている*2ことを考えると、雪賜の子規庵訪問は手術後の経過が思わしくなく憂鬱な日々を送っている最中のものであったと思われる。

冒頭の〈三味線や…〉の句は、桜の美しく咲いているおぼろ月夜に誘われ、そぞろ歩きをしていると、近くの小料理屋から三味線の音が聞こえてきた。それはいかにも桜月夜にふさわしい艶やかな音色であるといった句意である。

ところで、「桜月夜」といえば与謝野晶子の代表作の一つである〈清水へ祇園をよぎる桜月夜こよひ逢ふ人みなうつくしき〉の歌を思い起こすであろう。木俣修はこの歌を鑑賞し「清水・祇園という艶をふくんだ地の春宵を舞台に、桜に月を配してさらにその艶なるものを高揚させている。心ゆくばかり耽美の世界に遊んでいるおもむきが見られる」[*4]としている。つまり、晶子の歌は艶なる場に視覚的美を配することによって耽美の世界を情緒的に描いたというもので、作者の感動は〈みなうつくしき〉に凝縮されているということになる。これに対し、碧梧桐の句は、艶なる場に視覚的美と聴覚的美を配しており、感覚的に耽美の世界を捉え、上五の切字「や」に作者の感動が凝縮された句と言えよう。

この「桜月夜」の語について木俣修は「こういう言葉が昔からあったわけではない。晶子の浪漫的心象によって造られたものである。」[*5]とした。この造語説は、「万葉集などに見える『卯波月夜』などと同様の表現であるが、おそらく作者の新造語であろう」[*6]などと定説化した。

碧梧桐の句は「三味線」の題で、「桜月夜」を季語として作られた句である。この季語は『承露盤』に明治二十八年の句として収められている内藤鳴雪の〈小謡や桜月夜の二条城〉に用いられており、また明治三十六年に刊行された尾崎紅葉選『俳諧新潮』の春の部に紅葉の〈詠み人の跡追ふ桜月夜哉〉の句にも用いられている。つまり、晶子の歌が「明星」の明治三十四年五月号に発表された歌であることを考えれば、それ以前に日本派の鳴雪・碧梧桐、それに秋声会の紅葉といった新派の俳人達によって用いられていたということになり、「桜月夜」の晶子造語説は成り立たなくなるのである。加えて、明治三十年十月発行の「新声」（3巻4号）の碧梧桐選の俳句欄に晶子が和泉の「勝女」と号して投句した〈挨拶や長者よろこびの今年米〉の句が入選していることも考え合わせれば、晶子が俳句実作の体験から、新季語の「桜月夜」を自らの歌に積極的に用いた才気を評価すべきであろう。[*7]

＊1　「明治三十年日付不詳俳句会稿」（『子規全集』⑮　講談社）所収。　＊2　『子規全集』⑲（講談社）所収。　＊3　『子規全集』㉒（講談社）の「年譜」によるが、雪賜が出席した句会については詳しい日付は不明。　＊4　「与謝野晶子」（『近代短歌の鑑賞と批評』昭39・11　明治書院）所収。　＊5　「与謝野晶子の短歌評釈・一」（「国文学」昭32・2）。　＊6　山崎敏夫『近代短歌の鑑賞』（昭54・3　笠間書院）所収。　＊7　「桜月夜考―与謝野晶子造語説をめぐって―」「国文学」昭60・1）を参照されたい。

14　ひた〱と春の潮打つ鳥居哉　『新俳句』

明治三十年春の作。安芸（広島）の厳島神社の鳥居の光景であろうか。春潮が満ち来る中、朱色の大鳥居が悠然と立っている光景はいかにも長閑である。「ひた〱」という語がこの句を単なる客観写生句に終わらせず、句中に動きを与えるのに効果的である。海上の大鳥居、その背後に大きな神社や森や島などが想像される。

中村俊定は「『ひた〱と打つ』という表現は、春の潮の本情をよくとらえたことばで、いかにものどかな艶な趣きが感ぜられる句である」[*1]とし、阿部喜三男は「子規の指示した写生の見方による句であるが、景のとらえ方が巧妙だ。『ひた〱と』ととらえた点には、のち動的自然の描写を強く求めた碧梧桐らしさもすでに見えるかのようである。ふつうの文脈なら『春の潮（が）ひた〱と鳥居（を）打つかな』であるが、このように表現したところに、景趣。情調をふくむ、俳句という詩が成立している」[*2]と、この句を高く評価している。ちなみに「動的自然の描写」というのは大正二年に、「無中心論」（中心を捨て、想化を無視する）という句作法を「実感」という語を媒介として「覚醒的自我による動的自然描写」（「日本俳句鈔第二集の首に」大2・2・1　日本及び日本人）と言い換え、自らの進むべき道を示したことを指す。[*3]

この年の一月、碧梧桐は天然痘にかかり、近くの神保院の避病舎に入院している。入院を知った子規からは「一真一偽一驚一喜とう〳〵ほんものときまりて御入院まで相すめばとにかく安心いたし候たゞ此上は気長く御養生可被成候　不自由なことがあれば御申越可被下候」[*4]との見舞状を貰う。これには〈寒からう痒からう人にあひたからう〉という見舞句も添えられていた。

碧梧桐は「入院の記」[*5]であらまし次のように書いている。

　根岸の子規庵を訪ねた夜から多少発熱あり悪寒を感じていたが流行の疱瘡に罹り一月二十四日に神田の神保院に入院したが、軽症である。多くの慰問の句に酬いるためとして、

　　年厄に入りて軽き痘を得たり春
　　疱瘡の五つばかり寒し顔の上
　　痘を病んで更に眼を病む寒さかな

の他七句を付している。

碧梧桐の天然痘は「入院の記」にもあるように幸い軽症で、入院するなり熱もさめ、ただ疱瘡を取り去るまで約一ヶ月の入院で全快し、顔と鼻柱に疱瘡を二三箇所残した位で退院したのである。

退院の挨拶のため早速子規を根岸に訪ねた碧梧桐は、額と鼻柱に二三箇所痕が遺っているほどだっ

たため、漱石の再来のアバタ面を想像していた子規の母堂より「疱瘡をして却つて奇麗におなりた」と言って笑われ、子規もそれに和して、軽い笑い声を立てたりした。

子規庵を辞して、上野の山を一人トボトボ帰りながら碧梧桐は、さて、明日からどうするあてもないルンペン姿の己の影が地に伸びるのを見ていやに寂しい憐れなものに思うのである。*6

神保院を退院し、再び高田屋にもどった碧梧桐は、それまで親しかった高田屋の娘いとの心が虚子に傾いていをり、六月には結婚することを知り、やりきれない思いにうち沈むのである。

＊1　『現代俳句』（昭29・12　學燈文庫）。＊2　『現代俳句評釈』（昭42・3　學燈社）。＊3　詳しくは「碧梧桐俳論の展開」（拙著『子規と碧梧桐』昭54・7　双文社出版）所収を参照されたい。＊4　明30・1・25　東京神田神保院　河東秉五郎宛。＊5　新聞「日本」（明30・2・1）。＊6　「厄月」（『子規の回想』昭19・6　昭南書房）。

15　我がこと丶別れさびしや更衣

新聞「日本」（明30・6・19）

明治三十年三月四日午後、碧梧桐は新橋を発ち、横浜の玉泉寺・梅照山某寺・東漸寺を訪ねている。数え年二十五歳。この旅は、高田屋の娘いとへの思いを断ち切るためのものであった。碧梧桐はこの旅の紀行文「忙中閑游」[*1]の中で、

世事身辺に蝟集し殊に俗念の胸中に蟠るものあり、日夕其煩に堪へず。會々奇縁ありて浜南の一寺某師衲と相識る、即ち寸暇を偸んで往いて遊ぶ。蓋し以て聊か其悶を遣り其欝を散ぜんとするなり。

と記している。玉泉寺の住職田辺錦州は碧梧桐を暖かく迎えたのである。清談法話尽きるところを知らず、いつか碧梧桐の胸間の暗雲も薄らいでいくように思われた。

しかし、碧梧桐の受けた心の痛手は深く、五月に入り北陸旅行を思い立つ。これは金沢の四高にいる竹村秋竹からの勧誘に応え、しばらく東京を離れていたいという思いからであった。秋竹は碧梧桐

と同郷で二歳年下、前年京都の三高から四高に転校していたのである。

この北陸旅行は五月十九より六月二十八日まで十二回にわたり新橋を振り出しに京都・敦賀・金石、再び敦賀・福井・金沢・富来・門前・輪島・七尾・高岡。直江津・上野駅という旅程、三十五日間にわたる大旅行であった。

碧梧桐は新橋を発ち、まず京都に赴き、二十四日まで滞在した。京都には三高生の寒川鼠骨、新聞記者の中川四明がいた。そのあと京都を出て夕刻に敦賀に着き、約百トンばかりの老朽船に乗り込んで金沢郊外の金石に向かった。

船の灯に浪走る見ゆ五月雨

しかし、波が高くすぐ金ヶ崎に引き返したが、夜白むころ再び船出、約四十里の海を木の葉のようにもてあそばれ、やっと金石に着いたものの、波が高く誰も艀に乗り移ることができず、またまた敦賀に戻るという散々な目に遭っている。

癒されぬ心を抱いたまま能登に入った碧梧桐は穴水の茶店で七尾への船便を待つ。

物につけ事により未だ刹那も同子の上を忘れたりしことあらず。しかも心を鬼にして金沢を出で立ちしことの如何に悲壮なりしか。

七尾は直江津に通ふ船さへあればとそれのみを頼みに一時を争ふ心、孤客の情またやるせもなし。

汗拭ふべく茶店の僧に物申す

まことに哀れなるは我がこの旅にぞありける。孤枕夢驚き易く、しかも絶えざる憂のあるあり。酒以て酔を買ふことを知らず（略）如今東の空の恋しさそも誰に語りてか慰めん。

とは「ひとりたびの記」[*2]（九）中の一節である。

この年の三月、子規は外科医佐藤三吉博士の腰部の腫物手術をうけたが何の役にも立たず病状は相変わらず熱の高低がひどく、碧梧桐は子規の病状が気がかりな旅であったのである。

冒頭の〈我がことゝ…〉の句は六月十三日、穴水を出帆する際に、船に乗る二三人の男を見送る大勢の女を見て詠んだもので、別れを惜しむ男女の心は他人事とは思えなかったのであろう。〈さびしさや〉にこめられた思いは深い。

＊1　新聞「日本」（明30・3・8）。　＊2　新聞「日本」（明30・6・19）。

16　流れたる花屋の水の氷りけり

乙字編『碧梧桐句集』

この句が作られたのは明治三十一年一月四日の子規庵での新年句会[*1]（会者・香墨・墨水・把栗・虚子・碧梧桐・四方太・露月・子規・木罔・左衛門・愚哉・森々・秋竹ヵ・玄耳ヵ）で、十題（各二句）のうち、「氷」の題で作った二句中の一句である。ちなみに他の一句は〈学校の池の氷をすべりけり〉であった。

句意は、冬の朝、花屋の店先から道の方まで静かに流れ出た水がすっかり氷ってしまっているよといったものである。詩人村野四郎はこの句を、

花にやった水が流れだしたのだろう。ひとすじ店さきから道に流れたまま凍っている。さむい二月。しかし、ぼおっとけむったガラスの内側は色とりどり。水仙やシクラメンが顔をよせあって、外をのぞいている。店の戸が、からりと開け放され、道まで花の匂いの流れ出す日も、もうそう遠いことではない。[*2]

と詩人ならではの感性で詩情ゆたかに鑑賞している。

ところで、阿部喜三男はこの句を「店先から流れ出ている水は渡世の業を思わせ、その氷った水の流れが生活の苦労を思わせる。」「ちょっとした景を客観的に写生的に詠んだまでの句のようであるが、そこからいろいろと人の世の姿や世の中の様子が考えられてくる」[*3]とし、この句の景から「複雑な味を含む情趣」を読み取ろうとしているが、いささか穿ちすぎであろう。

この句の景は石原八束が「寒い冬の朝の氷をのみ描いて、しかもその白い氷の中に色美しい冬の花の映像をくっきりと浮きあがらせている」[*4]と解したように、花屋がもつ美しいイメージと氷の冴え冴えしさとが響きあった佳句である。

八束はさらに、この句に触れて、「詩心の冷たくきびしく、しかもきらびやかにはなやいでみえる」句とした上で、

> この辺に虚子の俗な太さとは異なる。しかも案外気弱なこの人の本領が見られるではないか。その本領をもっとも直截に示した。これはこの人の代表的名品といっていい。[*4]

と高く評価しているのである。

この〈流れたる…〉の句が作られた前日の新聞「日本」に子規は「明治三十年の俳句界」[*5]を書き、明治三十年の俳句界は明治二十九年の俳句界に比べて数多くの進歩がなされたが、なかでも、古人の進まなかった区域にまで進み、極端に新体を現した俳人として碧梧桐を挙げている。子規はその理由として

一、些《すこし》の理屈無き処
一、殆んど工夫的の痕迹を留めざる処
一、意匠は日常の瑣事ながら豪も陳腐ならざる処
一、句法亦平易にして切字あるが如く無きが如く、しかも能く切るゝ処
一、劇烈に感情を鼓動する者ならずして、淡泊水の如き趣味を寓する処

の五箇条を示し、その例句として、

夜に入りて蕃椒煮る台処
水汲の男来て居る朝寒み
客を率て夜半に帰るや月の門

などの句を挙げ「一点の厭味無しと評する位より外に何等の説明をも与えん由無きなり」としている。

この子規の碧梧桐評は〈流れたる…〉の句にも当てはまり、当時の碧梧桐の特質を端的に示した句であったといえよう。

＊1 「俳句会稿」(『子規全集』⑮ 昭52・7 講談社)。 ＊2 『秀句鑑賞十二ヶ月』(昭41・9 愛育出版)。 ＊3 『現代俳句評釈』(昭42・2 學燈社)。 ＊4 『現代俳句の世界』(昭47・9 中央大学出版部)。 ＊5 『子規全集』⑤ (昭51・5 講談社)。

17　愕然として昼寝さめたる一人かな　『春夏秋冬』（夏）

この句は明治三十一年の夏に開かれた句会（会者―墨水・一五坊・左衛門・宏策・白浜・子規・碧梧桐）の第三回運座[*1]に「昼寝」の題で詠んだものである。子規はこの句を秀句とし、他に一五坊と左衛門が選んでいる。碧梧桐はこの句の他にも、

青田から風吹き入りし昼ね哉

を白浜が〈入るる〉と添削て天位に、

筋違にひるねの足を延しけり

が墨水の天位のほか、子規の選に入り、左衛門は〈足延はしたる昼寐哉〉と添削している。

ちなみに子規の句は

筆を手に夏書の人の昼寝哉
昼寝する人も見えけり須磨の里
茶屋女蘆生のひるね越しけり

といったもので、碧梧桐は三句目の下五を〈さましけり〉と添削した上でこれを秀句として選んでいる。

ところで、子規は「明治二十九年の俳諧」[*2]の中で、「漢字を用ゐ又漢文直訳の句法を用うること」を碧梧桐の俳句の特色の一つに挙げているが、この〈愕然と…〉の句なども漢語を効果的に用いた一例であるといえよう。

このような漢語の使用は、子規が「俳人蕪村」[*3]の中で、蕪村は「複雑的美を捉えて来て俳句に新生命を与えたとし、十七八音の中に複雑な内容を言おうとするには、国語より簡短な漢語を用いることが必要である」と説き、また、字余りについても、碧梧桐の〈夏木立深うして見ゆる天王寺〉(明29)の句を例に挙げて、この句のように「〈深うして〉と文字を多くして声を永くすれば、趣向中の空間も自ずから広く見えるように感じるものだ」(要約)と説いている。

これを掲出の句について言えば、句意は、何か恐ろしい夢でも見ていたのか、夢と現実の入り交じった中ではっと驚いて昼寝から覚めた。あらためて周りを見ると人気はなく、自分一人であったというもので、やや自嘲をともなった孤独感といったものが漂っている句である。「愕然」という漢語の使用と〈愕然として〉という上五の字余りが作者の感動をより印象明瞭とするのに効果的に働いているということになる。蕪村の〈蕭条として石に日の入枯野かな〉といった句法を学んだものであろう。

ちなみに、この年の一月十五日より子規庵で子規・碧梧桐・虚子の三人によって『蕪村句集』の輪読の第一回が開かれている。これは第十四回の三十二年二月七日まで子規庵で行われ、三人の他に鳴雪・四方太・墨水・黄塔らも参加したが、この輪講について後日、碧梧桐は「わからん処は子規がやってくれるだろう」[*4]という「相変わらずの他力本願」(同)という程度の心づもりで出かけたが、句の解釈についての議論の多くは子規と鳴雪の間に戦わされ、なかでも、三十二年九月二十二日の論講で子規と鳴雪との激論は周りの同席者をハラハラとさせ「仲裁に入るべき余地もな」[*5]いほど猛烈なものであったという。

＊1　「句会報」(『子規全集』⑮　講談社)所収。＊2　新聞「日本」(明30・1・3〜3・21)。＊3　新聞「日本」(明30・4・13〜12・29)。＊4　『子規の回想』(昭19・6　昭南書房)。＊5　「ホトヽギス」明32・10・10蕪村句集講義　講者—子規・鳴雪・碧梧桐・虚子〈記〉。

18　笛方のかくれ貌なり薪能

『春夏秋冬』（春）

この句は明治三十二年、碧梧桐二十七歳の作である。この句の制作事情については虚子が「一題十句[*1]」と題して「ほとゝぎす」に書いている。

虚子によれば、一題十句というのは、題を一つ決めて、その題で十五分から一時間以内と時間を限って十句を作るもので、もともとは子規が始めたのに倣って、句会が一回終わったあとは一題十句を試みるようになったのだという。

この句作法は一題の趣味を十の方面から見ることにより、二句、三句、四句と進むに従い、いっそう深い趣味を解して、新鮮な生命を得て、二、三句はたちどころに出来、さらに進んで七、八句と出来る。したがって、一題ずつ十句作るよりも変化があり活動ある句が出来るのだという。この場合、題は季語にすべきで、珍しい季語であれば古人の知らない斬新な句が得られるとも書いている。

さて、掲出句は、碧梧桐が虚子と火鉢を隔てて「薪能十句」で作った十句中の一句であり、その十句は、

薪能の果てるや薪尽きる頃
月もありて芝生の霜や薪能
四処の薪御能の拍子かな
薪能小面映る片明り
脇僧の寒げに暗し薪能
装束のきらびやかなる薪能
御ともしや薪の御能みそなはす
地謡の松籟に和すや薪能
笛方のかくれ顔なり薪能
火にあたる能の絶間の薪能

というもの。碧梧桐はまだ幾らでも出来そうだと得意げであったという。こうしてこの十句を眺めてみると、確かに趣味の深まりを見ることが出来る。

さて、〈笛方の…〉の句意は、春も静かに更け、篝火は赤々と燃えさかる。舞台では豪華に能が演じられている。こうした中で、笛方は舞台の後方に控えめに坐り、その顔も隠れがちであるというのである。主役の縁能者ではなく、前面に出ないでつつましやかな笛方に焦点を合わせることによって薪能全体の雰囲気をよく捉えている。豪華な春の夜の薪能の雰囲気の中でふと捉えた寂しさである。

石原八束は五句目の〈脇僧の寒げに暗し薪能〉の句について、「明暗二相の能舞台を活写しているのは非凡だといっていい」とし、〈笛方の…〉の句も同じ手法によって「能舞台の寂しく華やいだすがたを読者の映像にやきつける。あくまで冷たくしかも内心の力のこもった碧梧桐独自の芸である。[*2]」と評している。

ちなみに虚子は、

古びたる鬼の面なり薪能
薪能月は八島の十四日
薪能もつとも老いし脇師かな
暁や能の薪のもえのこり

ほか六句である。

*1 「雑筆」(明32・3 「ほとゝぎす」)。 *2 『現代俳句の世界』(昭47・9 中央大学出版部)。

19　乳牛の角も垂れたり合歓の花

『春夏秋冬』（夏）

この句は明治三十二年の「ほとゝぎす」（明32・7・20）の「雑題十句合」中の句。句意は夏の暑い日ざしもようやく西に傾き、牧場には合歓の花が夢のように咲いている。牧草を無心に食べている乳牛たちの角もみな気だるそうに垂れているとの意。

合歓の花と言えば芭蕉の〈象潟や雨に西施がねぶの花〉が想起される。芭蕉は、雨に咲く薄紅色の合歓の花が雨に濡れながら眠っているとし、それに悩ましげに半眼を閉じている西施の姿を重ね、雨中の象潟の象徴と見たのである。碧梧桐は、合歓の花とは異質で硬質な乳牛の角を配して、それを〈垂れたり〉と感覚的に捉えることによって、ほのぼのとゆめのように咲く合歓の花の風情を見事に捉らえている。

この句が掲載された「ほとゝぎす」（明32・7）は碧梧桐が虚子に替わって編集したものであった。三十二年五月下旬、虚子は大腸カタルを病み入院、一時は危篤に陥り、幸い六月中旬には退院したが、予後を七月下旬まで修善寺に過ごすこととなったため碧梧桐が「ほとゝぎす」の編集を援けることとなったのである。碧梧桐は編集所を自分の下宿、高田屋に移し、同宿の鼠骨にも力を借りることにして急場に間に合わせようと努力したのである。六月号が一月ほど遅刊していたのを七月号で定期にもどしたのは碧梧桐の働きであった。碧梧桐はこの七月号に「今回も子規虚子の両人編輯に与らず、為めに雑誌発行遅延の段奉万謝候。虚子は別項にもある如く、本誌発行日前後に帰京し爾後編輯に従事可致、…」(稟告)と書き、さらに修善寺よりの虚子の便りとして「病中は碧梧桐、鼠骨、把栗の諸君多忙の身を以て編輯一切に当り『ほとゝぎす』をして休刊の悲運を見るに及ばさらしめし好意、厚く奉謝候、殊に重き宿痾の身を以て尚ほ執筆の労を惜まれざりし子規君に対しては読者と友に深く感謝仕候。」*1 を紹介している。

ちなみに「ほとゝぎす」七月号には鳴雪・子規による碧梧桐著『俳句評釈』評。「蕪村句集講義録」(鳴雪・子規・肋骨・碧梧桐)。「夏の夜の音」(子規)。「浴泉雑記上」(虚子)。「随問随答」(子規・碧梧桐)など内容は充実しており、虚子の「浴泉雑記上」は修善寺療養中の随筆で、一時流行病と診断されていた伝染病室にいたが兄等に介抱せられて暗黒なる死というものを見つつあったが、今は修善寺の湯宿新井屋の裏座敷で療養中であるとし、

一日たま〱昼寝をする、翌日もする。其の翌日もする。昼寝十句を作ったりなにかしてそれで一日をすごすことなどもある。東京から手紙は一日に二度来る。それが新聞許りで何処からも手紙の来ぬ時などは何となく物足らぬ心地がするが、併し却て此の楽園の平和は破れぬといふものだ。

などと退屈な療養生活をつづり、

此頃の昼寝のくせや合歓の花

湯に入るや昼寝さめたる顔許り

と文中に句も添えている。

＊1　伊豆山中より高浜清からの便り（明32・7・1）。

20　引上げし夜ぶりの網や草の上

「ほとゝぎす」（明33・7・10）

この句は明治三十三年五月二十五日に虚子庵例会で作られた句で、碧梧桐二十八歳。この日の様子を「東京俳句界」（会者―三子・碧梧桐・紅葉・格堂・墨水・芹村・花笠・廉郎・東洋城・雨秋・孤雁ほか）は「川狩十句を課す、作者選者共に十九人、百九十句の内十九句を互選す」[*1]と記し、掲出句を八点句として挙げている。夜振は夏の夜、松明やカンテラを灯し、網で川魚を取るもので、火の粉の散る松明の火明かりの中で、網にかかった川魚がぴちぴちと跳ねて光るのは美しいものである。

掲出句は夜振の網を川から引き上げて岸辺の草の上に拡げた状態を詠んだもので、松明をかざして期待に胸ふくらませて網をのぞき込む様子が目に浮かぶ。

当日の高点句は、碧梧桐の掲句を含めて、

川狩や吾に先立つ人の声　　三子（十点）
川狩の遠き篝や二所　　格堂（八点）

川狩の獲物重たき雫かな　　東洋城（八点）

の四句であった。それぞれ少年の日の思い出を詠んだものであろう。

この年の三月五日に大阪の青木月斗から「拝啓、突然に候へ共小生の妹貴兄を恋し候ニ付至てふ倚りやうに候へ共女房に御もち被下候はず哉他を多く申上げず候。頓首」[*2]という手紙を受け取った碧梧桐は、はじめは躊躇していたが、下宿の高田屋の主人や梅沢墨水の計らいもあり結婚を決意し、六月一日に結納を納め、十月二十一日に松瀬青々夫妻が媒酌人となり、月斗の妹茂枝と大阪の静観楼で結婚式を挙げている。碧梧桐二十八歳。茂枝は二十一歳だった。

茂枝の碧梧桐への思いは並々ならぬものであったようで、兄月斗が、「碧梧桐という人は中々難しい人で、とても気に入られそうもないし、また、書生や丁稚の代わりもするか、貧乏の内に立って、詩人の妻の本文を全うするか、他の友人に対して交際をうまくするか。とてもお前では勤められないだろう。駄目だ」と言えば、茂枝は泣きだして、「そんな難しいことは知りませんが、出来るだけのことは屹度します何事も」[*3]と懇願したという。

碧梧桐を見たこともなかった茂枝が碧梧桐を恋するようになったのはなぜかという兄の問いに、「碧梧桐の事を兄たちが話すのを聞いていたのと、二枚の写真を見てのこと」だとの答えには、月斗も驚いたという。さらに「如何に兄上の仰せでも此れ丈は、いやです、死んでもいやです。」[*3]と言うのには兄もたじたじとなったことであろう。

碧梧桐は、新居について後日次のように書いている。

神田猿楽町二十一番地に、始めて一軒の主人となった。すぐ裏が竹冷宗匠の邸宅、右が家主、左が下宿屋、向ひが近藤といふ銀行員、家賃四円、敷金二ヶ月分、当時再び京華日報に復帰しての新聞記者、月給三十円位。毎月金が足らなくては、七つ屋通ひと言つた細々暮し。それでも毎月の例句会に二十名内外の人が寄つた。一体どこへそんな沢山の人がはいつたのか、一寸不思議な位[*4]

と書いている。ちなみに、碧梧桐は三十一年五月に京華日報の社会部長として入社していた。

＊1 「ほとゝぎす」（明33・7）。＊2 大阪の青木新護（当時月兎、後の月斗の本名）より河東平五郎（秉五郎）宛て書簡（「碧梧桐・月斗の書簡」「俳句文学館紀要」第2号 昭57・9 俳人協会刊所収）。＊3 明治33・3・6、青木新護より河東秉五郎宛書簡〈要約〉（角光男「月兎より碧梧桐あて書簡」「あじろ」平4・4号）。＊4 「神田猿楽町」（河東碧梧桐『子規の回想』昭19・6 昭南書房）所収。

21　闇中に山ぞ峙つ鵜川かな

『春夏秋冬』

明治三十三年十月、青木月斗の妹茂枝と結婚し、神田猿楽町に新居を構えた碧梧桐は、翌年三月、虚子居の俳句例会に対抗して句会を設けた、これは、二人がそれぞれ自分の道を歩もうとする様相を表面化していくものであった。碧梧桐居での句会の主な顔ぶれは、碧堂・三子・圭岳・欄水らが中心であり、虚子居の句会の主な顔ぶれは虹原・紫人・孤雁・芹村・浅茅らであった。

掲出句が発表されたのは明治三十四年六月二十四日の新聞「日本」の俳句欄である。句意は、鵜舟が赤々とかがり火を燃やして下ってくるのを待っているが、月もなく、あたりは真っ暗で、その闇に重なるように金華山が眼前に黒々と聳え立っていることよというのである。

岐阜長良川の鵜飼見物は、夏の日が西に傾くころ、岐阜提灯を幾つも提げた何艘もの屋形船に分乗して川をさかのぼり、金華山を正面にするあたりの河原に舟を舫って、酒を酌み交わしながら鵜舟の下ってくるのを待つのである。鵜飼が始まる時刻になると岸辺の街路灯はことごとく消されて、文字通りの真っ暗闇となる。そうした深い闇の対岸に金華山は聳え立っている。〈山ぞ峙つ〉の「ぞ」がいっそう峙つ趣を強めている。大野林火は「調べはあくまで高く、男性的に彫りふかく対象をえぐり出して、一読襟を正さしめる。」[*1]とこの句を評している。

碧梧桐が長良川の鵜飼を見物したのは、名古屋の大根会同人を交えての三十六年八月二十九日と、大谷句仏らと見物した三十九年七月十八日との二回だけであり、これ以前に長良川で鵜飼を見物したという記録はない。が、碧梧桐は三十五年冬に岐阜を訪ねてをり、

　　長良川二句
長良富士頭が禿げて寒さかな
石船も流れを下す寒さかな
　　鵜匠の宿を訪ふ
すさまじき冬の鵜飼の小鮒かな
　　十八楼
十八楼冬来てさびれたるを見る

の句を残している。[*2]したがって、掲出句が実際に長良川の鵜飼を見物しないまでも、実景に接し、鵜匠の話などを踏まえて詠まれたものであろう。

＊1　『近代俳句の鑑賞と批評』（昭42・10　明治書院）。＊2　『碧梧桐全句集』（平4・4　蝸牛社）。

22　この道の富士になり行く芒かな

『春夏秋冬』（秋）

この句は明治三十四年七月に虚子・鳴球・菅能・吉原・河合と碧梧桐の六人で富士登山した折[*1]の句である。この日は好天に恵まれ神々しいまでに聳え立つ富士山に向かって歩けば辺り一面に芒の穂が美しくなびいていたのである。〈富士になり行く〉には、芒の生い茂る高原の道を歩いているうちに芒の穂の上に富士山の全容が見えてきたのである。〈この道の〉と臨場感あふれる語の効果はなかなかのものである。

この句を評して阿部喜三男は、

「この道の」と直接体験を思わせる語でよみ起し、「富士になり行く」と遠く高きを望んで、広々とした野の中の「この道」を行く、進行的な動きを含め、明朗健康な気分を展開し、その展開の気分が「芒かな」で一層と広がり、季節の美しい景をあらわして、一句の場面が言い止められ、感懐と情趣がみなぎる。[*2]

とし、さらに、「季節の美しい景をとらえながら、生き生きと動く感懐をよく詠んでいる。」[*3]と評し、楠本憲吉は〈富士になり行く〉の表現が「絶妙というほかはない」[*4]と絶賛。森澄雄は「もう富士の頂には白く雪が降りているかもしれない。大景をえがいてすがすがしく美しい一句である。」[*5]と評している。

この富士登山について虚子は後日、世に評する程の壮遊ではなかった。病気のある人でなければ誰でもなし得ることで、要はゆっくりと時間をかけて登れば平地を旅行と何の異なるところはない[*1]と書いている。碧梧桐は、胸突あたりで風雨に悩まされたようで、頂上に着いた時の様子を「胸突の嶮岨にくたばつた足は、いくらか平坦であるこの頂上をあるくのも甚だ苦しかつた。それに草鞋が半分切れかけて居るので、ジャリ〳〵した焼石の上をあるくのは何だか針の上を行くやうな心持もする。」[*6]と書いている。

この年、子規の病状はすすみ、虚子が「消息」で「子規君の容態変ること無之候。唯日によれば新聞も読むこと出来ず、一日を暮し兼ぬるとの事に候。一日は愚か、十分間五分間をも暮し兼ぬるとの事に候。」[*1]と報じているように、その俳句活動を著しく減退したため、「ほとゝぎす」の編集を碧梧桐が手伝うようになり、「ほとゝぎす」誌上に「俳話—感じの差違」(二月)、「六阿弥陀詣」(四月)、「俳話—旅中の写生」(六月)、「五巻一号のはじめに」(十月)など碧梧桐の俳話類が多く載るようになった。また、虚子居の俳句例会に対抗し、碧梧桐が自宅で俳句会を始めるようになったのもこの頃で、子規没後の碧・虚の対立の萌芽となった。

碧梧桐の明治三十九年の作に、

この道に寄る外はなき枯野哉

がある。この句に触れて「句柄は一読の通り、いまだ古格頑健の域を雄邁に闊歩している。然し、早くも、芭蕉の『此道や行く人なしに秋の暮』的な『所思』が潜在していたのではないかとカンぐらせるような、孤高のアフォリズムが脈打っているかに見える」[*7]と言ったのは永田耕衣である。

＊1　「消息」（「ほとゝぎす」明34・8）。　＊2　『河東碧梧桐』（昭33・10　桜風社）。　＊3　『現代俳句評釈』（昭42・2　學燈社）。　＊4　『現代俳句』（昭43・10　學燈文庫）。　＊5　『俳句への旅』（平2・10　角川選書）。　＊6　「富士の頂上」（「ほとゝぎす」明34・9）。　＊7　『名句入門』（昭53・4　永田書房）。

23　から松は淋しき木なり赤蜻蛉

『春夏秋冬』（秋）

この句が作られたのは明治三十五年の秋で、十月十日の「日本俳句」に載った句である。この句を読めば誰もが北原白秋の、

からまつの林を過ぎて
からまつをしみじみと見き
からまつはさびしかりけり
たびゆくはさびしかりけり

にはじまる「落葉松」（大正十年十月）の詩を思い起こすことであろう。大野林火も「この詩に通う味わいがこの句にある。」とし「『からまつ』を『淋しき木』と見る詩人の眼は、時代を隔てても相通っている。[*1]」と述べている。これを受けて阿部喜三男は「秋の日に群れとぶ、明るくもはかない赤蜻蛉をここに点出した俳句は、まことに白秋の名作とくらべても、然かるべきものがある。碧梧桐の詩人

としての素質、俳人としての技倆を認めさせるものがあろう。」[*2]と述べている。

ところで、子規の病状が急速に悪化したのは、明治三十四年の秋以降で、子規は、十一月六日付けでロンドンに留学中の夏目漱石に、

僕ハモーダメニナツテシマツタ、毎日訳モナク号泣シテ居ルヤウナ次第ダ、(略)僕ハ迚モ君ニ再会スルコトハ出来ヌト思フ。万一出来タトシテモ其時ハ話モ出来ナクナツテイルデアロー。実ハ僕ハ生キテヰルノガ苦シイノダ。僕ノ日記ニハ「古白曰来」ノ四字ガ特書シテアル処ガアル。[*3]

と、身動きもままならぬ重病人になった苦しい胸の内を明かしている。

翌三十五年一月十二日、碧梧桐は子規の看病に便利なところとの思いから上根岸七十四番、加賀屋敷と向かい合わせの家に移るが、子規の病状は一月末にはいったん小康を得るものの、その後も不安は去らず、三月末には、友人門人らが子規の病床に集まって看護番を決め、和歌の側から伊藤左千夫・香取秀真・森田義郎、俳句の側から碧梧桐・虚子・鼠骨が交代で看護をつとめるようになった。

子規の病状は九月に入りにわかに悪化。十八日の午前十時ごろ、子規の様子がおかしいとの家人からの知らせに碧梧桐がかけつけると、枕元には陸羯南夫人と妹の律がいて、今朝は痰が切れないで困ったなど、ただならぬ様子であった。碧梧桐は陸家の電話で虚子に大急ぎで来るように連絡して帰ってくると、律が病人の右側で墨を磨っていた。子規は痰が切れず苦しそうにしながらも絶筆「糸瓜の三句」を書き終わると顔色は一切万事これでおしまいだと言う風にも見えた。

子規が静かに三十六年の生涯を閉じたのは、翌十九日の午前一時であった。

正岡其後ノ模様ハ其都度「ホト、ギス」ノ消息其他ニテ御覧被下候事ト存候病勢時ニヨリテ軽重アリシモ要スルニ日ニ月ニ衰弱加ハリ愈身体ノ自由ヲ失ヒ終ニ九月十九日午前一時ヲ以テ永眠仕リ候　誠ニ痛マシキ限リニテ兼テ期シタル事ナリシモ今更不覚ノ涙ニ暮レ申候　遺骸ハ土葬ト決シ田端村大龍寺トイフ律院ニ葬リ申候　戒名ハ「子規居士」ト定メ候

とロンドンの漱石には十月三日に虚子が書簡[*4]を送っている。

九月二十三日の新聞「日本」に、碧梧桐が俳句欄の選者を継承するとの告示が載り、碧梧桐の「責任の重大を感ずる」との付記も載った。しかし、この「日本俳句」の選者の継承は重大な意味を持つとして碧梧桐は、

「ナア升さん、アシに『日本』の選をやれといふのぢゃが…」

「まアさうぢゃらうな…おやりや」

私は何心なく子規とのこんな応答を夢のやうに描いて、一応子規の承認を得たいやうな、又た得たやうな淋しく不安気な気持を心にくりかへすのであった。[*5]

と逡巡の後に決意したことを後日回想している。

つまり、掲出句の「淋しき」は、三十五年の初め頃から碧・虚の対立の顕現化による淋しさと、子

規亡き後の「淋しく不安げな気持」とが深く関わっていたと考えるは穿ちすぎであろうか。

＊1 『俳句講座6 現代名句評釈』(昭33・10 明治書院)。＊2 『河東碧梧桐』(昭33・10 桜楓社)。＊3 『子規全集』⑲所収。＊4 『定本高濱虚子全集』⑮所収。＊5 「死後」(『子規の回想』昭19・6 昭南書房)。

24　寒月に雲飛ぶ赤城榛名かな

『続春夏秋冬』（冬）

この句は新聞「日本」の俳句欄（明36・2・9日）に、季題「冬の月」で発表された〈寒月や根岸の鶴の声を聞く〉〈送別の月寒く酒を強ひにけり〉など七句中の一句で、実景を眼前にして詠んだものではない。しかし、碧梧桐は明治二十九年秋に榛名に遊び、「滞在凡て十日なりき此日は空晴れて近山遠村の景前日と異なりいと好し」[*1]と記し、また子規も明治十九年八月に伊香保に旅し、[*2]榛名山に登っていることを考え合わせれば、この句が眼前の実景を詠んだものではないにしても、かつて訪ねた榛名山に子規への思いを重ねて詠まれたものと考えられる。

透き通った冬の大気の中で研ぎ澄まされたように輝く寒月。そのぞっとするような輝きに照らされて冬の雲が赤城山より榛名山にかけて飛ぶように流れて行くというのである。〈赤城榛名かな〉と固有名詞をどっしりと据えたことにより、空っ風の吹き荒れる上州らしいスケールの大きな句となっている。碧梧桐らしい印象鮮明な写生句と言えよう。

ちなみに神田秀夫は、「皎々たる寒月のもと、連山の上を雲が飛ぶように動いている。片や赤城山、片や榛名山、風の強い寒気のなかに名山をすえて、力のこもった句である。[*3]」と評している。

この句の作られた明治三十六年の春、「木の実植う」の題で句作したことを通して虚子との対立が表面化することとなる。

それは、「木の実植う」の題で鳴雪、虚子らと句作した際に碧梧桐が、

枳殻垣木の実を植うる処かな
木の実植うる畑に一木の李かな
山持て自ら木の実植ゑにけり
畚《ふご》の物木の実を植うる翁かな
木の実植て菜の花もなき小村かな

などの句を作ったが、虚子は「畚の物」の句だけを採り、あとは皆排斥したのである。これに対し碧梧桐は、虚子の句、

僧正や猿がもて来し木の実植う

は「空想」であり、自分の句は、山林家が杉や檜の種を蒔くという「写生」であるとし、句作の手段は「空想趣味」に起こって、順次「写生趣味」に傾くのだとの主張した。[*4]これに対して虚子は、「空想趣味」を幼稚なものとし、「写生趣味」を進歩したものとしたことに反発[*5]したのである。つまり、

「木の実植う」という題にたいして、碧梧桐が「事実の場合」を詠んだのに対して、虚子が「一半は事実に即しながら一半は連想から来る情感に依」って詠んだという「写生趣味」と「空想趣味」との対立であった。[*5]

この「木の実植う」での両者の対立のあと、こんどは、碧梧桐の「温泉百句」に対する虚子の批評を機に二人の対立が俳壇的な出来事として表面化することとなる。

＊1　「伊香保後雑興」（新聞「日本」明29・8・28）。＊2　大原恆徳宛て子規書簡（明19・9・8）。「二十日榛名山に上る往復六里山路崎嶇たり」とある。＊3　『近代文学註釈大系　近代俳句』（昭40・10　有精堂出版）。＊4　「疑問」（『俳諧漫話』（明36・11　新声社）所収。＊5　「俳話二」（「ほとゝぎす」明37・3）より要約。

25 朝涼し村人が温泉《ゆ》を飲みに来る

「ホトトギス」（明36・9）

この句は明治三十六年七月に磐梯山に登り、会津福島に遊んだ折、押立《おったて》・草湯・上の湯・川上・東山・飯坂・六原の六カ所の温泉を巡って詠んだ百句中の一句である。押立は磐梯南麓の寒村で、温泉宿は二軒のみであった。

ちなみに「押立」で詠んだ句は、掲出句をはじめとして、

温泉の宿に馬の子飼へり蝿の声
温泉の宿や裾野の草の茂る中
湯治人木賃の飯を洗ひけり

など十句である。

押立《おったて》温泉は磐梯山の麓にあり、安政三年開湯と歴史は古く、無色透明なきれいな弱食塩泉である。

掲句、〈村人が温泉を飲みに来る〉によって、温泉と深く関わって暮らす村人の様子をうかがうこと

ができ、「朝涼し」によって山麓の朝の涼やかな空気が捉えられている。

ところが、この「温泉百句」が発表されると、虚子は翌月「現今の俳句界」[*1]と題する文章でこれを批判したのである。

つまり、「温泉若くは湯の字」を入れて百句作ったことに驚きながらも、趣味ある価値ある百句を作るという点から言えば決して穏当な方法ではないと句作態度を難じ、各句に技巧を弄して一句も平凡な句にしまいとする工夫を認めるものの、繰り返し読むにしたがって種々の欠点が目に入り、「温泉百句」は不成功の作であるとしたのである。

これを具体的に見ると、〈温泉の宿に馬の子飼へり蠅の声〉の句を取り上げて、〈馬の子飼へり〉と「蠅の声」は調和が悪い。もし、蠅の多くいる温泉宿の光景を描くのなら「馬の子」は割愛してしまった方がよいと思う。新しい材料、気の利いた句法を好む碧梧桐は、

温泉の宿に馬の子飼へり合歓の花
温泉の宿や厩もありて蠅多し

といった単純な句では満足せず、この両句の意味をひとまとめにして〈温泉の宿に馬の子飼へり蠅の声〉と詠んだのであろう。しかし、こうした「気の利いた句法」が欠点だと批判したのである。

これに対して碧梧桐は「『現今の俳句界』を読む」[*2]で応え、虚子の批判は的外れであるとし、押立温泉で先ず目についたのが馬の子を飼っていることと、蠅が沢山いたので、それをそのまま句にした

までで、「馬の子」に「蠅」が調和するとかしないとか考えるいとまもない、実景そのままである。そこに見えておらぬ他を配合するということと、実景そのままを句にするということと何れが器用で不器用であるかは問題であるとし、虚子の調和（趣味）意識を基にして「合歓の花」を配するあり方に強く反駁する。

この碧梧桐の反論に対して虚子は「再び現今の俳句界に就いて」[*3]を書き、碧梧桐の作風は「技巧」の方面は認める事が出来るが、「趣味」の方面はあまり無造作過ぎると再度批判したのである。

この論争により碧・虚対立は一層深く、広いものとなって行くこととなった。

ここで、あらためて「温泉百句」中より六カ所の温泉で詠んだ句を一句ずつ挙げてみたい。

　押立
湯治人皆百合折りに出でにけり
　草湯
湯泉の色に出る茶を啜る暑さかな
　上の湯
雲の峰噴火の巨口温泉《ゆ》を噴きぬ
　川上
温泉《ゆ》に通ふ飛石濡らす夕立かな

東山
ざぶ〳〵と温泉《ゆ》が溢れ居て明易き
飯坂
温泉《ゆ》の神や祭名残の作り花
穴原
五月雨に温泉《ゆ》垢《あか》の錆や石畳

これらの句はいずれも碧梧桐が言うように実景そのままを何の技巧もなく叙したものであり、虚子の言う「気の利いた句法」「技巧を弄した句」とは言い難い。虚子が「温泉百句」全体を一括して「不成功の作」と批判したのは、多分に「ホトトギス」の読者を意識しての碧梧桐批判であったと言えるのではなかろうか。

＊1　「ホト、ギス」（明36・10）。＊2　「ホト、ギス」（明36・11）。＊3　（「ホト、ギス」明36・12）。

26　僧籍の軍籍の人や梅の花

『続春夏秋冬』（春）

この句は新聞「日本」の俳句欄（明37・3・21）に季語「梅の花」五句中の一句で「六花召集せらる」の前書を付し、また、同時に「従軍行五句」と題して、

海を渡つて王師に参る春の風
草木も靡く大軍過ぐる春
杏桃の盛りや胡地を占領す
金州や子規子も行きし春の山
馬と寝て薄き蒿なり冴え返る

の五句を発表している。

この年の二月十日、日本はロシアに対して宣戦布告していたのである。

六花は東京下谷三の輪の「梅林寺」の住職喜谷六花（一八七七〜一九六八）で、十七歳頃から俳句を

始め、子規没後は碧梧桐選の「日本俳句」に投句していた。当時二十八歳であった。

碧梧桐は仏の道を説くべき僧侶の六花までが召集されることを知り日露戦争の重大性を改めて実感し、眼前に馥郁と咲く梅の花を眺めながら、戦場に赴く愛弟子に対する思いをこめて詠んだものである。

ちなみに石川啄木はこの日露戦争で多くの若者が戦死したのを悼み、

意地悪の大工の子などもかなしかり
戦に出でしが
生きてかへらず　　　　（『一握の砂』）

と詠んでいる。幸い六花は日露講和が成った十月に帰還している。

碧梧桐はこの日露戦争が勃発するやこれを千載一遇の好機として従軍を志望する。その意気込みを、岐阜の愛弟子塩谷鵜平に宛てた書簡（明37・4・14）で、

この千載一遇の好期会を逸するのハ如何にも残念で身体の健康とか不健康とかいふやうなことを考へてをる遑はない　往つた処で何の土産もなしにすむかも知れぬがそれらハ往つて見なければわからぬことで事の不成功成功を論じて居る場合でハないと思ひます

と書いて従軍への並々ならぬ思いを伝えている。

しかし、この従軍計画は「軽挙妄動」とする声もあったようであるが、それとは別に京華日報の社内事情によりほぼ実現というところまで進みながら頓挫する。碧梧桐の従軍志望が頓挫したことは「ホトトギス」（明37・5・10）の「消息」欄に、

碧梧桐君ハ従軍ヲ志望シ京華日報社ヨリ派遣サルヽコトニ相成居候所、同社ハ先月日刊ヲ改メテ月刊ト為シ、碧梧桐君ハ本月ヨリ日本新聞社ニ日勤スル事ニ相成。旁従軍ノ事モ果取リ兼ヌル様ニ有之候

と記し、紀尾井町公園での送別俳句会を中止することを知らせていることによっても明らかである。

碧梧桐はこの従軍志望を断念したのを機にそれまで「日本新聞社ニ休暇ナキ為メ」として開会を延引して来た碧梧桐庵例会をそのまま廃し、また、これと平行して行ってきた徳上院句会への出席も止め、虚子とは別に一高俳句会で後進の指導に力を注ぐこととなる。これは「日本俳句」の充実をはかり自派の新人育成に力を注ぐことを志したもので、メンバーは、この頃一高に入った松下紫人。原抱琴・浅茅・荻原愛桜（井泉水）、それに東大生大須賀乙字らであった。

これは、自らも従軍を熱望し、また従軍断念を一つの転機として自らの信じる俳句の道をより強力に進めようとするところに、言い換えれば、短日時のうちに、自らを屈折させてゆく生き方に何の疑念もさしはさんでいないところに、最も碧梧桐的な生き方を見ることが出来る。そして、この生き方が、この後の碧梧桐の俳句の上にも姿を見せるのである。

27　五六騎のゆたりと乗りぬ春の月

『続春夏秋冬』（春）

　この句は明治三十七年春の作。碧梧桐としては珍しく空想の句。蕪村の絵巻もの的発想の句とされている〈鳥羽殿へ五六騎いそぐ野分哉〉（蕪村集）に倣ったものであろう。句意は、春の朧月に照らされて騎乗の武者が数騎ゆったりと来るのが見える。それはいかにも美しく艶なる眺めであるというもの。春月の明るくおおらかな感じが〈ゆたりと乗りぬ〉と響き合って、蕪村の句とは対照的な艶なる世界となっている。蕪村の句に触れて清水孝之は「五六騎は数騎の意であり、ぼかされているところに、文学的な連想と余裕の妙がある。『五六騎いそぐ』の現在形は、単に一回きりでなく、時間をおいて、二回三回と馳せ続くさまをも想像させるであろう。[*1]」としている。碧梧桐の句は〈ゆたりと乗りぬ〉によって、眼前の景を一瞬停止させて、一幅の絵のごとく印象鮮明に描いたところに、理想（空想）は写生を実現する過程の一つの部分であるとの考えをもつ碧梧桐らしさを出した句といえよう。[*2]

　ちなみに、蕪村の〈鳥羽殿へ…〉の句について「蕪村句集講義（秋十二・五十八）」の中で、鳴雪と碧梧桐との問答が記されているので、以下その一部分を紹介する。

鳴雪氏曰。これは歴史的の趣きを叙した句で、事蹟は十分にわからぬが、先づ保元の崇徳上皇と後白河天皇のお争ひのやうな連想が起る。（略）其際此処に三四人彼処に四五人がお味方に走せ参るものがあると想像して、鳥羽殿へ五六騎お味方をしに急いで走せ集つて居る、それにそよ〱と野分が吹いて居る、といふのである。（略）**碧梧桐氏曰**。場所はどの辺ですか。**鳴雪氏曰**。其時分の京都の地理は十分に知りませんが、兎に角鳥羽の事であるから都の外れで田甫なども其辺にあるらしく想像される。**碧梧桐氏曰**。「五六騎急ぐ」とはつきりいふた処は、其五六騎がよく目に見える処である。だから市中よりも郊外の方が適切かと考へる。**鳴雪氏曰**。野分といふ処が郊外でなけりや趣きを添へにくい。**碧梧桐氏曰**。先生は夕暮の感じとおつしやつたが私は白昼の方がはつきりしてよいやうに思ふ。具足のきら〱する処などがはつきり見えてゐるやうな感じがする。**鳴雪氏曰**。私は具足のきら〱するのは好まん。まだ戦といふわけではなく竊かにお味方するに走せ参ずるのであるから長刀にも穂をはめて居るやうな場合で具足もさう派手で無いやうに思ふ。時刻も夕暮位にしたい。

以上であるが、蕪村の句を白昼の緊迫した景としたのはいかにも碧梧桐らしい。掲出句は蕪村の句の緊迫した景とは対称的に、朧夜の艶なる景を描いたものである。

＊1　「『与謝蕪村の鑑賞と批評』（昭58・6　明治書院）。　＊2　「写生」（『俳諧漫話』明36・11　新声社）。

28　鷹鳴いて落花の風となりにけり

『続春夏秋冬』（春）

この句は明治三十八年碧梧桐三十三歳の四月十四日、吉野山中での作。句意は鷹が鋭く鳴いたかと思うと、一陣の風が吹いて今が盛りの桜の花がいっせいに舞い上がったことだというもので、〈落花の風となりにけり〉とずばりと言い切ったところに潔さがあり、鷹の声と照応して品格ある句となっている。

加藤楸邨はこの句を評して、

鷹の鋭い鳴声で吉野山中の静けさが破られる。すると、風が起って、いっせいに落花が始まったというのである。鷹の鳴いたことが原因ではないが、この二つが切り離せないかかわりを持つように発想しているところは、みごとである。*1

としている。

この年の四月十四日、碧梧桐は伊藤観魚・塩谷華園（鵜平）を伴い奈良を経て、吉野の花見に出かけている。この旅は「吉野紀行」*2として新聞「日本」に連載している。

これによると、四月十一日の朝、関西線で名古屋から奈良に向かい、桑名、四日市の伊勢路より、柘植、上野の伊賀路をのぼり大仏駅で下車。奈良では修復中の大仏を拝し、蕨餅を食べて、

鼈甲の色暖かに蕨餅　　華園
燕に塗らるゝ軒を仰ぎけり　　観魚
修復時落花の中の瓦かな　　碧梧桐

と詠み、市中の馬酔木の花を面白く思い、三々五々行き交う旅人に物を請う鹿の子や孕み鹿を愛でつつ、

腹落ちし鹿淋しさやあせぼ咲く

と詠んでいる。ついで奈良駅より桜井に向かい、日が暮れてより高田の町に着き、桜井の町から車を連ね、その夜は初瀬で宿をとっている。

翌十二日は朝から初瀬に詣で、

花踏むは初瀬の法師と見えにけり　　華園
四五人の法師にあひぬ花の風　　観魚
朝日さす杉間の花を数へけり　　碧梧桐

初瀬法師花の木間より見えにけり　　　同

と詠み、次いで三輪神社に向かう。ここで碧梧桐は

はなやかに遅き桜や女神

と詠んで、再び桜井に出て、観魚と多武が峰に向かう。紀行には、

多武が峰を越えて吉野の麓上市に出づる道は険峻攀ぢ難しと或書には見ゆれど、是れ却つて我が詩情にそふものに非ずやと輿を催うすこと頻りなり。即ち車を捨てゝ五十町の上りを歩す。

と記している。

上市を直下に見下ろす茶屋では、同行の観魚が、

鷹が鳴く峠を越すや昼霞

と詠んでいる。その夜は上市で眼前に吉野山を仰ぐ宿をとり、吉野の河鹿に耳を傾ける。

明けて十三日の早朝、吉野川を渡り吉野に向かい、川を渡ったところで女たちの檜を磨く作業を見て興を催し、

檜磨ぐ里人花に背きけり　　　碧梧桐

と詠んでいる。口の千本を上りつめ、吉野の町の入口に着いてからは爪先上がりとなる。蔵王堂に詣で、中千本を経て、奥千本に至る。

冒頭に掲げた〈鷹鳴いて…〉の句は中千本で詠んだもので、紀行では「時に一陣の風樹々の梢を払つて雲湧き雲走る。峰より高く落花の舞ふを見る」とある。

奥千本では「奥の千本に出づれば雨声又た樹梢を打つて至る。雨脚花上に銀線を画いて覚えず壮快を叫ばしむ。」と記し、

奥の千本雨中の花と成にけり　　碧梧桐

と詠み、西行庵は辿る山路がなく、やむなく引き返し吉野の町に入り、吉野宮では、

尼もゐて鮓を開くや山桜　　碧梧桐

と詠み、その日のうちに大阪に入るという旅であった。その後、三人は十五日には神戸へ。華園はその朝に岐阜に帰ったが、碧梧桐と観魚は当地の若菜会に出席したのである。

＊1　「河東碧梧桐」（『日本の詩歌』昭44・9　中央公論社）。　＊2　新聞「日本」（明38・4・22より同年5・9まで八回連載）。

29　三日月に淋しきものや舟よばひ

『続春夏秋冬』（秋）

この句は「ほとゝぎす」（明38・9・10）の「日記句抄」（八月十二日〜九月二日）に発表された二百二十八句中の一句で、明治三十八年八月十九日に作られた句である。川向こうに渡し舟の船頭小屋があるのだろう。こちらの渡し場から「おーい、おーい」と船頭を呼んでいるのである。舟を呼んでいるのは旅人か、それとも船頭と馴染みに村人であろう。宵の空に三日月がかかり、その微かな光の中で舟を呼ぶ声がするのである。秋のはじめのわびしい夕方、三日月を配したことにより、その呼び声がひとしお淋しく思われると言うのである。

加藤楸邨は「『舟よばひ』は渡し場で舟を呼ぶ様である」とした上で、「三日月のほそぼそとかかっている下なので、ひとしお淋しい。『淋しきものや』は「『もの』という漠たるもので内容に複雑味を加えようとする試みであろう」[*1]と評している。

碧梧桐は、この「俳三昧」の八月十九日（日）の「日記句抄」には掲句の他に

遊船の灯のゆら〳〵や三日の月
彼誰の女に逢ふや三日の月
ひもろぎの莚の露や三日の月
藻を掻いて暮る丶蟹あり三日の月
巡錫の徒歩におはすや三日の月

の他十二句を掲載している。

小沢碧童はこの俳三昧の様を「連日連夜骨立舎に於いて碧梧桐、乙字、（乙字君は二十八日より加入）両君と俳三昧を修す予俳想全く涸れ僅かに六十句を抄録す」*2と記している。

この「日記句抄」はこの年の八月十四日から同三十一日まで骨立舎（碧童宅）で碧童、乙字と連日連夜の俳三昧を修して得たものである。

この「俳三昧」修業について碧梧桐は次のように記している。*3

○俳三昧を修するといふのも、別に変つたことをするのではない。句作に熱心な二三人が打寄つて題を課しながら十句程度に句作するのである。早く十句に満ちた者があればそれを限りに其題をやめて一応出来栄を略評してすぐ次の題に移るのである。かくの如くして時間の許す限り題を進める。朝から昼迄に三題、昼から夕方迄に三題、夕飯後夜半迄に四題、都合十題百句の句作を今日迄の多作の限度として居る。一題の句作時間三十分乃至一時間。句作に熱中する時は殆ど雑談

の遑もないのであつた。（明38・10・10）

というもので、その荒修業ぶりを窺うことが出来る。

碧梧桐はこの俳三昧の様子を岐阜の塩谷華園（鵜平）に宛てた書簡（明38・8・18）[*4]の中でも、

この頃ハ毎夜碧堂と二人十句の会吟　小生病気平復と共に元気旺盛　碧堂を圧倒し碧堂やゝ尻込みの体に有之候　今夜も何かやる筈　今迄ハ一題なれど二題位やりたき願ひに候　長つゞきすればよいが

と書き送っており、始めたばかりの俳三昧に対する意気込みと、いささかの不安を覗かせている。

＊1　『日本の詩歌3』（昭44・9　中央公論社）。　＊2　「ホトトギス」（明38・9・10）。　＊3　「俳三昧に就て」（『新俳句研究談』明40・10　大学館）。　＊4　河東碧梧桐（下谷上根岸七四）より塩谷華園（岐阜市在江崎村）宛て書簡。

30　木曾を出て伊吹日和や曼珠沙華

『続春夏秋冬』（秋）

この句も「日記句抄」[*1]に発表された二百二十八句中の一句で、明治三十八年八月二十四日に作られた句である。

句意は、木曽路を抜け美濃路に入ると、はるか西方に伊吹山を望むことができる。土手や畦には今を盛りと曼珠沙華が咲いているが、今日のような澄みきった秋晴れを伊吹日和とでも言うのだろうかというもの。

「木曽路はすべて山の中である」と島崎藤村が「夜明け前」の冒頭に記した木曽路も妻籠宿を経て馬籠宿を抜けると径も下りとなり、やがて眼下に濃尾平野がひらけてくる。濃尾平野の西端に聳える伊吹山は標高一三三七メートル。奈良時代に役行者が山岳信仰の霊場として開山した山として人々に敬われるとともに、薬草の宝庫としても親しまれている。土手や畦に曼珠沙華は真っ赤に燃え、空は青く澄みわたり、遙か西方にはくっきりと伊吹山が見える。それはまさに伊吹日和というにふさわしい。

〈木曾を出て…〉の句は「曼珠沙華」の題で詠まれた、

愁ひつゝ旅の日数や曼珠沙華

蕎麦白き丘越え来り曼珠沙華

須磨寺や松が根に咲く曼珠沙華

など八句中の一句で、碧梧桐が実際に木曽路を歩いて詠んだものではない。

木曽路と言えば、明治二十四年、正岡子規が東京大学文科一学年の夏、学科試験を放棄して、木曽路を経て松山に帰省している。この旅の紀行文「かけはしの記」(「日本」明25・6・3)で子規は馬籠に一泊、翌朝雨の中宿を出て美濃に下るが、その時の様子を、

馬籠下れば山間の田野稍々開きて麦の穂已に黄なり。岐岨《きそ》の峡中は寸地の隙あればこゝに桑を植ゑ一軒の家あれば必ず蚕を飼ふを常とせしかば今こゝに至りて世界を別にするの感あり。

桑の実の木曽路出づれば穂麦かな

けふよりは美濃路に入る。

と記している。あるいは碧梧桐の脳裏に「かけはしの記」があったのかも知れない。

*1 「ホトヽギス」(明38・9・10)。

31　秋の夜や学業語る親の前

『続春夏秋冬』（秋）

この句も「日記句抄」中の一句。八月二十六日の作である。この句の前後に、

夜長く灯下に手足伸すなり
秋の夜の薬研音する隣かな

の句があることから、いずれも俳三昧で「秋の夜」の題で詠まれたものであることがわかる。

秋の夜は長い。父親の前に神妙に正座しているのであろう。学業成績が落ちたことを父親に報告しているのか。それとも、もっとなにか深刻な、退学といった問題について語っているのか。何れにしても静かな秋の夜、厳格な父親の前で神妙に語っている少年の姿が目に浮かぶ。いつか親子の間に会話が途絶え、庭の虫の声だけが聞こえてくるといった、やるせなく重苦しい空気が伝わってくるのは季語「秋の夜」が効いているからであろう。

神田秀夫は、この句に「少年か、少女か、親の前で学業の進度を報告している。まじめな話をして

いる。それが、しんとした秋の夜長を感じさせる」[*1]との頭注を付している。

ところで、碧梧桐が小説家を志し仙台二高を虚子とともに退学しようと決意したのは、明治二十七年の秋、数え歳二十二歳であった。碧梧桐は退学の意志を上根岸の子規に書き送り、子規からは、

(略)御申越之趣にてハいよ〳〵学校御退学と御決定被成候由誠ニめでたく存候　それ位之御決心なくてハ小説家にハ迚もなれ申まじく天ツ晴れ見上げたる御事かなと祝ひ申候(略)然れとも小生一個より見れバ矢張退校之事ハ御とめ申候(略)学校をやめる事がなぜ小説家になれるか一向に分らぬ様に思ハれ候(略)退学するにしても先づ此学期だけハ試験をすまし冬期休業にハ一旦御上京なさるべく御面会致候上縷々可申上候

十月二十九日夜獺祭書屋灯下ニ認む

と、自らの退学の経験から、碧梧桐・虚子二人の退学を思いとどまらせようとする返書[*2]が来たのである。しかし、その時すでに二人はその説得を無視して退学上京し、碧梧桐は子規のもとに、虚子は新海非風のもとに転がり込むのであった。

碧梧桐の父静渓はこの年の四月にすでに急逝していた。したがって碧梧桐は父親に退学の相談はしていない。

後年、碧梧桐は、

退学の夜の袂にしたる栗　大正5・9

と詠んでいる。仙台二高を退学する夜を回想して詠んだものと思われる。下宿で蒸栗を剝きながら虚子と二人で夜の更けるのも忘れて大小説家となる夢を語り合っていたのであろう。

また、大正六年十月には、

父はわかつてゐた黙つてゐた庭芒

とも詠んでいる。ここには父親の期待に背き小説家を夢見て学業に専念しなかった若き日の自分を省みて、黙って見守っていてくれた父静渓に対する切ない思いがこめられていると言えよう。掲出句もこの句に見られるように碧梧桐の父に対するほろ苦い思い出が発想の契機になっているのではなかろうか。

＊1　『近代文学注釈大系　近代俳句』（昭40・10　有精堂出版）。＊2　河東秉五郎（陸前国仙台大町通五丁目新町七番地鈴木芳吉方）宛て正岡常規（東京都下谷上根岸八十二番）書簡（封書）。

32　ひや〳〵と積木が上に海見ゆる

乙字編『碧梧桐句集』

この句は「ほとゝぎす」(明38・10・10)の「続日記句抄」に発表された百四十四句中の一句で、明治三十八年九月二十七日に作られた句である。

夏の間賑わった海水浴客もめっきり減って、すっかり秋めいてきた海辺の避暑地の宿といったところであろう。句意は、爽やかな秋気が立ちそめる頃、座敷で子供が遊んでいる積木の向こうに、ひやひやとした海がひろがっているのが眺められるというもので、海にも倦いて遊び相手もなく一人で積木遊びをしている子供の姿が想像される。

同日作に〈ひや〳〵と居て楽しめど妻子かな〉がある。この〈ひや〳〵〉という言葉は、この他にも〈ひや〳〵と墓参の面吹かれけり　明34〉〈ひや〳〵と横川の流れ残る花　明35〉などがあり碧梧桐の好みの感覚表現である。大野林火はこの句を、

積木は子供が海にも倦きて座敷で遊んでいるのであろう。その五彩に塗られた積木の家の向こう

に、あおあおと海が展けて見える。碧梧桐はそこに秋を知ったのであろう。この海にはもう泳ぐ人影も見あたらない。「冷やか」と置かず「ひやひや」という感覚的な言葉を選んだのは碧梧桐らしいし、この五字が」「積木の上の海」をかなしきのものにしている。[*1]

と評し、また那珂太郎は「玩具の積木といふ題材も新鮮なら、その上に海が見えるといふ視点のとり方も新鮮である。[*2]」とし、こういう視点の新しさは〈空をはさむ蟹死にをるや雲の峰　明39〉〈墓所に下りし鳶見る日爪も遠き空　明44〉などにも共通していると述べ、「澄明な感覚の句でありながら、一つの季節の終りと、孤独の寂寥感のやうなものが、不思議にそこに漂ふ」ことを指摘している。

ではこの孤独の寂寥感とは碧梧桐のどのような状況から出ているのであろうか。

「続日記句抄」は九月十日から十月四日（九月十九日と二十八日は除く）までの俳三昧での作品である。この頃の心境について碧梧桐は、岐阜の愛弟子華園（塩谷鵜平）に宛てた十月八日の書簡の中で、

日記句抄に次いで続日記句抄をこしらへました　今度のホトトギスで御覧を願ひ升　この秋ハ句を作るのが面白いので社杯やめてしまひ度成りました　それと同時に小説杯といふ野心ハ一切抛つて俳諧師で一生を終り度くもなりました　発句の徳の大さが今更にわかつたやうです（以下略）

と書き送っている。この年四月の「ホトトギス」百号記念号に小説「げん〳〵花」を発表している碧梧桐が、この時点で、少年時代から抱き続けてきた小説への野心をきっぱりと断ち、俳句に一生をか

けようと決断していることは大変興味深いことである。

こうした決断は、碧堂らとの俳三昧によって大きな手応えを得たことによるものと思われるが、この年一月から「ホトトギス」に連載されはじめた夏目漱石の「吾輩は猫である」が好評であったことと全く無関係であったとは思われない。

こうした状況が碧梧桐の句に「孤独の寂寥感」といったものを感じさせたのかも知れない。

それはともかくとして碧梧桐らの「俳三昧」はさらに明治三十八年十二月二十八日から、翌年二月まで修し、その後も三十九年六月（一日〜三十日）には海紅堂「碧梧桐居」で「夏期俳三昧」を修しており、これが同年八月六日の第一次全国遍歴（三千里）の旅へとつながっていくのである。ちなみに虚子中心の「俳諧散心」は明治三十九年三月十九日第一回を虚子庵で行っている。この「俳諧散心」は虚子らが碧梧桐の「俳三昧」に対抗して起こした会名で、虚子をはじめとして蝶衣、東洋城、癖三酔、松浜といったメンバーであった。

＊1 『俳句講座6　現代名句評釈』（昭33・10　明治書院）。＊2 「河東碧梧桐・中塚一碧楼」『鑑賞日本現代文学33　現代俳句』（平2・8　角川書店）刊。大岡信は『第四　折々のうた』（昭59・4　岩波書店）の中で「夏もようやく過ぎたころの海辺の宿でもあろうか。軒下に積んである薪か何かのひとかたまり、その彼方に、秋の海がひやひやと見える。どこかうつろな、でも人なつかしさひとしおの秋が、そっと忍び寄っている。『積木』を玩具とする見方もありうる」と評している。

33　馬独り忽と戻りぬ飛ぶ螢

『続春夏秋冬』（夏）

この句は三十九年、碧梧桐三十四歳の作。六月に海紅堂（碧梧桐宅）で六花・乙字・碧堂らと修した「夏期俳三昧」（六月一日〜三十日）の六月六日に、季題「螢」[*1]で作られたもので、同時作に〈灯あき紙端に落つる螢かな〉〈行く螢白雲洞の道を照らす〉がある。

句意は、夏の夕暮れ、突然馬だけが帰ってきた。いっしょに出かけた家人はどうしたのであろうか。あたりの夕闇はますます深くなり、飛び交う螢の光りもさだかさを増してきたようであるというもの。

安斎桜磈子は「馬独り」と叙し「忽と戻りぬ」と言った表現の大胆さに「驚くといふよりも、豊富な季節感情を捉へて、自然観賞の深さを示し、朗々たる調子の妙を発揮して居る事に驚嘆する」[*2]とした。この馬について、放し飼いにしてあった馬か、それとも家人とともに農耕に出ていた馬かによって解釈にニュアンスの違いはあるが、「いっしょにかえるべき人のすがたはなく、馬だけが突然帰ってきたということにふと不安が頭をよぎるとすれば、野良仕事につれ出していた馬とみるのが自然であろう。「独り」と「忽と」とをかさねたことにより、一抹の不安を抱かせることとなり、宵闇に飛び交う螢の冷たい光りはそんな不安を一層掻き立てるのに効果を上げているといえよう。加藤楸邨は、「忽と」は「忽然と」という感じであろうが、馬蹄の響きを感じさせるところが妙である。静かな「飛ぶ螢」が、この「忽と」を生動させ、この「忽と」がまた反対に「飛ぶ螢」を生動させて、『続春夏秋冬』でも出色の作ということができよう。
と評した。[*3]

また、伊沢元美は「『螢』という季題を新しく生かした句で、『螢』の持つ伝習的な情趣にもたれかかっていないところ、当時その斬新さを注目された」[*4]とした。

この年八月には、前年来新聞「日本」に掲載していた雑章その他を収めた『蚊帳つり草』[*5]を出版している。碧梧桐はこの中で自己の作風を「客観的写生趣味」という言葉で積極的に次のように説いている。

若し今日の客観句写生趣味の句に飽足らぬといふことであれば、今後益々客観句写生趣味の句を奨励すべきである　理想句の鼓吹を必要とする所以を見るに苦しむ　重ねていふが、大理想高理想の作は、熱心な客観研究の余に胚胎すべきものである。

と言い、「デッサンの研究を怠つた画が、其目的を達し難いのと同様に、写生を離れた句作は多く陳腐平凡に陥る」「句作の切磋琢磨は客観の研究を第一とせねばならぬ」と述べ、素材、表現の両者を貫いて客観研究を尊重すべきことを説いている。

碧堂、乙字、六花らと連日連夜、月余にもおよんだ鍛錬句会「夏期俳三昧」は虚子の空想趣味、趣向派的、伝統派的、保守派的なものと、写生主義的、技巧派的、現世派的、進歩派的な碧梧桐とが対立する中で行われたものであった。

碧梧桐にしてみれば「夏期俳三昧」は「句作の切磋琢磨は客観の研究を第一とせねばならぬ[*5]」とする客観尊重の姿勢を堅持しつつ、子規時代の平浅淡白な句風から脱皮し、複雑清新な新調を模索しようとする実作の場であった。その意味からも掲出句は碧梧桐の進んでいく方向を示すものであったと言えよう。

＊1 「ホトヽギス」(明39・8・1)。＊2 「俳句研究」(昭14・5)。＊3 『俳句往来』(昭63・3 求龍堂)。
＊4 『俳句鑑賞歳時記』(弥生書房 昭35・4)。＊5 「客観」(明39・8 俳書堂)。

34　空《くう》をはさむ蟹死にをるや雲の峰

『続春夏秋冬』（夏）

　この句は明治三十九年六月七日の作。碧堂・乙字・六花らと連日連夜、月余にもおよんだ鍛錬句会「夏期俳三昧」（明39・6・1〜6・30）は、虚子の空想趣味的、趣向派的、伝統派的、保守派的なものと、碧梧桐の写生主義的、技巧派的、現世派的、進歩派的などが対立する中でおこなわれたものであった。句意は、夏の日が照りつける磯に一匹の蟹がハサミをあげ、空をはさもうとする姿で死んでいる。そのはるか彼方の水平線から積乱雲がむくむくと群がり立っていることだというもので、伊沢元美はこの句について、

　背景（遠景）に雲の峰を置き、近景に、蟹《かに》がはさみを空中《くう》に持ちあげたままの形で死んでいるところを点出したのであり、実景をそのまま句にしたので、死んでいる蟹と雲の峰との配合は従来の行き方にはなかったことである。ある海辺での景を偽らずに詠んだのである。「空をはさむ」というところに作者の対象を鋭くリアルに捕らえようとする眼を感じる。「雲の峰」が趣味的な

自然感としてあるのでなく、一匹の小なる蟹の死に対しての大きな自然物といった感じのものとして置かれているように思われる。[*1]

と鑑賞している。阿部喜三男は、

「雲の峰」から暑い夏の日の広大・雄壮な景が浮かび、それに対して小さな蟹の死骸を点出するのであるが、それがまた小さなハサミをのばしているように見えるのを、小さなものながら、何か雄大なものを求めつかもうとして、むなしくも終わっているような姿と見てとったのである。絵のような写生的な一句の構成ではあるが、季題「雲の峰」に対して、従来的な観念的な詠み方をせず、作者の主観が巧みに浸透した、新しい一景（蟹の死）を配し、当時の俳句としては近代性を含めた、新鮮な味のある句となっている。[*2]

と評し、山口青邨も、

碧梧桐の才気煥発の作品のよい例かもしれない。同時に、これから進んでゆく傾向の曙光となっているようである。[*3]

と評した。

これらに対して、福永耕二は「避暑期の海浜の追憶であろうか。それとも海が奏でる夏への挽歌であろうか。」とし、「アブストラクトの絵を見るような大胆な構図」の句であるとし、「『空をはさむ』というところが当時の鑑賞者の目を驚かせたところだろうが、今から見るとかえって大仰で古くさい明治調を感じさせる。[*4]」と評している。

また、加藤楸邨は「『蟹死にをるや』に対して『雲の峰』が碧梧桐の目を濃厚に感じさせる。」とし、「構成的で野心的な作[*5]」と評している。

掲出句が「新鮮な味のある句」であるか、「大仰で古くさい明治調」の句であるかは評の分かれるところであるが、何れにしても、広大な海浜の景を背景に、虚しくハサミを持ち上げたまま死んでいる蟹と「雲の峰」とを対比し、対象を鋭く捉えている点に於いて、従来の配合趣味を打破しており、楸邨が指摘しているように「構成的で野心的な作」であるといえよう。

碧梧桐にしてみれば、子規時代の平浅淡泊な句風から脱皮し、複雑清新な新調を模索しようとする実作の場としての「夏期俳三昧」であったことを考えれば、掲出句が「碧梧桐が進んでゆく傾向の曙光となっている[*3]」との青邨の指摘は的を得たものと言えよう。

＊1　「河東碧梧桐」（『鑑賞と研究　現代日本文学講座　短歌・俳句　昭37・8　三省堂）。＊2　吉田精一・楠本憲吉編『現代俳句評釈』（昭42・10　學燈社）。＊3　『明治秀句』（昭43・2　春秋社）。＊4　水原秋桜子篇『俳句鑑賞辞典』（昭46・3　東京堂出版）。＊5　『日本の詩歌3』（昭44・9　中央公論社）。

35　海楼の涼しさ終ひの別れかな

『新傾向句集』

この句は碧梧桐が三十四歳。第一次全国遍歴（三千里）の旅（明治三十九年八月六日〜明治四十年十二月十三日）に出発した明治三十九年八月六日の作である。碧梧桐は両国から汽車に乗って昼過ぎ稲毛に下車し、千葉の海に臨み、松林の中にただ一軒あった料亭「海気館」に泊まり、ここまで見送ってくれた乙字・観魚・碧堂・六花と留送別句会をもったのである。

この三千里の旅は、関東・東北・北海道を巡り、新潟まで戻って、四十年末に第一次が終わり、四十二年四月に第二次全国遍歴（続三千里）の旅を開始し、中部・北陸・山陰・中国・九州・沖縄・四国・京阪・東海道を巡り、四十四年七月十三日に帰京するという、三年六カ月と二十九日にわたる大旅行で、この間の紀行文を新聞「日本」、のち雑誌「日本及び日本人」に「一日一信」、「続一日一信」と題して連載したのである。

ちなみに同年九月号の「ホト、ギス」の「消息」欄に「碧梧桐君は本月六日愈出発致し候。『日本』紙上の『一日一信』は毎日其消息を伝へ候」と記し、碧梧桐の紀行文「三千里」（一）を載せている。

この三千里の旅に先立ち碧梧桐が大谷句仏に宛てた書簡[*1]（明39・2・27付）の中で旅の行動計画について次のように記している。

旅程は今の処先づ東北を始めとし　兎に角名ある湖水と高山其他大河等は出来得る限り跋渉の考へに候　始めは霞が浦巡りよりして　足尾中禅寺に出で中禅寺より猪苗代の間道（此間紅葉見もよしとなり）を経て郡山に下り磐城松浦湖を見て仙台松島金華山盛岡といふ順序にせんと予定罷在候

それより北海道秋田佐渡越中立山加賀白山山中温泉等より転じて信濃に入り甲斐を経て一先づ帰京再び行を起して関西に向はんかとも考へをり候へどもこは今日の予定なれば如何やうにも変更し得る事に候

といったもので、当初から碧梧桐が壮大な旅行を計画していたことが窺える。しかもこの大計画は結果として第一次、第二次の全国遍歴（三千里・続三千里）の旅を通してほぼ完遂されたのである。

さて、冒頭に掲げた句は一日目の旅信「一日一信」[*2]に「留別」と前書きを付して掲載されたもので、句意は、今こうしてここまで見送ってきてくれたみなと海楼の涼しさの中に一緒にいるが、これが最後の別れとなるであろうというもので、〈終ひの別れ〉に前途三千里への覚悟が窺える。山口青邨は「つひのわかれ――は、すこし大袈裟だが、これから三千里の旅にのぼるのだから、あるいは死ぬかも知れないのだ。親しい弟子達に対してのことだから、センチメンタルな気持ちになったのであろう。[*3]」と評している。「涼しさ」は実感として肌で感じる涼しさであろうが、〈終ひの別れ〉と響き合って、碧梧桐の前途三千里への思いを強く読みとることが出来る。

見送りの四人の句は「送別」の前書きを付した、

夏の雲長途の明日を思ふかな　乙字
心長き別れに秋の隣りけり　六花
この家の木槿に語りつきもせず　観魚
水筒に清水みてたる別れかな　碧堂

の四句である。碧梧桐はこの旅信の中で「せめて千葉まで送らうといふのが、遂に同宿することになつて、この夜一同梅松楼に夜更くるまで語りあかした。[*2]」と記している。

海気館（梅松楼）で一泊した碧梧桐は、翌朝、見送りの四人と別れ、勝浦・犬吠・鹿島・土浦・水戸を経て平潟に着き。勿来関跡を訪ねたのは九月十日で、

松の外女郎花咲く山にして

と詠み、
勿来の関は九面《ここつら》の町はづれから左に数町上るのである。峰の上に松が五七本立つて居る。東に

海を見晴らし、西に常磐の連山を望む眺望は、馬上一顧の値ひがある。蹄の跡といふまでもなく、昔の関所も街道も何処をしるしとする便りもない。[*3]

と記している。松の木の立っている中になよなよと咲く女郎花はいかにも淋しげに思われたことであろう。

＊1　東京下谷区上根岸七十四河東秉より京都六条通東本願寺大谷光演宛。封書。＊2　新聞「日本」(明39・8・9)。＊3　九月十日の記事(新聞「日本」明39・9・14)。

補注　碧梧桐が書簡の中で「旅費留守宅費用合計七十五円とすれば其中月々二十乃至三十円位は出来得る見込みに候へば御補助を仰ぐは残り四十乃至五十円位と相成申候」と書き送ったのに対し、句仏は返書で「御留守費三十五円也御旅費六十円也　計九十五円也」「御出発の期定り次第御助勢申候事を御確答申候」(「句仏上人」碧梧桐随筆集『なつかしき人々』平4・9　桜楓社)と記して碧梧桐への支援を約している。

36　旅心定まるや秋の鮎の頃

『新傾向句集』

九月十九日の子規忌に碧梧桐は足尾に滞在中で、旅信「一日一信」[*1]には「けふは子規忌当日なので、黙想に耽る」とし、次のような感慨を洩らしている。

古くやつて居るといふ事は一つの株には相違ない。が、古くて勢のぬけたのより、新らしくとも力の籠もった方が尊い。古くて力の籠もつたのは更に尊い。古株は古靴同様になり易いものぢや。（略）俳句で衣食し得るやうになるのが、俳句堕落の始めである。俳人が社会的に名誉と地位を得るのが、俳句堕落の始めである。自己の目的と、自己を律する標準は常に最高に置くがよい。卑しい低い目的と標準は自己を賊する。

これはこの大旅行が「同志の少ない時は、四方の人才招致を最も急務とする」[*1]とする碧梧桐の新人発掘を意図した旅であったことを示すものであり、同時に俳人として自らを律する言葉であると言えよう。

足尾を後にした碧梧桐が栃木県氏家に着いたのは九月二十九日。ここには十月二日まで滞在した。

掲出句は十月一日に鬼怒川の沿岸氏家氏の城跡勝山から舟を下ろして宝積寺に遊び、その夜の小集で作られたものである。〈旅心定まる〉は、芭蕉の「白河の関にかゝりて旅心定まりぬ」（『奥の細道』）が念頭にあったと思われる。碧梧桐は「奥の細道に倣ふ者」[*2]という一文の中で、芭蕉の旅について、「芭蕉の俳句に一期限を作つて、旅行以後の句初めて、元禄調の面目を発揮した観があ」る。「殊に奥羽の大旅行が其素地を作して居ると思ふ度に、単純な意味以外に彼の大旅行を慕しく思」う、「芭蕉の行跡を辿つて再び同様の大旅行を企てたい」と記し、何時かは自分も奥羽への大旅行をしたいと願っていたのである。

〈秋の鮎の頃〉は城跡勝山からの川下りをしての実感であろうが、芭蕉が白河の関に辿り着いた頃、つまり「卯の花の白砂に、茨の花の咲そひて、雪にもこゆる心地ぞする」頃と照応させたものと見るのはいささか穿ちすぎだろうか。いずれにしても、この句には前途三千里の思いも、ここに至ってようやく落ち着きを取り戻し、身も心も旅人らしい安定を得たとの気持ちが込められている。

ちなみに碧梧桐が白河に着いたのは四日後の十月五日であった。

なお、六花編『碧梧桐句集』[*3]には〈旅心定まるや秋の鮎の宿〉となっているが、「鮎の宿」では単なる事実の報告に終わって、趣きの浅い句になってしまう。

十月一日の夜の小集で作られた諸氏の句は、

簗流れんとして鮎落る事多し　凹孫
鮎落ちぬ水の濁りも澄み涸る丶　五川
落鮎や舟遊の客けふもあり　巨環

といったものであった。
三日、雨の降る中氏家を発った碧梧桐は弥五郎坂を越えて詠んだ句、

坂を下りて左右に藪あり栗落つる

は、昭和二年、氏家勝山公園弥五郎坂に句碑となった。

＊1　新聞「日本」（明39・9・23）。＊2　『俳諧漫話』（明36・11　新声社）。＊3　昭和22・11・1　櫻井書店。

37　果知らずの記のあとを来ぬ秋の風

（『新傾向句集』）

この句は明治三十九年十月八日、郡山での作。碧梧桐三十四歳の時。「はて知らずの記」は正岡子規が明治二十六年七月十九日から八月二十日におよぶ奥州旅行記である。「はて知らずの記」によれば、子規は七月十九日に上野停車場を発ち、白河、郡山、飯坂温泉を経て、塩釜、松島をめぐり、広瀬川を遡り、作並温泉楯岡、大石田に出て、最上川を下って酒田に泊まり、象潟を過ぎて北上し、本荘より秋田に入り、大曲に行き、湯田温泉より黒沢尻に出て、水沢を一見して、八月二十日帰京している。

白河より須賀川を経て子規が郡山入りしたのは七月二十一日であった。「はて知らずの記」の二十二日の記事（新聞「日本」明26・7・29）には、

二十二日朝浅香沼見んと出でたつ。安達太郎山高く聳えて遙かに白雲の間に陰約たり。土俗之を呼んであだゝらといふ。

短夜の雲をさまらずあたゝらね

郡山より北すること一里余福原といふ村はづれに長さ四五町巾二町もあるべき大池あり。これなん浅香沼とはいひつたへける。小舟二三隻遠近に散在し漁翁篙を取て画図の間に往来するさま幽趣筆に絶えたり。

とある。

掲句は、碧梧桐が第一次全国遍歴（明39・8・6〜明40・12・13）、いわゆる「三千里」の旅中の作である。明治三十九年十月三日に氏家を発ち、雲巌寺、白河を経て六日に郡山に入って八日に作ったもので、初案は、

果知らずの記にある山や秋の雲

であった。

碧梧桐は旅信[*1]「一日一信」（10・8日の記事）で、

陣馬山へ茸狩に行く。蘭陵布引を採り、乱菊栗もたしを得た。外に初茸二三本。予は団栗を拾ふ。山中三春富士を見て冷酒を酌み、帰途安達太良颪が寒かつた。

と記している。したがって〈記にある山〉は「三春富士」を指すのであろう。かつて子規が見た三春

富士を目の前にして、子規が詠んだ〈短夜の雲をさまらずあたたゝね〉の句を想い起し、澄んだ青空に浮かぶ白雲に子規への思いを深めたのである。しかし、〈記にある山〉はいくらか説明的である。これに対し〈記のあとを来ぬ〉と改めたことによって、眼前の山だけでなく、子規の跡をたどって遙々と奥羽の地まで来たのだという感慨が句の中心となり、座五の「秋の風」によってその想いが一層深いものとなったと云えよう。

ちなみに、郡山に入った子規は七月二十一日に、松山の碧梧桐に宛てて、次のような書簡[*2]を送っている。

小生此度の旅行は地方俳諧師の内を尋ねて旅路のうさをはらす覚悟にて東京宗匠之紹介を受け巳に今日迄に二人おとづれ候へとも実以て恐入ったる次第にて何とも申様なく前途茫々最早宗匠訪問をやめんかとも存候に御座候（中略）小生は今日に於て左の一語を明言致し申候
名句は菅笠ヲ被り草鞋ヲ着ケテ世ニ生ル、モノナリ
先は大略悪旅店之腹立ちまぎれにしるす

というもので、「名句は菅笠ヲ被り草鞋ヲ着ケテ世ニ生ル、モノナリ」という感慨は、前年の「獺祭書屋俳話」（新聞「日本」10月3日）、の中で、

実景実情を有の侭に言ひ放しながら猶其間に一種の雅味を有するものにして、是れ亦嵐雪の独り

擅まゝにする所なり。

と記していることを果て知らずの旅を通して実感し、確信をもって碧梧桐に伝えたものと言えよう。碧梧桐は後日、子規が宗匠と称する人物の浅薄さと無能さを直覚したことは「同時に自己の詩的立場を明白ならしめる所以であった」[*3]と感想を述べているのも頷ける。

＊1　新聞「日本」(明39・10・13)。＊2　岩代国郡山旅舎(子規)より松山市千船町(河東碧梧桐宛て)。＊3　「果て知らずの記の旅」(「子規の回想」6　大13・12・15　碧)。

38　思はずもヒヨコ生れぬ冬薔薇

『新傾向句集』

明治三十九年十一月四日、峨々温泉を早朝五時に発った碧梧桐は途中遠刈田温泉で一休みして、同日仙台に入り、十四日の午後汽車で塩釜に発つまでの十日間、仙台に滞在している。

碧梧桐にとって仙台は明治二十七年九月、学制の変革で京都第三高等中学から仙台第二高等学校に虚子とともに移り、間もなく小説家を夢見て二人揃って上京した思い出の地である。碧梧桐は十一月六日の旅信「一日一信」[*1]の中で、

十二年前の昔の事を想ひ出す。学校に在ること僅に三月、無謀にも退学を敢てして、仙台を去つたのは丁度この月のけふであつた。虚子と同居して、よく栗を食つたのは大町辺の風呂屋の離れ座敷であつた。（略）広瀬川を隔てゝ青葉の城趾に対する公園に来て、虚子と毎夜のやうに納涼んだ。城趾に見ゆる一点の灯火を見て、灯火の美といふことを虚子が説いた。予は非常に感服して聴いた。

と懐かしそうに記している。

ところで、掲句〈思はずも…〉が作られたのは「旅中吟」(明41・3 懸葵)に〈糸を繰る音と庇のしぐれかな〉他七句とともに十一月六日に仙台で作ったと記されており、十一月六日の旅信「一日一信」中の「小集」に〈瘤のある大樹の下や冬薔薇 泡村〉〈たそかるゝ鉾杉にほろしぐれ哉 同〉ほか五句が記載されていることから、季題「冬薔薇」「時雨」で作られたものと推測される。

句意は、冬には珍しい暖かい日に冬薔薇が咲いたのを見つけ、オヤと思って見ていると、思いがけず可憐なヒヨコがぴよぴよと産声をあげて生まれたよというもの。

この句は大須賀乙字が、「俳句界の新傾向」(明41・2 アカネ)の中で、

会下の友想へば銀杏紅葉す 碧梧桐

の句とともに陰約法もしくは暗示法の句として例示したことで、新傾向句の口火となった有名な句で、
冬の薔薇などには一種暖かな感じがある、何時咲いたとも知れぬ間に咲いてをる(略)此頃の陽気は狂つたやうな日和続き、ヒヨコも生まれゝば薔薇も咲くといふのである。
とし、一見無関係に見えるヒヨコが生まれた事と、冬薔薇との間に感想上の類似点を見出だし、日和続きの冬の陽気の感じが暗示されるという技法であり、

季題其物だけでは何等の象徴ともならぬが配合によつて特性があらはれる時其季題は象徴的に用ゐられたといふのである。

とし、こうした句は余情余韻に富み、複雑にも精緻にも進み得ると論じ、碧梧桐の、

赤い椿白い椿と落ちにけり

といった直叙法または活現法の句とは著しい差違が認められる新傾向句であるとした。

この句について後日多くの人が評している。安斎桜磈子は「象徴的写実的手法に於て、新傾向初期の作品中、最も鮮明に認められた注目すべき句」であり、「何の作為も加へずにそのまゝに表現したもので」「当時としては全く例にない新しい感じ方、視方、聴き方によつたものである」[*2]と評し、阿部喜三男は、

ヒヨコが生まれたことと季題の冬薔薇とは直接関連することではなく、従来の季題観念によれば、このような一句は成立しがたいが、この場合は伝習的態度にとらわれず、作者の経験を直接に生かして、あえてこの一句を作った。その辺に殊に親しみがある。[*3]

と評している。

つまり、二つの意外な事実によって、日和のよさを暗示している句ということであるが、小室義弘[*4]

は、この二物の取り合わせは、連句の句付の詩法に似ているとの指摘をしている。

因みに、碧梧桐は乙字の指摘に対して、「議論として欠点があつたけれども、要するに予のいふ個性発揮を形に表はれた上から観察したのであらう」[*5]という見解を見せ、以後、新傾向論は時と共に細部に説明され、整理されていくのである。

＊1 「一日一信」(11月6日記事) 新聞「日本」(明39・11・11)。 ＊2 「近代名句抄」(『俳句研究』昭14・5)。
＊3 『河東碧梧桐』(昭39・3 桜楓社)。 ＊4 『鑑賞現代俳句』(平1・11 本阿弥書店)。 ＊5 「俳句の新傾向に就て」(「日本及び日本人」明41・8)。

39　この道に寄る外はなき枯野哉

（『新傾向句集』）

この句は明治三十九年十二月二十九日、八戸の小集での作。第一次全国遍歴の途次碧梧桐は、十二月二十八日の朝、三の戸を発ち、雪の降りしきる中、爪籠を履き、弁慶頭巾に雪合羽という出で立ちで、一の戸から吹雪の山中を歩き続けてやっとの思いで四時に、青森県の東南部、太平洋岸にある港町、八戸の鮫港に着いている。

ここには二日間の滞在であったが、この地の印象を旅信[*1]「一日一信」（十二月二十九日記事）に「海の景色としては平凡である。蕪島も平凡である。春来て全島の蕪の花盛りを見て、鷗の巣を見つけて雛でも押へたら面白からう。」と記し、「一の戸、三の戸の山中から出て来ると、飲食其他万事意に適する事夥しい。」との感想をもらし、旅中吟として、

晴雪に海見ゆる我が行く先きに
野ひらけ行く晴雪に風立てり

雪晴れぬ鶏犬我を怪むる

と詠んでいる。ところで冒頭の〈この道に…〉の句は、途中から雪は晴れたとは言うものの、積雪の野をひたすら八戸を目指して歩いた碧梧桐自身を詠んだものである。

ここで誰もが思い起こすのは芭蕉の、

この道や行く人なしに秋の暮

ではなかろうか。この句には「所思」と題を付けた元禄七年の作である。生涯の伴侶であった寿貞を喪い、各地蕉門の低迷、離反、内紛、それに旅中の芭蕉自身の健康状態の不調も重なって、この秋の夕暮につつまれた一本の道を寂しく歩く芭蕉にとって、この道こそは自らの人生そのままとの思いを強くしたことであろう。〈行く人なしに〉に俳諧一筋の孤高な芭蕉の運命が象徴されていると言えよう。

ところで、子規没後、虚子が「国民新聞」の俳句欄の選をし、「ほとゝぎす」の経営をしているという理由から、碧梧桐は日本俳句欄を引き継いだものの、俳壇では碧梧桐・虚子の対立が注目されはじめた。そうした状況を心配した鳴雪は「ほとゝぎす」十月号で、子規という統率者を失い、頗る索漠悲颯の感に堪えないが、今こそ総和が必要と説くが、三十六年春にいたって、ついに二人の対立は表面化して、「温泉百句」論争[*2]を通して、写実派の碧梧桐と理想派の虚子との違いが鮮明化し俳壇を二分することとなるのである。

明治三十八年、百号に達した「ほとゝぎす」は名実ともに虚子のものとなり、漱石の「吾輩は猫である」の連載をはじめとして俳誌というよりも文芸誌の感を呈していく。その間、碧梧桐は、三十七年秋より根岸の碧童居で乙字らを交えて句会を開き、碧派の新人育成に努め、虚子との対立はいよいよ明らかとなっていく。こうした状況のもと、碧梧桐は意を決し三十九年十二月、句仏上人、塩谷鵜平らの援助を得て「三千里」の旅に出たのである。

この三千里の旅は、第一次、第二次の空前の大旅行となるのであった。

こうして眺めてみると、掲出句の〈この道に寄る外はなき〉に込められた思いは、虚子と袂を分かち、自らの道を切り開かんとする碧梧桐の俳句にかける強い意志と孤高の寂しさを詠んだもので、芭蕉の〈行く人なしに〉にこめられた孤独・寂寥感と極めて近いものと云えるのではなかろうか。ちなみに、

　この道の富士になり行く芒かな

は子規生前の明治三十四年七月に虚子らと富士に登った折りの句で、これには明朗健康な気分が表われている。

＊1　「日本及び日本人」（明40・1・15）。　＊2　明治三十六年九月「ホト、ギス」に碧梧桐が発表した作品「温泉百句」を虚子が批判したことから、両者の対立が表面化し、論争が展開された。

40　蝦夷に渡る蝦夷山も亦た焼くる夜に

『新傾向句集』

この句は明治四十年三月二十八日、根室での作である。碧梧桐は浅虫温泉で約四十日間逗留の後、二月二十四日、青森から陸奥丸で函館に渡り一泊、翌日は十勝丸で根室へ向い、翌々日の昼過ぎ不凍港花咲に着、馬橇で陸路根室に着いたのは二月二十八日であった。根室には四月四日まで長期滞在し、コマイ釣り、牧場での兎狩り、流氷群など、見るもの聞くもの全てが珍しく、根室湾に張り詰めていた氷が一夜にしてなくなったことへの強い驚きを、

東風吹いて一夜に氷なかりけり

と詠んでいる。

掲出句〈蝦夷に渡る…〉は根室の小集で「野山焼く」の題で作られたものであるが、海を渡り初めて北海道の山焼きを見た時の感動を詠んだものである。〈も亦〉には、内地の山々でも山焼きをしていたが北海道も同様にとの思いが込められており、はるばる旅をしてきた碧梧桐にとって蝦夷の山火

は切ない旅愁を掻き立てるものであったろう。

大野林火は

渡道といふ昂ぶりが、山焼く火といふ好材料を得て、まことによく出ている。当時の北海道は、今日と比ぶべくもなく、はるけきものと思はれたことであろう。しかも、さいはての根室までの旅だ、蝦夷の空を真赤に染めた山を焼く火が、そうした感動の中で劇的にとらえられ、それがそのまま一句の音調の弾みとなって脈打っている。[*1]

とし、中島武雄は「『北海道』といわず『蝦夷』といったところに、この句の独自の味わいが出てきている。北海道にはちがいないのだが、アイヌたちが群れをなし、意気さかんだったころの北海道、山野が原始の姿を保っていたころの北海道のイメージを思い浮かばせるからである。[*2]」と評している。

ところで、碧梧桐は三千里の旅に先立ち大谷句仏に宛てた書簡[*3]の中で旅の行動計画について書き送り、「時期は九月頃にせんと一時延期の考へなりしが御来示を符号せしとは一奇に候何故九月とせしかといふに北海道の雪を見るには丁度其頃之出立が好時期と思ひし故に候」とも記し、北海道への旅は当初から計画の中に入っていたことが分かる。

この大旅行について碧梧桐は句仏より北海道の雪は没風流なものだから、それを避けるために、七月下旬には出立し、遅くとも九月末には引っ返した方がよいとの助言を得ていたのである。碧梧桐が東京を出発したのは八月六日で、北海道滞在は明治四十年二月二十四日から五月四日までの約七十日という長期間であった。

＊1 『俳句講座6 現代名句評釈』（昭33・10 明治書院）。＊2 『現代俳句全』（昭37・7 學燈社）。＊3 俳句文学館蔵『俳句文学館紀要』第8号（平6・8）にて全文紹介（栗田）している。

41　虎杖やガンピ林の一部落

『新傾向句集』

明治四十年四月四日、碧梧桐は根室より陸路釧路へ出るか、または北見へ出て網走に行こうとした。が、釧路までの道は特に見るに足るものもなく、雪解の泥濘は膝を没して歩行が難儀を極めると言われ、また、網走までは八十余里ほどで、早くても十四五日を要し網走道の斜里《しゃり》山道を今頃歩くなどは無謀と笑われて、根室より海上を釧路丸で釧路をめざすことにした。ところが風が思わしくないため艀が出ないというので、厚岸《あっけし》で待機を余儀無くされ、十二時間で着く航程が六日の午後になってようやく釧路の宿に入ることができた。

七日は雨、八日は朝から晴れてハルトリというアイヌ村を見に出かけた碧梧桐は、家の造りを旅信「一日一信」[*1]（四月八日）の記事の中で、

いづれもガラス窓のついた板壁の家に住んでをる。学校の小使部屋かと思はれるやうな家許りぢや。余程わるい家でも屋根に石を置いたソギ葺きである。中を覗いて見ても、出入り口から土

間になつて、框があつて障子が立てゝあつて、畳が敷いてある作りである。

と記し、

　あらはなる岩に虎杖林かな
　焼石に虎杖角を出しけり

の句を詠んでおり、北辺の地に住む人々の暮らしとともに、その特徴的な自然が碧梧桐の心に強く響いたようである。

　瀧井孝作はこれらの句を評して「虎杖交りのガンピ林の、山家のけしきと、噴火山の焼石のなだれた処に棒立の虎杖のけしきとが、ブッキラボウに描かれて、細かい味が鮮かに出てゐる」[*2]と評し、阿部喜三男は「いかにも北海道らしい景趣であるが、この句はまた繊細微妙とは反対の太い荒っぽい筆致でよみ上げられ、それでいて、大自然の中に生きる人々の生活も浮かんでくる。」とし、「碧梧桐にはこうした面の句の伎倆も備っていた」[*3]とその句域の広さを認めている。

　十一日に旭川に入った碧梧桐は、十三日、屯田兵として明治二十五年ごろ東旭川に移住していた松山の同窓生入山某よりぜひ会いたいと言ってきたため馬車で駆けつけている。入山は今では郵便局を営み、学務委員を務めていた。

　入山らが屯田兵としてはじめて北海道へ来たときは小樽に上陸し、汽車で滝川に着き、それからは

歩いたのだという。碧梧桐が、

「西村はどうしたろうな」

と聞けば、

「建夫かな、建夫は死んだ、旅順で戦死した」

という。西村というのは入山と同時に渡道した同窓の友であった。

そこへ父親も顔を出し、帰り際、請われるまま、

屯田の父老の家のかすみけり

の一句を書き、「事は小にもせよ、不毛の原野を斯の如き村落に形づくり得たのは、正に松山人士中成功の一人に数へ得べきであると、自ら意気昂然たるを覚えた」[*4]との感慨を抱くのである。

当時、松山の藩士中、屯田兵として北海道移住に応じたものは十余戸あったという。

＊1 「日本及び日本人」(明40・5・1)。 ＊2 「解説」(六花編『碧梧桐句集』昭22・11・1 櫻井書店)。 ＊3 『河東碧梧桐』(昭39・3 桜楓社)。 ＊4 「一日一信」(四月十二日)。

42　花なしとも君病めりとも知らで来し

『新傾向句集』

四月十七日の昼過ぎ深川を発ち五時に札幌に着いた碧梧桐は大通りの芝生が青く萌えているのを見て第一番の春に会ったと喜び、十九日には札幌農学校を訪ね、学校と名の付く物で一番感じのよいのは、やはり農学校に如くものはないと思う。

二十四日、鰊の初漁に沸く小樽入りした碧梧桐は町の印象を、「一日一信」（四月二十四日）の中で、

小樽の市中を散歩して見ると、平坦な真直な道が殆ど無い。（略）住吉神社の前通りを、水天宮山に行かうとすると四五町の間に、四五の坂を越す。右を見ても、左を見てもうねくした丘に沿うて家並が作られてをる。＊1

とし、帯広、旭川、札幌は直線趣味で、小樽は曲線趣味であるとの感想を記す。

翌二十五日、函館に入った夜は、歓迎会に、また二十七日の夜には大会に出席し、

兵村の歌うたひけり畑打
畑打つて藤一棚も培ひぬ

の句を残している。

函館では五稜郭を訪ね、五月四日には地元句会の送別会に出て、

幕かへすやうに落花をふるひけり

と詠み、五月五日、滞在六旬余に及んだ北海道を後にした。

午後八時に青森に着いた碧梧桐は、翌六日に野辺地公園の花見に誘われ、急に野辺地の同人の顔も見たくなり、躊躇することなく出かけたが、めざす桜は前夜の吹き降りですでに散り、数十本が青々とした葉桜になっており、再会したく思った鶯子は憂うべき容体で病床の人となっていた。

鶯子は本名山口久太郎といい、野辺地の料理店主で、碧梧桐が北海道へわたる前の約四十日間浅虫に逗留するが、野辺地にはその間の十日間（一月六日〜十五日）滞在し、地元の同人鶯子、漁壮（山口吉三郎）、錦木（角鹿扇三）、泰山（中村）らと句会した。一月十五日に野辺地から北海道に渡るに際して、碧梧桐は鶯子に、

摂生の俳諧境や蕪汁

の句を座右銘として贈り、さらに浅虫まで送ってきた鶯子に一月十七日、

君淋しと思ふ頃われも寒さかな

の句を贈って別れを惜しんだのであった。

掲句〈花なしとも…〉の句には「鶯子を訪ふ」の前書が付されており、句意は満開の桜を見るのを楽しみに野辺地に戻ってきたが、すでに桜は散ってしまっていて残念であった。また、再会を楽しみにして来た君が病気であることを知らないで来て、ただただ驚き心痛むことだというもの。北川漸は「意外な不幸に接した悲しみを、さりげなく情愛深くうたった。実情実感の挨拶句」[*2]と評した。

この句、前に挙げた、

蝦夷に渡る蝦夷山も亦た焼くる夜に

と同様に六・七・五の十八音となっており、季題趣味からの脱皮の試みとともに、五・七・五の因習的リズムからの解放を試みており、複雑な心の動きを捉える試みがなされている。

このように、碧梧桐の俳句が十八音となり、六・七・五または、五・八・五のリズムとなるのは、この年の三月十五日に根室で詠んだ、

ふぐり重き病なりしが冴返る

の句あたりからで、その後も、

蕨食うて兎毛変りしたりけり（三月二十六日）
貝を生けし笊沈めしが水ぬるむ（三月二十七日）
藪の中の家の花見ゆ春の月（四月七日）
ゆるき流れ遠々と春の峯秀づ（四月二十八日）
韮萌ゆる畑見つゝ来れば辛夷哉（五月六日）

といった句を見せている。

＊1　「日本及び日本人」（明40・5・15日）。　＊2　『日本近代文学大系56　近代俳句』（昭49・5　角川書店）。

43 シカタ荒れし風も名残や時鳥

『新傾向句集』

この句は明治四十年五月二十四日、弘前で作られたもの。碧梧桐は前日の二十三日の午後に板柳から行程三里余の弘前まで雷雨の中を徒歩で向かい、見果てる森の限りまで咲きつづいている菜種の花に感動しつつ、夕刻、松本某の「星陵庵」に入っていた。

シカタというのは東北・北陸の方言で西南風をいう。碧梧桐は五月十九日の旅信「一日一信」*1の中で、

竜飛《タツピ》岬は蝦夷の白神岬と相対してをる津軽半島の最北端である。ふゆべから吹きやまぬシカタといふ西南の風は、こゝを目あてに吹くのかとも疑はれる。家にをれば坐が揺れる、外に出れば足をすくはれる。朝から昼から晩と段々に吹き募る。

と記している。

掲句は二十四日の夜の小集で「時鳥」の題で詠まれたもので、他に、

船待て見る月代や時鳥
　津軽半島某駅
木置場の番屋の月や時鳥
贄の俎上にあるや時鳥

の三句をものしている。

掲句〈シカタ荒れし…〉の句意は、激しく吹き荒れたシカタもおとろえて、名残の風が吹く中で時鳥の鳴き声を聞いたことだというもの。

この句を評して瀧井孝作が「荒々しいシカタも漸吹きおとろへて、時鳥が啼いてゐる、浦淋しい旅情。」[*2]としたのをうけて、阿部喜三男は「爽快な夏らしい感じだが、」「まことに日はふり季はうつる、旅の先々での情でもある。」「旅行家碧梧桐の句には風土色の濃いものがあることも一特徴であり、そうした面でも碧梧桐は近代俳句を進展させた人だといえる。」「時鳥をよんだ句は古来非常に多いが、実感や体験を重んじた碧梧桐が、この旅先で得たこの句は殊にそうした特色をもち、さすがに巨匠らしく巧みによんでいるものともいえる。」[*3]と評している。

この句を「浦寂しい旅情の句」ととるか、「爽快な夏らしい感じ」の句ととるか鑑賞に差がみられるが、碧梧桐の二十四日の「一日一信」[*4]には弘前城趾について

賑やかな町から一歩城趾に入ると、如何にも山深く来た感じになる。森の奥の方に貝吹の声がす

る。堀に出ると行々子が鳴いてをる。夜来ると狐の鳴くのも聞えるさうぢや。さうしてこれが現に市の公園になつてをる。

と記しており、初夏の弘前城趾の情趣を楽しんでいる。これを句の背景として考えれば「浦寂しい旅情」というよりも、「爽快な夏らしい感じ」を読みとるのが自然といえよう。

ところで、この句も先に挙げた〈花なしとも…〉の句と同様に六・七・五のリズムである。これは、季語「時鳥」の題詠吟ではあっても、実感を重んじて詠むといふ姿勢が必然的にこうしたリズムとなり、季題趣味にとらわれないで、旅中吟として実地に即した清新な句境を生んだのである。

＊1 「日本及び日本人」(明40・6・15)。＊2 「解説」(喜谷六花編『碧梧桐句集』昭22・11 櫻井書店)。＊3 『河東碧梧桐』(昭39・3 桜楓社)。＊4 「日本及び日本人」(明40・6・15)。

44　会下《えげ》の友想へば銀杏黄落す

『新傾向句集』

この句は明治四十年九月十三日、三千里の旅中、横手での小集で「銀杏散る」の題で詠んだものである。八月に横手に入った碧梧桐は九月四日、午後徒歩で山谷峠を越して湯沢に出て、ふたたび横手にもとり、五日にはしばらく横手で静養することとし、戸沢百花羞（本名盛治）の病院の裏の九品寺の一間借りるが、この日、始めて陸羯南《くがかつなん》の訃を知り愕然とする。その悲しみを九月五日の旅信「一日一信」[*1]の中で、

予がこの旅行に出る暇乞かた〳〵尋ねた時は、其前に会うた時よりも元気があつて、追つて鎌倉の隠栖に籠る積りぢや、旅行が済んだら逗留しに来い、などゝ咳交りではあつたが、快よい話があつた。（略）必ずしも旧日本新聞社員としての関係ばかりではない、直接間接万事に世話になつたことは到底筆紙に尽くされぬ。言はば子規亡き後の第二の師父であつた。

とその死を悼み、この三千里の旅について、羯南に「君は一体真面目過ぎて困ることがある。何にも

寒いときに北海道に行くことはない。寒い時は九州、夏は北海道と気任かせにすればよいではないか」[*1]と言われたことなど思いだしている。

掲出句の「会下の友」は禅宗などで共に参禅した友の意である。が、ここでは、ともに学んだ友といったほどの意で、句意はかつて共に学んだ友をしみじみと偲んでいると、銀杏の葉がはらはらと散ることよというもの。

この句、題詠とはいえ、子規忌を間近に控え、第二の師父と慕う羯南の死が句作の動機となったことは間違いなく、この時、碧梧桐の胸中にあったものは、共に机を列べた学友はもとより、子規・羯南のもとで学び、すでに亡くなった友への哀悼の念があったであろう。はらはらと散る銀杏黄落は友の死を暗示しているとも言える。

この〈会下の友…〉の句は大須賀乙字が「俳句界の新傾向」[*2]に、

思はずもヒヨコ生れぬ冬薔薇

の句とともに陰約暗示の法の句としてとりあげ、

> 会下の友だけに、銀杏の厳粛な木ぶりやら玲瓏たる其黄落やらが調和するやうに思ふ。（略）季題の約束が一層重用視されて季題其他各物に対する感想の力を化りて詩美を発揮するやうになつてをる。（略）季題の感想は一種の象徴である（略）吾人の象徴は直覚的に来るもの、（略）即ち

季題、其物だけでは何等の象徴ともならぬが、配合によつて特性があらはれる時其季題は象徴的に用ゐられたといふのである。

とした。つまり、この句の〈銀杏黄落す〉は単なる自然現象として捉えるのではなく、ひらひらと散る銀杏と、その旧友の面影をかさねたものとして鑑賞すべきと言うのである。

阿部喜三男は「会下の友の想起と銀杏黄落の結びつきに、従来見られなかった自由な実感的・直接的な複雑なものがあるとするのだが、その漢語調の句調もその内容にふさわしく、かつ、碧梧桐がこれも得意とした一態であった」[*3]と述べている。

碧梧桐の横手滞在は九月二十日までであったが、十七日の小集[*4]で「秋の雲」の題で、

隔て住む心言ひやりぬ秋の雲

と詠んでいる。これは同時の作に〈見えぬ高根そなたぞと思ふ秋の雲〉もあり、東京に残して来た妻茂枝への思いを詠んだ句であることがわかる。澄み切った秋の空に白く浮かびゆったりと流れていく雲に、ひとりぽつねんと夫の帰りを待つ妻への思いを募らせたのであろう。

ちなみに碧梧桐夫婦は三十五年に子規の看病のため子規庵に近い上根岸七十四番地に転居していた。

＊1　「日本及び日本人」明40・10・1。　＊2　「アカネ」（明4・2・6）。　＊3　『河東碧梧桐』（昭39・3　桜楓社）。　＊4　九月十七日記事（「日本及び日本人」明40・10・1）。

45　朴落葉俳諧の一舎残らまし

『新傾向句集』

碧梧桐が三千里の旅中、十三日間滞在した酒田を発って、雨中車を駈って鶴岡に入ったのは明治四十年十月二十五日であった。

この句は鶴岡滞在中（10月25日～10月29日）、の十月二十八日、羽黒山に詣でた折に詠まれたものである。

この日の旅信「一日一信」[*1]によれば、羽黒山へは、祓川の橋を渡り、左手に五重塔を見ながら、両側が杉の大木の、一軒幅の石畳を登るとやがて急な石段になり、この坂を上ると草木の生い茂った平らに出たとし、

　こゝは別当屋敷の跡であるといふ。南谷はこの平らから左に下りた谷をいふさうな。「南谷の別院に舎して云々有難や雪をかほらす南谷」[*2]と詠んだ芭蕉が幽寂の情を尽したのはこゝだなと思ふ。会覚のをつた本坊といふのは、この別当屋敷であつた。屋敷もなければ南谷の別院は尚更、

今は下るべき道も絶えた。二百年の歳月も短いやうで、長いものぢやと思ふ。

との感慨を述べて、掲出句を書き記している。句意は、今は屋敷もなければ南谷の別院は尚更、下るべき道も絶えてない。ただ、大きな朴の葉が音を立てて落ちるばかりであるというもの。

碧梧桐は静寂の中に身を置いて、大きな朴の葉が音を立てて落ちるのをじっと聞いているのである。〈俳諧の一舎〉という思い切った省略が、二百年の歳月を隔てた芭蕉への思いを濃くにじませている。

碧梧桐は頂上の大堂に参った後、蜂子皇子の御陵に参って、花蔵院の奥座敷に休み「羽黒の眺望この寺を推すといふは空言でない。」との感想をもらしている。

尚、同日の作に、

冬木立捨て寄せしよな末社かな
冬構の中に鳥居の裸かな
落葉して鐘楼残れる社かな
谷深し松に黄葉を畳みけり

がある。

ところで、碧梧桐の大旅行の資金は大谷句仏から出ていた。しかし、この頃句仏からの送金が止まり、困却した碧梧桐は岐阜の素封家で愛弟子の塩谷鵜平に十月二十日に書簡[*3]を送りこの窮状を訴え

「若し句仏様より此月末にも御送金なかりしならば五十円」の送金（返済を約し）をと願っている。

これに対し鵜平からは早速送金されたようで、十一月七日には鵜平宛てに長文の書簡が送られている。[4]

早速御送金奉深謝候実ハ句仏上人の方にも前々より手紙を出し置きしも御返事無く又た着匆々電報にてきゝ合せしも是亦た梨の礫なればやむなく大兄を驚かしたる次第にて重々恐縮の外無之候其後昨日の便り（東京）によれば上人ハ目下御旅行中にて八日御帰京とかのことさすれば特に大兄を驚かすでもなかりしと実ハ後悔したる位に候（略）

と句仏からの送金が遅れた理由を明らかにするとともに、鵜平からの送金をそのまま借り受けることにしている。

なお、同書簡には碧派の俳人について次のように記している。

俳界全体のことは知らざるも近来漸く新進作家を見碧童観魚などハ已に過去の人たらんとする形跡有之候さる中に貴兄の依然として不撓の句作を見る愉快に御座候琅々杯何をしてをるにやとハガユキ事に候

波空のもり返し始めハよかりしも秋になつて更に振ハず少々投げやり加減相見え申候

百花羞、月隣生、王爪子、澪筑子、春又春、天郎皆々一騎当千の兵に御座候グズグズしてをる中

に東京の大家など蹴落されてしまふべく候匆々

ここで、明治三十八年から九年にかけての連日連夜の俳三昧をともにしてきた碧童を「已に過去の人たらんとする形有之候」と書いていることに驚きを覚えるが、常に新人を求めてやまなかった碧梧桐の姿勢を如実に示すものであり、俳句に対する厳しさを示すものではあるが、この厳しさ故にこの後次々と有力な弟子が離反していく主たる要因であったと言えよう。

＊1　明治四十年十一月十五日　日本及び日本人。＊2　曾良書簡によれば元禄二年（一六八九）六月四日、羽黒山本坊において作ったもの。芭蕉は六月三日から十日まで滞留した。＊3　東京都牛込句加賀町一―九　河東碧梧桐（酒田客舎）より岐阜市在江崎　塩谷宇平宛。＊4　河東秉（酒田客舎）より岐阜市在江崎　塩谷宇平宛。

46　茶の匂ふ枕も出来て師走かな

『新傾向句集』

十一月三日に新潟入りした碧梧桐は六日に汽車で八代田に出かけ会津石油地を見学し、

工場も建つや水田の冬の駅

と詠んでいる。「冬田」の題詠ではあるが実景であろう。

新潟での六日間滞在の最終日の八日に佐渡に渡ろうとした碧梧桐は船が出なかったため、九日の八時出帆の船に乗り佐渡に渡り二十三日まで滞在した。十五日には真野山の皇陵に参拝し、

この島に遷し奉りし当時上皇の御年二十五であつたといふ。御年の上許りでいふのではないが、左程に御若い時のことであつたと思ふと、一層当時のことをしのび参らすに堪へない。今は皇陵まで立派な新道が墾かれた。二百間四方の低い石垣の中には、梢の高い赤松が杉交りに蓊鬱としてをつて如何にも神々しい。木の間をすかして見ると、冬日影のさし込む間に御陵の棚がほの見

える。「順徳上皇御火葬地」とある立札も雨露にさびれてゐた。

として、

山茶花に真野山紅葉散りにけり

山茶花や供御とゝのへし民哀れ

と詠んでいる。

掲句の〈茶の匂ふ…〉の句は明治四十年十二月十日、三千里の旅の最後の地となる長岡での作である。旅先で新年を迎える碧梧桐のために宿の主が作らせたのであろうか。茶殻のほのかに匂う枕も出来て、そのかすかな匂いを嗅いでいると、しみじみと師走が感じられるというのである。長途の旅先での感慨である。

ところがこの句を作った日の翌日に母が脳出血で人事不省に陥ったとの知らせを受ける。[*1]その知らせでは、幸い軽症で日増しに快方に向かいつつあるが、今後異変がないともかぎらぬとあり、十四年前、父の病床に侍することの出来なかったことを思い、せめて母のため看病したいとひとまず旅を中断して帰国することとした。

ところで十二月十日の旅信「一日一信」[*2]には、近ごろの新しい句の傾向を論じてきた大須賀乙字の書簡を紹介している。それは近来の「日本俳句」の傾向を説き、日本人近来の作風は調子よりも思想に勝たんとする風が著しく暗示法の句が多く、かつて印象明瞭の句（これを活現法とする）が流行した時に比べて、今日の句は暗示法の句と言ったらよい。暗示法は季節等に関わる感想をいかすものであるというものであった。これに対し碧梧桐は、

暗示法といふのは稍学問的の名であるけれども、昔の俳人のいうた「題を離れて作れ」といふのが、それでないかと思ふ。（略）暗示法にも程度のあることに注意したい。若し暗示法と云ふ議論を楯にして、勝手な句作に耽つたならば、遂に一人よがりに堕落する。

との感想を述べている。
尚この乙字の考えは「新俳句論」（「東京日日新聞」明41・1・3、5、15）となり、「俳句界の新傾向」（「アカネ」明41・2）の俳論となっていくのである。

＊1　「一日一信」（「日本及び日本人」明41・1・1）。＊2　母せいは、松山藩士竹村平兵詠衛正輝の三女清。文久三年（一八六三）十二月、静渓の後妻として入籍、悠揚迫らぬ慎み深い人で、情深く物惜しみをしなかった。新しいものが好きで東京のニュースなど好んで聞いたという。先妻に二男一女があり、碧梧桐は五男である。

47　永き日や羽惜む鷹の嘴使ひ

『日本俳句鈔一・上』

碧梧桐は明治四十一年二月十三日から三月十四日まで自宅で喜谷六花・小沢碧童・伊藤観魚・宇佐美不喚楼・戸沢百花羞らと俳三昧句会[*1]を修しており、掲句もその二月二十一日の作である。

句意は、春の日に鷹が自分の羽の美しさを慈しむかのように嘴でゆったりと梳いている。それはいかにものどかな光景であるよというのである。

加藤楸邨[*2]はこの句を評して「羽惜む」というのは、今日から見ると手ぬるい把握だが、「永き日」の「鷹」を、その「嘴使ひ」でとらえたところには、碧梧桐のこのころの外面的描写から内面的事相の描写に務めているあとがはっきりうかがえると思う。碧梧桐が「予は多数の俳人に、単に『探美』などゝいふ漠然とした方針以外、題材の個性を探るといふ消息を会得されん事を熱望する。」（「新傾向大要」[*3]）と言っているのも、鷹の句で言えば、鷹という題材について「外面的描写」に終らず、「内面的事相の描写」を試みていることに該当するとみてよかろうと評している。

大空を流れるように飛翔する翼を休めて、のどかな春の一日、鷹の嘴使いが、あたかも羽を慈しんでいるかのようだと捉えたことによって、楸邨が指摘するように「外面的描写」に終わらず、「内面的事相の描写」となったのであろう。

碧梧桐が「内面的事相の描写」という言葉を見せたのは『春夏秋冬』の句と『続春夏秋冬』の句の違いを論じる中[*3]で、

大門を押されてはひる桜かな　四方太
桜植う嘘に廓のさびれけん　文生

の句をあげて、〈大門を…〉の句については、この句が出来た当時は写生熱の旺盛な時代で、何でも写生すれば良いという風であったから採られたものと思われるが、写生ということが、つまり「外面的の単純な描写」と言うことが、作詩の究極の目的でない以上、写生した事柄についても尚詩美の如何を論じなければならない。こうした句は詩美の如何によっては、句として価値のあるものが無いとも断言できないが、詩として価値のないものになりやすい。

これに対し〈桜植う…〉の句は、廓の桜は美しいとか賑やかなとか、人が混み合うとか、太夫が通るとか、いう普通の観察に比べると、桜を植えると言って植えなかった。嘘を言ったということだけでも尋常な着眼ではなく、一歩奥深く踏み込んだもので、〈大門を…〉の句が単に輪郭を描いたものとすれば、〈桜植う…〉の句は色彩が施されているとし、「前者の外面的描写」に対して、後者を「内面的事相の描写」と言うとした上で、下十二字〈廓のさびれけん〉に注意すべきである。〈さびれけん〉は「果をみて因を尋ぬる詞」であり、廓がさびれたのは、植えるはずの桜を植えなかったためかも知れないとの意で、廓がさびれたと言う事相と、桜を植えると言って植えなかった事相を、何らかの因果関係があるかのあるように主観的に結合したものである。つまり、色彩ある事相を、単に色彩を模写したのではなく、その色彩の上にさらに「主観的結構」をほどこしたのであると説くのである。

これを掲句〈永き日や…〉について見れば、〈永き日の鷹嘴で羽つくろふ〉とでも詠んだのであれば、普通の観察であり、碧梧桐の言う「外面的の単純な描写」である。ところが、〈羽惜しむ嘴使ひ〉は鷹の動作に対して一歩踏み込んだ個性的な着眼であり、「内面的事相の描写」がなされているということになるのである。

＊1 「その祈り―俳三昧―」(「日本及び日本人」明41・4・1)。＊2 「河東碧梧桐」「日本の詩歌」(『加藤楸邨全集』13 昭57・4 中央文庫)。＊3 「新傾向大要」明41・6稿(『新傾向句の研究』大4・6 俳書堂)所収。

48　釣半日流るゝ煤や温む水

『日本俳句鈔一・上』

この句も碧梧桐宅での俳三昧句会で二月二十七日に作られたものである。春日の下に釣り糸を垂れて小半日、とろりと湛えている水、目の前をゆっくりと流れていく煤。じっと釣り糸を垂れている釣り人にとって時間は止まっているかのようである。しかし、春の水はきらきらと流れ、時間も休むことはない。その時の流れを、流れていく煤で具象化することによって、のどかな〈釣半日〉が悠久の時の流れの中での一齣であることを自覚させる句となっている。神田秀夫は、流れてきた煤が水温む感じを与えたとし、「都会地の川の今日のようによごれた状況からは想像しにくい明治時代の清らかな川にうかんだ煤である」[*1]と述べている。

同じ二十七日の作を列挙すると、

蛭さがす水の温みや里まはり　六花
里川のぬるみやナメの揉み上手　百花羞

洲をなして引き居る水のぬるみ哉　不喚楼
水温む題に御溝を詠みにけり　碧童
白水も濁る温みや舟溜り　碧梧桐
忙し気に里居の医師や水温む　同

といった句で、〈忙し気に…〉の句においても、上五に〈忙し気に〉とすることによって子規時代の単純な取材・平易な叙法を打破し内面的事相の個性的主観的描写への移行のための試行錯誤といったものが窺える。ちなみに掲出句は三句切れである。これも試行錯誤の産物と言えよう。

碧梧桐はこの俳三昧を修するにあたって、能楽の諺に「稽古は笊より水の漏らぬやうにすべし」と言うことがあるとし、笊から水が漏らぬようにしようと思えば、笊はいつも水の中に浸けて置かねばならない。俳三昧を修して、毎夜苦吟したからと言って俳句が湧いて出るわけではない。いやかえって駄句ばかり吐くものである。俳三昧はただ古人以上の仕事をする一つの準備として行うのである。つまり笊から水を漏らさないための鍛錬である。そんなにして苦しんでも駄句を吐くだけだとその愚を笑う人は、ついに我々と行をともにする人ではない。ともに句を語るに足らぬ人たちであると述べている。[*2]

ところで碧梧桐は一月二十日の塩谷鵜平宛て書簡[*3]で「東京の小説熱ハ予期以上にて我々旧弊者ハ指を喰へて引込んでをる許りに候呵々」と書き送っている。

このことはこの年（四十一年）の「ほとゝぎす」五月号の消息で虚子が、

「本誌に俳句俳話等の分量少きことにつき御叱責有之候段御尤に存候。小生は近来文章の方に没頭致居り候為め自然作句の機会少く、又俳句に就ての愚見申上候余白無之、済まぬと思ひながら打棄居」るが、「俳句に就て必ずしも冷淡なるものに非ず、時機至らば聊か面目を新たにして俳人諸君に相見ゆるの栄を得べく所期罷在候」

と書いていることと符合する。この頃、虚子は「続風流懺法」、「俳諧師」を書くなど小説に熱中していたのである。ちなみに、十月には「ほとゝぎす」の雑詠選を始めたものの、『国民新聞』の俳句選は松根東洋城に委任し、ついに翌年八月には雑詠俳句欄を廃止するのである。

＊1 『近代文学注釈大系 近代俳句』（昭40・10 有精堂出版）。 ＊2 「その祈り〳〵」（「日本及び日本人」明41・4・1）。 ＊3 東京下谷上根岸七四 河東秉より岐阜市在江崎 塩谷鵜平宛。

49　雪を渡りて又薫風の草花踏む

『新傾向句集』

この句は、明治四十二年七月三十日に越中立山に登った折に詠んだ句で「立山頂上」の前書きを付している。夜明けとともに越中中新川の芦峅《あしくら》の宿を立った一行十名は常願寺川に沿って六キロばかり登った藤橋の茶屋に休んだ後、さらに坂を登り、撫《なず》茶屋を経て、弘法の清水茶屋に辿り着いた時には正午となる。昼食をとった後、弥陀ヶ原、賽の河原を過ぎ、鏡石を過ぎたところで、はじめて、浄土山、雄山、御汝山、別山の四峰が眼前に展開した。それらの四峰のいずれもが夕日を正面にうけ、頂きは蒼白という中にも青味があって磨き澄まし古鏡に曇りをかけたように見え、少し下の方に残った雪と、雪の間を染め分けている草の緑とが言い難い配合をなしていた。碧梧桐はその眺めに圧倒され、「始めて九千尺の高峰に立つといふ感が油然と湧いた。[*1]」とし、

雪を渡りて又薫風の草花踏む

の句を記している。

句意は、残雪を渡ったかと思うと、また薫風の吹くお花畑を踏み分け、ついに頂上を極めたことだというもの。残雪を踏みわたって、再びお花畑に出ればさわやかな風が吹き過ぎるというのである。一行が室堂に着いたのは午後の五時であった。大炉に焚く榾にあたり、一日の疲れを癒した。

中島斌雄は「おそらく作者は草鞋ばきであったにちがいない。[*2]」とし、次のような鑑賞をしている。少し長いが次に引用する。

（略）やや溶けた雪面が、草鞋をとおして冷たく身にしみたことであろう。しかし、それもすぐわたり終わる。そこは一面のお花畑。雪の上とは打ってかわって、それはやわらかい弾力をもって、こころよい感触を足の裏に与えたことであろう。ことに、その花々は、雪上では一時忘れていたさわやかな山頂の風を受けて、それぞれの小さなからだを、いっせいにふるわせている。白・紅・黄・紫とりどりに揺れる花は、目もさめるようである。そういう高山植物を吹きわたるためか、風はいわゆる「薫風」の感を字義以上に具現している。長い苦労のはてに、やっと山頂に達した喜びが、作者の胸にもたしかな実感として湧き起こったにちがいない。

とし、さらに「山頂を踏んだ心の躍動が、さながらに出ている。」と評し、季語の扱いが、旧套をかなぐり捨てている点に新傾向俳句のよさを見出だすことができるとも述べている。

またこの句を評し、阿部喜三男は「頂上を極めて行く爽快明朗・健康な情趣が、生動するごとき句調に乗って伝わってくるが、薫風・草花の漢語調も力強いリズムとなり、まことに碧梧桐らしくて、巧妙な句である。[3]」とした。

いずれにしても、碧梧桐のこれまでの句と一線を画す、言わば一つの転機を匂わす句として注目すべき一句と言えよう。

ところで、碧梧桐は日本の名山を踏破している登山家としても知られているが、明治四十五年に越中黒部を探勝した折、弥陀ヶ原から賽の河原、鏡石を歩いており、その著『日本の山水』[4]の中の「立山山塊」の章に、

弥陀が原の草原に、時を限って雲霧が来襲する。（略）握飯一つ食ひ了らぬ中に、我等は業《すで》に雲中の人となつてゐた。草鞋を結ぶ足首も、碗を持つ手元も次第にぼかされ次第に刷き消される。（略）賽の河原から鏡石に出で、雪田の遠近に咲く高山植物の奇を愛でゝ、再たび雲霧の晴れた強い日光に照らされた時、それまで絶えて其姿を見せなかつた立山の主峰、雄山、大汝《だいじょ》、富士折立、別山等の面前数百歩の処に仰いだ刹那である。

という記述がある。中島が推測したように、まさに当時は草鞋履きの登山であった。明治四十二年の旅信「続一日一信」とともに当時の立山登山の様子を窺わせていて興味深い。

＊1「続一日一信」五月二十九日の記事（「日本及び日本人」明42・9・1）＊2『新訂現代俳句全講』（昭50・1 學燈社）。＊3『河東碧梧桐』（昭39・3 桜楓社）。＊4 大4・7 紫鳳閣。

50　虹のごと山夜明りす旱年

『新傾向句集』

　この句は、明治四十二年八月八日に越中氷見で詠んだもの。旅信「続一日一信」によれば、この夏は晴天続きで七月十四日以降、二十三日に朝方雨が降ったものの、八月中頃まで旱が続いている。八月十日の旅信には「晴」とし、「炎暑に苦しみながら汐を浴びる余裕もなかつた。けふ始めて大勢と共に海で泳いだ。」[*1]とある。

　掲句の意味は、この夏の旱で、農作物の被害が心配される。虹のようにぼんやりと山が夜明かりしているのは、何となく不気味なことであるよといったもので、〈山の夜明り〉を〈虹のごと〉と実感したところに新しさがある。

　激しい夕立が止んだ後、雲間から洩れるやわらかな光りの中に悠然と浮かび出る虹は鮮やかな眺めであり、それは瞬間的にもせよ美しくロマンの香りを漂わせる。しかし、掲句においては、そうした虹のもつ「理想趣味」を脱して、「旱年」の山の夜明かりを「虹のごと」と実感にもとづいて詠んでいる。

つまり、「旱」が課題であれば、まず頭に浮かぶのは、水を渇望するとか、大地や川が乾燥しきっているとかいう、すでに出来上がっている趣味を想起するであろう。しかし、掲句はそうした在来の趣味を離れて、新しい趣味に移っているところに新しさがある。

北川漸は、「印象の鮮明なうちに、不気味なふんいきを漂わす象徴的な要素も認められる」とし、「写実と象徴との共存も、新傾向俳句の特徴の一つであった。線の太い男性的な句調も河東独特のもの」[*2]であるとした。

碧梧桐はこの年、「俳句の新傾向に就て　三　傾向の種別」[*3]を書き、その中で新傾向の一つとして「実在的」という一特徴を示し、

漢詩、和歌又は其他小説物語本などの感化によつて、前人に已に或る理想趣味の形られたものがある。夏の夜を果敢ないと観ずるとか、雁の声を哀れと聞くといふ類である。他方から言へば、前人は已に肉感的境界を脱して、心感的趣味に入つてをるのであるけれども、後人がそを継承する時、自己の実感を矯めて、強てそれに阿附する苦痛を感ずることがある。強て実感を矯めるのは所謂虚偽である。虚構の作物には生命がない。時代趣味と相接触せぬ時、之を囚はれた思想といふ。囚はれた思想の圧制的羈絆を脱する為めに、事物に対する実感を主として、こゝに他の新たな思想を築かうとする。

と説き、古人の雁の句、

雁の腹見送る空や舟の上　　其角
低く飛ぶ雁ありさては水近し　　召波

を挙げて、「雁を哀れと聞く趣味を脱して、実在の雁を捕へてを」り、今日の句の中では、句の善し悪しは別として、

網でとりし雁や昔の小田の雁　　巨鬼工
蒲のひま雁釣る人を見て過ぎし　　露皎

の句などは、「実在的ならんとする研究の賜物である。」と説いている。

加藤楸邨は掲句について「気宇濶大で野心的なものの感じられる句」で、「この句など碧梧桐のいうところの『実在的』という傾向に該当すると見てよい。」[*4]と述べた。

＊1　「続一日一信」（「日本及び日本人」明42・9・1）。　＊2　「河東碧梧桐」（『日本近代文学大系　56　近代俳句集』昭49・5　角川書店）。　＊3　明42・3稿（『新傾向の研究』大4・6　俳書堂）。　＊4　『日本の詩歌』（昭50・8　中公文庫）。

51　灰降りし雪掻きぬ小草秋萌えて

『新傾向句集』

この句は、明治四十二年八月三十一日、加賀白山山頂での作で、「白山にて」の前書きを付している。夜明け前の五時に松明をかざして加賀尾添《おぞえ》の宿を発った碧梧桐と皓雪は黙々と先導する強力のあとについて登ること一時間ほどして夜は開け放たれた。最初の険路「水無《みずなし》八丁」を登り切った所の岩組みの広場で一休みし、樵林の細道を登り、この登山で最も険しいという美女坂の中程の加賀室堂の跡で茶も水もない昼食をとる。この辺りの風景を碧梧桐は、*1

加賀室堂の跡には一八かと思ふやうな葉が草が茂つてをつて、其の間に稀れ〳〵に咲き交つた竜胆の色は殊に濃く見えた。水無八丁を過ぎてから、我等の知る秋草はこの竜胆の外にはなかつた。暫らく腰をして休んでをる中に、左手の谷から吹き上げる風が雲を誘うて我等を包む。一時は四辺の草木も朦朧と立ちこめて、竜胆の花の紫も色を失ふ程になる。*2

と記している。以下、旅信によれば、

室堂の跡を過ぎてから一方がなだらかな谷になった岨道になる。その道のすぐ下に煤で黒ずんだ筵一枚ほどの残雪があり、一同は上の煤を掻き捨てて、渇いた喉を癒した。

灰や降りし雪掻きぬ小草秋萌えて

はこの時出来た即興の一句である。

黒百合を見つけて掘っていると、一陣の風とともに、大粒の雨が山を鳴らして降ってきた。碧梧桐は強力と皓雪を残して先に立ち、急坂を登る。やがて果て知れぬ雪の上に出た。雨風の寒さは肌を刺した。一歩誤れば底知れぬ奈落に落ちる地獄谷に沿って登れば、いつの間にか股引の両膝は着物の藍が股かけて滲んでいた。二人を待った後、また急坂を登り、ようやく雲の中に室堂の建物が眼前に横たわっていた。

室堂に入り、濡れた登山着を冬着に着替えて、蓙の上に一枚の蒲団を被って寝たのは午後五時であった。

明日が二百十日というためか登山者は一人もいなかった。

雲霧山を奪へば山鬼火を呪ふ

の一句を「室堂の一夜」と前書きして旅信[*2]に記した。

翌日、頂上を極めると、風も雨も止み、雲も晴れて、その日のうちに下山、山麓の一ノ瀬温泉で疲れた身体を休めたとある。

掲句は旅信では「灰や降りし」であったが、句集に収めるに際し「灰降りし」と改めている。これにより実感を主とした把握となり、碧梧桐の言う「実在的」な傾向の句となったといえよう。

＊1　本名松井栄太郎、金沢の人。職業、生没未詳。＊2　「続一日一信」八月三十一の記事（「日本及び日本人」明42・10・1）。＊3　「日本及び日本人」明42・3・1。

52　岬めぐりして知るや鳥の渡り筋

『新傾向句集』

　この句は、明治四十二年十月二十四日に丹後舞鶴で詠んだもの。碧梧桐は小浜の景勝「背面《せとも》」に舟を浮かべ、岬の上空を渡っていく鳥を見て、思い思いに自由に飛んでいるかに見えた鳥が、見ていると一定の道筋を飛んでいることに気づき、渡り鳥に渡りのコースがあることを知ったことだというもので、〈知るや〉の「や」は、疑問ではなく、「知ったことよ」という詠嘆である。舞鶴の大会で「渡り鳥」の題で詠んだものであるが、若狭での体験を踏まえて詠んでいる。これも先に挙げた〈虹のごと…〉の句と同様「事物に対する実感を主として」詠まれたものである。

　この頃の旅程を記すと、十月一日、塩谷鵜平、伊藤観魚、渡辺波空を伴って伊勢の御遷宮拝観のため宇治山田に出かけ、六日には福井に戻り、七日の夜の小集で、

　　柿の村城遠巻の藪も見ゆ

と詠み、

再び日本海側の旅を続け、永平寺（十日）、東尋坊（十一日）をまわり、敦賀から三方五湖巡りをして若狭の小浜（十八日）に出た後、高浜を経て舞鶴（二十日〜二十八日）に九日間滞在し、掲句〈岬めぐりして…〉の他、

遺言ぞと聞くにも堪へて夜寒声
稲架《ハザ》立てしに雪早し猪威し銃

等の句を詠んでいる。その後は、丹後の宮津（三十一日）、由良に泊まり、丹後半島の間人に出て、十一月五日、城崎温泉に着いている。

城崎滞在は十二月十四日に但馬香住村に向けて発つまでの―途中二日間ほど京阪に出たが―、四十日間で、その間、中塚一碧楼・鵜平・川西和露・前川素泉、それに茂枝夫人らと俳三昧を修している。

この城崎時代と翌四十三年冬の玉島時代が碧梧桐の新傾向俳句運動が最も華やかに活動を示した時代であり、碧梧桐は「日本俳句鈔第二集の首に」[*1]の中で、

強て其波瀾の頂点とも目すべき時機を捕へると、略ぼ之を二期に分つことが出来る。一は四十二年の冬ノ城の崎時代。他は四十三年の冬の玉島時代である。一は洶湧常なき日本海の荒浪に触れてをり、他は澄清湛然たる瀬戸内海の小春凪に親しんでをる。

と記している。

この城の崎滞在中、碧梧桐は十一月二十日の旅信「続一日一信」[*2]の中で、碧梧桐が選した一碧楼の句に対して、同人の間から出た「季題趣味との交渉が漠然としてをる」という批判に対し、

季題趣味の交渉といふことは（略）俳句の依て立つ根本義であるけれども、季題趣味其の物が、時勢と共に移動しつゝあるといふことを肯定する時、従来養はれたゞけの感じで速断の出来ぬ場合のあることを顧みねばならぬ。

と答え、さらに、季題趣味の移動といふことは、いつどこに萌芽するかは計られぬものであり、その機微の発動を認識するのが「選者としての活眼」というべきであるとの考えを示し、一碧楼の句には「囚はれざる或る新趣味との交渉を認識するとも言ひ得るであらう。」「たゞ自己の経験と合致せぬといふ点で、漠然と季題趣味没交渉を云為する説には与みし難い」と述べている。

碧梧桐を中心とする新傾向の俳句の音律が急速に変化しはじめたのもこの頃で、掲出句なども、舞鶴の大会で「渡り鳥」の題詠ではあるが季題趣味からの脱皮への試みにともなう散文化の兆しを見ることが出来る。

＊1　大2・3稿（『新傾向の研究』大4・6　俳書堂）。　＊2　「日本及び日本人」（明42・12・15）。

53　蔭に女性あり延び〳〵のこと枯柳　『新傾向句集』

この句は碧梧桐三十七歳の明治四十二年十一月二十四日の作で、城崎滞在中に作られたものである。句意は、何か事件があって、解決に至らず延び延びになっているが、それは蔭に女性が絡んでいるからだというもので、同時作に、

産を破るに至らず柳枯れて覚む

がある。いずれも「枯柳」の題で作ってものであり、複雑な人事と「枯柳」をからませて、微妙な調和をねらった句と言えよう。これは従来養われた単純な季題趣味を打破し、複雑な主観的な新しい新趣味を見出だそうとするものであった。しかし、碧梧桐は後日、この句に対して「蔭に女性のあるのびのびの事を、もつと言ひ詰め得ないで、枯柳といふ季題を添景にして、情緒を俳句化した技巧の域を脱し得ない」とし、「今から見て物になつてゐない」「私の悔恨は、この句を完全に作り得なかつた一事よりも、尚ほ因習観念の支配をモギ離し得なかつた、自覚の力弱さにある。」[*1]との率直な感慨を

洩らしている。

因みに、加藤郁乎はこの句に触れて、碧梧桐の旅信「続一日一信」[*2]の十一月十七日の記事に

鵜平が予に喜んで呉れというて、家累を従弟に委任し、且つ従来物議の種となつて居た愚な女の関係をも一掃し得た、というた。窃に鵜平が安心立命の大磐石の上に安坐し得たのを羨んだ。

とあるのを挙げて「『蔭に女性あり』一句には、当然事ながらかようの蔭のあったことどもをも斟酌なされてしかるべきであろう。[*3]」と述べている。

ところで、碧梧桐が城崎に到着したのは十一月五日で、翌日には大阪から酔来・牛後・墨水・鬼史・游魚ら巨口会の同人が来たが、碧梧桐が「日本俳句」の選に忙殺されていたため、気を利かせて章魚釣りに出かけしてしまう。

八日の夜に至って初めて城崎での小集を開いた。碧梧桐の旅信「続一日一信」[*4]の十一月八日の記事の中で「日本俳句」について、

日本俳句の今日の現情は、奪戦激闘の一修羅場であるというてもよい。局面は常にこの角遂の余に展開しつゝある。選者として取るべきに取り、捨つべきに捨つ明快なる判断の存する時は兎に角、取捨何れを採るべきかに迷ふ時、其の取るべき理を解し、捨つべき失を見るまでには、必ず両者の主張を自ら試みねばならぬ。是れ亦た一種の戦争と見ねばならぬ。予は今この三戦争の

渦中に没頭してをる。

と記し、「日本俳句」の選句に対する並々ならぬ覚悟の程を示している。

城の崎での俳三昧は「城崎俳三昧」稿[*5]として残されている。それによれば十一月九日の「山茶花」の課題を皮切りに十九日まで計七回（十一月十八日は二回）で、一碧楼・鵜平・川西和露・前川素泉・河東茂枝女（碧梧桐夫人）らで修している。

この城崎俳三昧の十一日間に碧梧桐が作った俳句は百五十一句、その他の参加者が作った俳句は全部で四百七十九句、その中で碧梧桐が○印を付した句は全体の約一割強の五十三句にしか過ぎなかった。俳三昧における碧梧桐の選がいかに厳しいものであったかが窺える。

一日目の「山茶花（九日）」の課題で碧梧桐は、

山茶花や授戒会名残斎に来て
山茶花や先づ畚ける陶土見る
隠し妻見し咎あらん山茶花に

他二句を作るが、三句目の句〈隠し妻見し…〉は〈隠し妻を見し咎やあらん山茶花に〉と推敲して「海紅」（明43・10）に発表している。

この句もまた、掲出句の〈蔭に女性あり…〉と同じく、複雑な人事と「山茶花」を絡ませた句と言えよう。

この城の崎滞在中、碧梧桐は「続一日一信」の十一月二十九日の記事の中で、「従来の句作法は、自己の地位、習慣を成るべく丈没却して、漠然たる俳人的態度といふやうな、多数の人に普遍的な別境地に身を置かしむる傾向があ」り、「人格との直接交渉に欠くる所があ」ったとしてこれを斥け、「自分の触接する社会に面してそれを直接交渉する態度の必要性を説いている。

つまり、碧梧桐は「高い超脱趣味を奉じて、而して社会或は人生と直接交渉する境涯を悟らねば、いつ迄も形式に因はれてをる許りであ」り、この態度の転換ということに気づかなければ所謂新傾向の句は出来ないと云うのである。

＊1　「人間味の充実」（「海紅」大6・3・4）。　＊2　「日本及び日本人」（明43・1・1）。　＊3　「河東碧梧桐」（『鑑賞現代俳句全集』第一巻　1981・4　立風書房）。　＊4　「日本及び日本人」（明42・12・15）。　＊5　表紙に「城崎俳三昧　明治四十二十二月」とある（塩谷宇平氏蔵）。

54　嘴鍬を土に鴉の冬日かな

『新傾向句集』

この句も明治四十二年の作で、十二月八日に但馬城崎で詠んだもの。句意は鴉がしきりに土中をあさっているが、それは農夫が畑に鍬を振り下ろす動作に似ている。その黒い姿が冬日に照り映えて、冬ざれの思いを強くしているというもの。

中島斌雄[*1]は〈鴉の冬日〉について「『冬日の鴉』という言い方とくらべてみると、このことばがはっきりする。『冬日』を主とした言い方で、鳥の黒いからだに照りはえる冬日のかがやきを指している。」とし、

だれも目にする田園の一点景である。しかし、これがよく凝視され、独自の把握で打ち出されている。やはり作者の伎倆がしっかりしているからだと思われる。どのことばにも無駄というものがなく、字句のあっせんが生きているという感じである。

と評している。これをうけて阿部喜三男は「微細な鳥のくちばしの動きと冬日和の野の景が、時間を

含めてとらえられており、冬日の中に見る黒い鳥の姿は印象的でもあり、戯画的でもある。それに嘴鍬のような珍しい用語もあって、やはり碧梧桐のいう新傾向の特徴をそなえている句[*2]」と評している。「嘴鍬」は鴉の嘴を鍬にたとえたもので、大きな黒い嘴をしきりに土の中に打ち込んでいるさまを適切にとらえた碧梧桐の造語である。

碧梧桐はこの年三月、「俳句の新傾向に就て[*3]」を書き、「傾向の種類」の中で「用語」について「新しき思想には新らしき詞を要する。蓋し其思想を現はすが為めに、在来の詞の意味に不満足を感ずるが為めである。其の極は自己の造語をも敢てして憚らぬ。」と説き、造語は「在来の死語にのみ依頼してをらぬ尊ぶべき活動である」と結んでいる。掲句の「嘴鍬」はまさにこうした考えから生まれた造語であった。

ところで、城崎滞在中の「日本俳句」の「柿」の句の選をした折、一碧楼の〈恬然と淫らに生きて柿甘し〉の句を見出だし、「日本俳句」欄（「日本及び日本人」明42・12・1）に、

誰のことを淫らに生くと柿主が

と添削して入選句とし、「城ノ崎時代に最も我等の頭を刺戟したものは、柿の句であつた[*4]」とし、

原句では〈淫らに生く〉というある人物の境涯を、熟れた甘い柿の感触と結びつけて表現したもので、世間の噂に何も感じないで平然としている一人の男を直截的に描いているのである。これに対し、碧梧桐の添削句では、淫らな生き方をしているという世間の自分に対する噂を聞いて、それは誰のこ

とを言っているのだと嘯いている柿主としたもので、碧梧桐が原句から想起したものを一捻りし、この柿主の強かさを「隠遁思想に没頭してをる時には、到底思ひ及ぶ境涯ではない。」「最も鮮明に、我等の実感が表白されてをる。」としたのである。

こうした極端な添削例は十一月九日の俳三昧での「山茶花」の句にも見られ、一碧楼の〈死期明かなり山茶花の庭のせに〉の句に対して、

死期明らかなり山茶花の咲き誇る

と添削して〈山茶花や棺の紙花出来栄えて〉〈山茶花や飼鳥の心はかり過ぐ〉とともに旅信「続一日一信」[*5]に掲載している。

原句は庭も狭しと咲いている山茶花を客観的に捉えているのに対して、〈咲き誇る〉としたことにより、長い闘病生活で辛うじて命をとりとめてきた病者が、もう自分の死期も間近に迫っていることを悟り、庭の山茶花が今を盛りと咲き誇っているのを見て、あとわずかに残された自分の命が一層愛おしく思われるといった意となり、病者の心情と山茶花とが深く関わる句であることを鮮明にしたのである。

こうした添削を挙げて阿部喜三男は「当時のかれの添削がはげしかったことがその他にもうかがえる。」[*6]としたが、「城崎俳三昧」[*7]稿を見る限り、選は厳しいものの、添削はごく限られて語句・語法の訂正であって、ここに挙げた二例を除けば特に激しいというものではなかった。

＊1　「河東碧梧桐」（『新訂現代俳句全講』昭50・1　學燈社。　＊2　『河東碧梧桐』（昭39・3　桜楓社）。　＊3　『新傾向句の研究』所収（大4・6　俳書堂）。　＊4　「俳句を中心にして」（『新傾向句の研究』）。　＊5　「日本及び日本人」明42・12・15。　＊6　『河東碧梧桐』（昭和39・3　桜楓社）。　＊7　拙稿「碧梧桐と一碧楼—城の崎俳三昧をめぐって—」（「日本現代詩歌研究」第七号（２００６・３・30　日本現代詩歌文学館発行）参照。

55　雲を叱る神あらん冬日夕磨ぎに　　『新傾向句集』

この句も城の崎滞在中の俳三昧（明治四十二年十二月八日）で、「冬日」の題で〈嘴鍬を土に鴉の冬日哉〉〈障子照りし冬日や雨を轟かす〉ほか八句詠んだ中の一句である。

句意は、それまで空を覆っていた雲が薄れて、夕日が磨ぎ澄まされたように輝いて見えるのは、雲を叱る神がいるからだろうというもので、「夕磨ぎ」は磨かれたようにきれいに見える夕日をいったもの。この「夕磨ぎ」は同じ日に作られた「嘴鍬」と同じように碧梧桐の造語である。阿部喜三男は「『夕磨ぎに』ということばはむずかしいが、夕焼で雲中に照り輝く冬日が磨ぎ澄まされているという感じであろう。そうした荘厳な威光ある空に対して神秘の感をおこし、『雲を叱る神あらん』と想をはせたのである。[*1]」とした。

また、瀧井孝作はこの句に触れて「この時分ギリシャ神話など好んで読んでゐて『続一日一信』にも読後感があつたが、冬日の風光をみて神話など連想して作つた句。[*2]」とした。

碧梧桐自身はこの句について「雲騒ぐ冬の夕日の光景に、幾分神秘的刺戟を感じた刹那の気分を」

詠んだとし、先に挙げた中塚一碧楼の〈死期明らかなり山茶花の咲き誇る〉の句とともに、単に作者の主観として満足すべきではなく、「心理描写とか、心的機微の発露とか、他の詞を以て説明したい」[*3]としている。

後日、碧梧桐はこの心理描写には二つの問題があるとした。[*3]

その一つは、俳句を作る側から言えばその心理の現れは決して単純なものではない。それを俳句という短い詩型に盛るのは難しく、たとえ作者が描写し得たとしても、読者がそれと共鳴する鍵を失う場合がある。だが、心理描写は絶対に独り合点でなく、現に心理描写の句として我々の感興を引く句があるのは事実である。頭に浮かぶ刹那の何物かを客観的叙事叙景よりも、主観的心理描写に傾いたのは自然の要求である。先ず独り合点の嫌いのある句から出発して、次第に共鳴の世界に達するのが創始的物の順序であろう。もし、我々の推賞する句を独り合点として拒否する人があるならば、世界の相違を説かねばならないと説く。

二つ目の問題は、その刹那の心理——心的機微の発露がどの程度まで季題趣味と交渉するかということだとし、

刹那の心理が季題趣味と共鳴しないと思うのは、季題趣味を固定して共鳴しない半面のみを見て動揺しているからで、もう半面の個々別々の季題趣味を模索することが必要で、こうした動揺のない芸術は、それ自身月並みに堕するより外はない（以上要約）と説くのである。

この季題趣味との交渉の問題は、すでに明治四十二年の十一月二十日の旅信「続一日一信」[*4]の中で、

次のような記事を見せている。すなわち、碧梧桐が選した一碧楼の句に対して、同人の間から出た「季題趣味との交渉が漠然としてをる」という批判に答え「季題趣味の交渉といふことは」「俳句の依て立つ根本義であるけれども、季題趣味其の物が。時勢と共に移動しつゝあるといふことを肯定する時」「従来養はれたゞけの感じで速断の出来ぬ場合のあることを顧みねばならぬ。」と述べ、さらに、季題趣味の移動ということは、いつ何処に萌芽するかは計られぬものであり、その機微の発動を認識するのが、「選者としての活眼」というべきであるとの考えを示し、一碧楼の句には「囚はれざる或る新趣味との交渉を認識するとも言ひ得るであらう。」『たゞ自己の経験と合致せぬといふ点で、漫然と季題趣味没交渉を云為する説には与みし難い』と述べている。

さらに翌四十三年には、新俳句時代とその季題趣味において「躍進的感じの推移」があるとし、「今日新俳句時代に養はれた季題趣味の頭を以て、我等の取扱ふ季題趣味にも制限を加へんとするのは、恐らく芭蕉時代の情態に彷彿たるものがあらう。」[＊5] と新俳句時代に比べその季題趣味において一層推移している事実を明らかにしているのである。

新傾向俳句の音律が急速に変化し始めたのはこの季題趣味からの脱却への志向によるものであった。

＊1 『河東碧梧桐』（昭39・3　桜楓社）。　＊2 「解説」（喜谷六花編『碧梧桐句集』昭22・11　櫻井書店）。　＊3 「日本俳句鈔第二集の首に」（『日本俳句鈔第二集』大2・3　政教社）。　＊4 「日本及び日本人」（明43・1・1）。
＊5 「続一日一信」7月2日記事（「日本及び日本人」明43・8・15）。

56　紆余曲折蒲団思案を君もごそと

『新傾向句集』

この句は明治四十二年十二月二十七日、島根県赤江での作である。

十二月十四日、雪の積もった朝、岐阜から来た観魚が尻込みするのを残して城の崎を発った碧梧桐は途中海からの荒風に悩まされ、幾つも峠を越して香住に辿り着き、余部から浜坂への途中の桃《もも》観《み》峠《とうげ》のあたりで、萁蓙に「迎俳聖」と大書し、一升徳利を提げて雪の中を迎えに来た竹内映紫楼と合流し、十二月十七日には鳥取に着き、米子を経て、島根県赤江の広江八重桜方に入り、ここで越年している。

八重桜は同地の素封家で、子規時代から俳句を作っていたが、新傾向になって特に活躍した俳人で、新傾向時代を代表する句集『日本俳句鈔第一集』（上下巻）[*1]、『日本俳句第二集』[*2]のいずれにも桜䰟子に次いで二番目に多く入集している。碧梧桐は八重桜邸に蚕豆庵《さんとうあん》と命名している。

同時の作に、

我を追うて来し君よ蒲団並み敷かん

厚衾だまり主が心酌む

客蒲団三通り持たん富をこそ

があり、その富裕ぶりと歓待への挨拶句と言えよう。

掲句の句意は、複雑な事情がこみ入って難問を抱え、蒲団に入ってもあれこれと思案して寝付かれないでいると。隣の蒲団の中でごそと動く気配がする。君も同じように難問にぶつかって寝付かれないでいるのかというもので、人事の葛藤を詠んだものである。

この句も心理描写の句であるが、季語「蒲団」は日常の用具で、とりたてて季題趣味といったものが薄いため、心理との交渉に無理がなく、容易に読者は共鳴出来る句であると言えよう。〈君もごそと〉の「も」によって、君も寝付かれないのかとの意となり、より複雑な心理描写がなされている。

その年の冬、玉島俳三昧で、新傾向の「一帰着点」とも言うべき「無中心論」[*3]が碧梧桐によって論じられるが、この論は、要するに、出来事をありのままに取り出している点に興味を感じ、それを季題趣味――趣味に置いて推移する物――とかかわらせることによって真の写生のあり方を見出だし、先陣より踏襲した習慣を離れるところに新たなる生命がひそんでいるというものであった。

ところが碧梧桐は、実際の句作、あるいは門下生の作品評を通して「事実」と「季題趣味」との融合に新しさを求めることが、同時に「事実」と「季題趣味」との緊密性を希薄にするという自己矛盾に陥ることに気付くのである。
具体的には波空の、

祭主に弔詞言はざりし帰る天の川

の句について、〈祭主に弔詞言はざりし帰る〉と叙したことの事実を捉らえる働きまでが「クラシカルでは無いとも言へる。が、こゝに一疑問を遺すのは、この句の天の川の季題趣味と融合する点が余り緊密はでない、親しみの程度が逢ふということである。自然一句が渾然としてゐない不満足を伴なふ」[*4]という素直な感想を述べているのである。

＊1 明42・5 政教社。 ＊2 大2・3 政教社。 ＊3 明43・11・14、旅信「続一日一信」の中で示した俳論で、本文に無中心の語が用いられていたことから単行本『新傾向句の研究』(大6 籾山書店)に収める際に無中心論の題を冠したことにより、一般にこの呼称が用いられている。 ＊4 「俳句を中心にして」(「日本及び日本人」大2・11)。

57　皮財布手ずれ小春の博労が

『新傾向句集』

この句は明治四十二年十二月二十九日、島根県赤江で「小春」の題で詠んだもの。博労は牛馬の売買をする商人。句意は、十二月に入ってもほかほかした晴れた日。馬の売買が成立した博労が財布から紙幣を取り出したが、その財布は皮財布で、手づれのした随分使い古したものだというもの。皮財布の〈手ずれ〉に焦点を絞り、博労がベテランであることを窺わせている。季語の「小春」によってのどかな売買の様子が目に浮かぶ。

ところで、大須賀乙字は翌四十三年の三月に「蝸牛」(三月号)で「新傾向句の短所」を書いて新傾向を批判し、掲句にも触れている。

つまり、乙字は碧梧桐が新傾向を主張してすでに三年になる。自分が専ら新傾向を唱えたのは前時代においてであり、昨今の碧梧桐が主張する新傾向は自分が論じたもの以外の新風であり、多くの欠点があるとし、掲句について、博労がのんびりした小春時に小銭のあるに任せて遊んでいる趣きである。皮財布などという部分的印象からは博労の個性は現れない。それに、皮財布と小春に親密な感じの調和がないのは明らかであるとし、「この句は狙ひ外れたる部分精叙で」「この種の部分精叙が近来の句に多いのは、複雑にしやう新奇にしやうとする結果であらう」と批判、さらにこの句の景は、小春日に博労が馬を買い歩くので、銭をざらざらいわせながら、馬の話などしているのどかな様とも解釈できるが、それでは皮財布の「手づれ」に重きを置かないことになり、このように意味が曖昧なのは禅語のようなもので、決して詩の上乗なものではないとした。

乙字の新傾向批判はこれで止まらず、明治四十四年新春号では「俳人と矛盾」を書き、今の俳句は、その形式を破壊しない以上成功する筈のないものと観念出来ない所から、無用の努力をしているのだとし、「碧梧桐は形式打破を口にしながら、少しも形式打破をし得ないで居る。破壊と建設は同時に行はれなければならぬ。破壊すればそれでよいと云ふならば、誰にでも出来る。」「碧梧桐の所期するは勿論新建設にある。新建設であると自信する所のものが、一向新建設でないのである。つまり、主張と仕事とは非常に矛盾して居るのである。」とし、「昨今の傾向は、人事趣味本位に傾きつゝ、尚季題趣味を捨て得ぬところに矛盾がある。」「若し俳句の本領を失はじとならば、季題にしつくりと融合しながら、思ひも寄らぬ配合をもとめやうとしなければならぬ。」とその矛盾を指摘して、一人一題に千句も二千句も作り、季題にしっくり融合した句が出来るはずのものではないと非難した。

ちなみに「蝸牛」は明治四十二年五月に新傾向派の俳誌として、秋田の戸沢撲天鵬の編集で東京の蝸牛吟社から出されたもので、中塚一碧楼らの個性の主張を支持したが、明治四十四年十一月に第三巻七号をもって終刊している。

碧梧桐は、「形式破壊と事実と季題趣味との融合の問題」に対する乙字の非難に対して、旅信「続一日一信」[1]の三月二十五日の記事の中で「平生の乙字にも似合はず軽率な批判をしてをる」として、二十六箇条にもわたって反論している。

その中で碧梧桐は、今は種々の試みをして新たな態度の帰着点を見出だそうとしている時、言い換えれば新旧思想衝突の過度時代であり、この不安この煩悩を感ぜずにはおれぬ時である。大胆な試みで完全な句はなく、正直な不安の告白であると言って良い。また、季題趣味については、季題趣味は各人各様に直覚する他はない。その直覚が比較的多数に変化すべき部分に向かって傾注し一致したとき、新たなる季題趣味を生むのだとする。

多作への批判については、乙字は乱作を却けるが、その無雑な作物の瓦礫の中に新意の珠玉を発見しようとするのが自分の考えで、乙字とは多少の溝を認めざるを得ないとしている。

後年、掲出句に触れて北川漸[2]は「『小春』は、農閑期の平穏な農家の庭先を想像させる効果があり、『博労』はもちろん商売に精を出しているのであろう。」とし、当時のこの句に対する非難は「作者の創作に対する努力に理解を持たず、鑑賞力も浅薄な、的はずれの非難であったと思う。」「新傾向俳句が生活に近づこうとして、労働者の生態にまで触れていったことは、大きな功績であった。」とこれを評価する見解を示した。

＊1　「日本及び日本人」（明43・5・1）。　＊2　「河東碧梧桐」（『近代俳句集』日本近代文学大系56　角川書店所収　昭49・5）。

58　旅痩の髭温泉に剃りぬ雪明り

『新傾向句集』

明治四十三年一月、碧梧桐三十八歳。全国遍歴の旅に出て二度目の正月を出雲の八重桜の家で迎えた碧梧桐は、屠蘇の祝いをし、雑煮をもたらふく食べた。三日には本場の安来節を聞き、一月十二日に松江に入り、宍道湖畔の皆美館で旅装を解いた。が十六日には吹雪の中を汽船で大根島へ。その夜は風雪で荒れる境港の油屋に泊まって、十八日に玉造温泉に入り、同日の旅信「続一日一信」[*1]に

連日の歓迎に疲れて、神身稍々倦んだ。窃《ひそか》に映紫と二人この温泉に隠れて安眠を貪らんとした。禾水、八重桜これを知って襲うた。

と記し、

雪荒れのせし日を雨に梅花見る
旅痩の髭温泉に剃りぬ雪明り

の句を付している。碧梧桐は雪明かりの温泉に浸かり、旅の疲れで痩せた頬をしみじみと眺めながら髭をそったのである。大会の題詠といったものでない即吟だけに素直に詠んで実感のこもった句である。

二十日には宍道駅から雪道を草鞋ばきで歩いて三刀屋町に入り、二月一日まで十五日間滞在し、翌二日に雪の三刀屋を後にして杵築に向かい、出雲大社を参拝したあと、杵築から船で温泉津《ゆのつ》へ出、益田で日本海と別かれて山道をたどり、十三日に津和野に、十五日には長門萩に入るが、碧梧桐は「余がこの萩に来たのは、主として松下村塾を見るためであった」*2と記している。馬車で正明市に行き、長門深川温泉に一泊し、車で厚狭駅より下関に着いたのは二月十七日であった。

ここに碧梧桐の東京で留守を守る茂枝夫人に当てた書簡*3がある。日付は明らかでないが、「明日当地出発三月五日迠に博多に行く」とあり、おそらく下関滞在中に書いたものであろう。

書簡の内容は、

（略）長崎へハ二十日頃に行くのだから兎に角是非とも十八日の晩（新橋下ノ関急行は八時過に着く）迠に下ノ関へ着くやうに時間を定めて立て名古屋一泊大阪一泊とすれば十六日に東京を立てばよい　大阪を右の急行列車が出るのは朝六時頃だったそこをよくウ平さんとも相談しておけ　さすれば下の関まで出迎へてやってもよい　さうして一所に長崎へ行かう　門司から長崎へハ八時間かゝる金、九谷焼、持って来る物等　別便にいふというもので、茂枝夫人を旅先の下関まで出てくるよう誘ったもので、こまごまと書かれており、旅慣れない夫人への気配りの窺える書簡である。

夫人が塩谷鵜平に伴われて無事馬関に着いたのは碧梧桐のいう三月十八日で、この日の旅信「続一日一信」[*4]に、「鵜平及び妻子を迎ふるため、朝の汽車で馬関に向うた。」「予定の時間に鵜平も来た。」とある。

＊1　「日本及び日本人」（明43・2・11）。　＊2　「日本及び日本人」（明43・3・15）。　＊3　この書簡は明治四十三年三月三日付けで河東茂枝（東京下谷上根岸）から塩谷宇平（鵜平・岐阜市在江崎村）に宛てた書簡に同封されたたもので、その内容は「（略）兎に角御相談申上度別紙お送り申上候」『何地《ママ》にて御出会ひ申べきか御知らせ下され度待ち奉り候（略）』というもので、茂枝宛ての碧梧桐の書簡を宇平に見せて、下関への同行を願い、都合を伺ったものである。　＊4　「日本及び日本人」（明43・4・15）。

59　情事話頭に兵塵想ふこの柳

『新傾向句集』

碧梧桐は明治四十三年二月二十七日、下関より関門海峡を渡り筑前八幡に上陸した。下関滞在の十日間は河豚を大いに食べ、且つ飲んだ。

碧梧桐が汽車で博多入りしたのは三月四日で、駅に着くと意外にも東京の梅野米城子に迎えられた。翌五日、荻原井泉水から「日本俳句」についての意見書が届いていた。その内容は、乱作の弊を矯めるため、今後一題の投句数を五十句以下と制限しては如何というものであった。というのも碧梧桐は日本新聞時代からの不文律として、課題を設けぬこと、句数を制限せぬことの二箇条を固守し、これを歴史的特色であり、権威であるとしていたのである。したがって、井泉水の提案を否認し、乱作も数年前に比べて、遙かに矯正されている。たとい乱作の弊があるとしても、それは到底永続すべきものではないとした上で、

一題千五百句乃至二千句を投ずる人のあるといふことは、一面俳句の勢力を意味してをる。予は

未だ嘗て一題二千句を作ることを否定した覚えはない。推敲を欠いた乱作に閉口したまでゞである。*1

との見解を示した。

九日、「ドンタク」を見る機会に恵まれ碧梧桐は、囃子台を取り巻いた人垣から「ワアサ〳〵」と賑やかに囃すのを奇とし、それは「能楽を通俗に崩して、木ヤリ節を加味すると、かういふ松囃子になる」*2との感想をもらしている。

三月十八日に鵜平に連れられてきた妻子を迎えるために下関まで出向いた碧梧桐は翌十九日、妻子らとともに長崎に着いた。妻の茂枝は名古屋へ行くのさえ大儀がっていた自分が長崎へ行くと言うのを誰も本当にしなかったが無事に長崎まで来られたことを喜んだ。長崎停留場に降りると、碧梧桐一行の車に続いて、「迎碧師」と記し、銘々の俳号を記した提灯を灯した十三、四台の車がS字形にくねる坂を上った。

この奇抜な行列を碧梧桐は「奇抜には相違ないが、不図予が郷里の葬式を思ひ出して、我等も行列に挟まれてをるやうな心持がした」*3と洩らしている。

この地で碧梧桐は、長崎を去る四月十五日まで諏訪神社や孔子廟、稲佐の外人墓地などを逍遙して長崎情緒を満喫するとともに、長崎を基地にして、唐津、佐世保、そして遠く孤島宇久島にも渡っている。

四月一日に伊万里から佐世保へ出向くことになるが、佐世保から来た川原蒲公英と川波雲球桜が、汽車で行くのは平凡だというので、栗の木越えという峠を徒歩で越えることとなり、雨の中午後四時を過ぎてから出立するが、雨の峠道に難渋することとなる。日は落ち、やがて真っ暗闇の中をびしょ濡れとなり、宿に着いたのは十一時近くであった。この雨中七里の強行軍について、その夜、碧梧桐は旅信「続一日一信」に「最初五里といふ道も時間に割り当てれば約七里に余る、午後四時から雨中七里の行軍をするなどは、聊か無謀に過ぎた観がある。」「若し前後を商量する知識の発達した人」がこれを聞いたならば、「抑も何の為めにかゝる愚挙を決行するのであるか、と難詰するであらう。」[*4]と記した。

因みに長崎には夜汽車で四日に帰っている。

佐世保では海兵団の建物を眼下にし、出入りの艦船は見えないものの、軍港内を一眸の裡に収めている。

冒頭に掲げた句は四月三日に佐世保で「柳」の題で、

門柳わざとらし妓の衣落ちて
日本間の建つ倶楽部古き柳あり

とともに詠んだもの。句意は、ある人の情事を話題にしていたが、ふと戦争に思いを馳せたというもの。碧梧桐はこの日の旅信「続一日一信」の中で日露戦争に触れている。柳は眼前の景。山部鎮四郎らの案内で佐世保軍港を望んだ後、佐世保俳句大会での作である。この大会では、

壁画にも水静趣の柳かな　翠島
庵の客柳の茶屋に憩ひをる　幽影
黄な手甲気ざゞんな旅柳かな　美哉
大水より枯れけん松に添ふ柳　茂枝女

などの句が詠まれている。

ちなみに北川漸[*5]は〈情事話頭…〉の句を「あるひとの情事→『柳』（春）→戦争、と雑談の場面をたくみに描き出した」句で、「実景実感の作か」「『兵塵』は日露戦争か」と評している。

＊1　「日本及び日本人」（明43・4・1）、三月五日の記事。＊2　「日本及び日本人」（明43・4・15）、三月九日の記事。＊3　「日本及び日本人」（明43・5・1）、三月十九日の記事。＊4　「日本及び日本人」（明43・5・15）、四月一日の記事。＊5　「河東碧梧桐（『近代俳句』日本近代文学大系56　昭49・5　角川書店）所収。

60　一揆潰れ思ふ汐干の山多し

『新傾向句集』

この句は明治四十三年四月二十八日の作で、「島原城趾」の前書きを付す。島原城は、島原の乱で天草四郎が率いる一揆軍がたてこもり陥落した城である。碧梧桐は、島原の城下について、「背《うし》ろに眉山—また前山《まえやま》—を負い、前に百年余前の地震名残といふ群島を控へた、島原の城下は風致に富んでをる。」「群島の数は松島に劣るであらうけれども、海は深く、汐は澄んでをる。」「島々の松は多く蓊欝として滴る翠を湛へてをる。*1」とし、島原の乱は「若しこの時代官なるものに、平生の民情をも察して、其の基督像をも穏健に取片付させる器量があつたならば」「兵を動かすこと前後二十萬、月を閲すること約半年の大椿事は出来しなかつたであらう。*2」との思いを記している。

碧梧桐が島原を発ち、熊本に入ったのは四月二十四日であった。この熊本滞在中に阿蘇山頂にも登っている。大津まで軽便鉄道で行き、栃の木温泉に泊まり、五月一日の朝、宿を発ち、あとは徒歩で、垂玉《たるたま》温泉を過ぎ、地獄温泉に小休。山上の社殿に着いたのは十一時、その足で噴火口を見に上った。その時の様子を碧梧桐は、硫黄臭い烟が吹き煽る風につれて遙かに我等を立ち罩《こ》めた。何といふことなく一種の恐怖心が湧く。（略）烟が他に吹き曲げられて、四辺が明るうなつた目の下に、鉛の色とは余りに不釣合な、鉄を真赤に焼いて、それに朱泥を注いだかとも思はれる、瞳の底を射る如き赤みを帯びた石が落ちてゐた。見ると同じやうな石は、三間五間置きに、其処らに散つてをるのであつた。これが三十九年式の噴火口ですと誰かの指した一二間先きの穴から、凄じい勢ひで濛々と白烟が吐き出されてをる。*3

と記している。

熊本から日奈久温泉を経て人吉へ、人吉から加治木を経て鹿児島に着いたのは五月五日、端午の節句の日であった。翌日、碧梧桐は鵜平宛てに借金を申し出ている。それによれば、長崎出立以来至るところ宿料が自弁であったため、嚢中乏しく、来たる十二日からの沖縄行に要する費用が少々不足と見積もられるので、来たる十一日に三十円許り着くようお借りしたい、否、「貸し」といふよりも「御恵投」をお願いしたいというものであった。

碧梧桐は「三千里」「続三千里」の大旅行に際し、大谷句仏より旅費として毎月六十円、留守費として三十五円、計九十五円を、また、鵜平からもしばしば支援を得ていた。ちなみに当時の米価は一俵五円三十六銭であった。この書簡で「長崎出立以来到処宿料自弁の為め」*4とあるのは、たまたま宿代を引き受けてくれる同行の、あるいは地元の俳人がいなかったのであろう。ただ、この全国遍歴の

旅は時に贅沢なものとなり、五月二十七日の旅信「続一日一信」に、

絹蚊帳のこと記して旅費を疑はる

と詠んでいる。贅沢を批判する声を耳にしたのであろう。

碧梧桐が大阪商船の記者招待で急遽沖縄へ旅発つことになり、平壌丸で鹿児島を発ち、沖縄に向かったのは五月十一日で、十四日には那覇に入港、この日は、奥武《おうな》山公園、波上宮《なみのうえぐう》、孔子廟、図書館、農事試験場（ハブとマングースの戦い）などを車で廻り、夜は盛大な歓迎会が開かれ、琉球踊りを見ている。

＊1　「日本及び日本人」（明43・6・1）、四月二十四日の記事。　＊2　「日本及び日本人」（明43・5・15）四月二十二日の記事。　＊3　「日本及び日本人」（明43・6・1）、五月一日の記事。　＊4　明治四十三年五月六日、鹿児島市東千石町明治旅館河東秉より、岐阜市在江崎塩谷宇平宛封書。

61　芒枯れし池に出づ工場さかる音を

『新傾向句集』

碧梧桐の新傾向俳句運動が最も華やかに活動を示したのは、前年の冬の城崎時代とこの玉島時代である。大正二年に碧梧桐は「日本俳句鈔第二集の首に」[*1]を書き、その中で、

強て其波瀾の頂点とも目すべき時機を捕へると、略ぼ之を二期に分つことが出来る。一は四十二年の冬の城ノ崎時代、他は四十三年の冬の玉島時代である。一は洶湧常なき日本海の荒浪に触れてをり、他は澄静湛然たる瀬戸内海の小春凪に親しんでをる。

と記している。

碧梧桐が尾道から阿武兎観音、鞆、福山を経て玉島に入ったのは十月二十日であった。翌二十一日、玉島から沙美に移り、ここを玉島俳三昧の道場と定め、中塚一碧楼をはじめ、その兄の太々夫、義弟の響也、甥の水仙籠、それに鵜平、八重桜、井泉水、春光、映紫楼、和露、観魚、山梔子らと十二月七日（11月30日と12月1日の二夜を除いて）までの十五夜に亘って俳三昧を修している。この滞留の地と定めた沙美について碧梧桐は「予の滞留の地としてかく満足の条件を総てに具備するものは、恐らく

空前であつた」[*2]。との感想を洩らしている。

この句は十二月五日、俳三昧の十三夜に「枯芒」の席題で詠まれたもの。句意は、真っ白に枯れ尽くした芒が風に靡く池のほとりに出ると、水面を渡る風に乗って活気ある工場の音が聞こえてくるというもの。〈工場さかる音を〉は「素材・表現とも新傾向俳句らしいところ。風による音の変化を感じさせる」[*3]と評したのは北川漸である。

十二月七日、玉島俳三昧の最終日に碧梧桐は「仰山に言へば、吾党の名士蝟集して、それ〳〵精魂を尽くしたのであつた」が、その結果は得るところなき有様であった。が、この努力が、「他日の根蔕となつて成果を見る日のあらんことを切望せざるを得ぬ」[*4]と書き記している。

＊1　「日本及び日本人」（大2・2・1日の記事）。　＊2　「続一日一信」11月21日記事（「日本及び日本人」明44・1・15）。　＊3　「河東碧梧桐」（『近代俳句』日本近代文学大系56　角川書店　昭49・5）所収。　＊4　「続一日一信」12月7日記事（「日本及び日本人」明44・2・15）。

62　泥炭舟《ガシ》も沼田処の祭の灯　『新傾向句集』

五月二十一日に鹿児島に入った碧梧桐は沖縄での六日間の疲れが取れないまま体調を崩し、ほとんど外出せず宿に止まる。が、二十八日には謡の会に招かれ二三番謡っているうちに悪寒を感じ、座に堪えられなくなって宿に帰る。八度以上の発熱であった。二十九日の旅信「続一日一信」[*1]に碧梧桐は「枕頭に集つた人々の句を見た。予は昏々として遂に一句を成さなかつた。」と記している。

鹿児島に約三週間とどまった後、六月十日には病軀を押して吉松まで汽車に乗り、あとは馬車、七里の道を走り、十一日に宮崎に辿り着き大勢の人に迎えられたが、苦痛を自制する余裕もなく、宿に入って直ちに床についてしまう。

十九日、晩餐会を兼ねて開かれた小集で講話し、いかに宮崎県が交通不便な土地で、いかに時代思潮に遠ざかっていたとしても、土地の俳人の俳句が何れも一様の調子で、交通の不便なこと宮崎に百倍する沖縄にさえ新しい俳句を試みる人がいるのに明治二十四、五年頃の「新俳句」以前の調子に沈滞しているとは到底想像できなかったとし、新傾向談をするのは、余りに階段はずれかもしれないと思うが明治第二維新――新傾向の覚醒なくしては何も出来ないと説いた。

六月二十五日、海上宮崎丸で別府へ向かった碧梧桐はここに七月十二日まで十七日間滞在した。別府は中学の頃修学旅行で来たが記憶は朦朧としてほとんど記憶には残っていなかった。

二十九日午後、岐阜から鵜平が来た。碧梧桐は「二三日流され者のやうな一人暮しをしてゐたので、救助船の着いたやうな心持がした。[*2]」と喜んだ。

やがて約三ケ月の九州の旅を終え、宮崎を経て郷里松山に入ったのは七月二十一日で、ここには九月十二日まで滞在した。

二十一日の旅信「続一日一信[*3]」で碧梧桐は、

　松山に帰っても、老母はなし、中兄も亦た亡し。裏に住んでゐた中兄の家は近頃人手に渡つて、他に移転したといふ。物足らぬ淋しい感じを抱きつゝ蚊雷に堪へて夜更るまで端納涼した。

と久しぶりに帰郷した思いを記している。

二十六日には松山の公会堂で盛大に俳句大会は開かれたが、碧梧桐は全国遍歴の途次の入郷とはいいながら、あまりに儀礼的で一種の不平で、先人に対して忸怩たる思いを禁じ得なかった。

冒頭に掲げた句は松山に養女御矢子を連れてきた茂枝婦人を交えて大蓮寺で八月三日より六日間行われた俳夏行の二日目に詠まれたものである。

泥炭《ガシ》舟というのは、掘りあげた泥炭を載せて運ぶための小舟で、泥田処は泥炭が掘り出される泥深い田を言ったものである。句意は泥炭が掘り出される泥深い田がうち続くわびしい風景であるが、今日は祭ということで、そこここの家の灯が見えるというもの。

しかし、この句からは祭の華やぎは感じられない。如何にも泥臭いわびしい景色である。中島斌雄はこの句に触れて、「祭の灯が照らしだすものは泥田の景であり、そこにつながれたものは『泥炭《がし》舟』である。せっかくの祭の灯も、また荒涼たる景に打ち消されそうだ。といっても、それは旅人の思いで、土地のひとびとには結構たのしい祭の夜にちがいないのだ。」とし、伝統的な俳句作者であれば、如何にも祭らしい俳句を作るであろうが、「生活を踏まえ、その土地の特色をとらえ、ときには『接社会』ということまで唱える新傾向俳句は、そういう妥協には堪えられない」[*4]と評した。また、瀧井孝作は『不透明な鈍重な混沌とした近代色の風景』[*5]と評している。

＊1「日本及び日本人」(明43・7・15)。＊2「日本及び日本人」(明43・8・1)。＊3「続一日一信」(「日本及び日本人」明43・9・15)。＊4『新訂現代俳句全講』(昭51・1・15　學燈社)。＊5「解説」(喜谷六花編『碧梧桐句集』昭22・11・1　櫻井書店)。

63　首里城や酒家の巷の雲の峰

『新傾向句集』

明治四十三年五月十二日に、碧梧桐は大阪商船の「沖縄訪問団」の記者の一人として急遽沖縄へ旅立つことになった。沖縄行きについて碧梧桐は五月十一日の鹿児島での旅信「続一日一信」[*1]の中で、

予がこの地に着く前、大坂商船会社から電報で紹介して来たことがある。同会社で坂神の新聞記者を招待して沖縄観光団を組織する筈であるから、予も同一行に加わって呉れぬかといふのであつた。単独なりとも渡沖する予定であつたのみならず、幸ひ観光団発程の時日も略ぼ予の都合と符合したので同行する事に決めた。愈明日午後三時平壌丸で出発するさうである。

と記している。碧梧桐が人吉から加治木を経て鹿児島に着いたのは五月五日であり、翌六日の「鹿児島新聞」の記事に「東京俳壇の大家碧梧桐来鹿、明治旅館に投宿、同夜田原素彦（鬼丸）宅の薩摩琵琶会に招かれ、12日沖縄に赴くべし」[*2]とあることから、この沖縄行きはすでに五日には決まっていたことがわかる。

五月十二日、平壌丸に乗りこんだ碧梧桐一行が沖縄那覇港に入港したのは十四日で、官民一致の大歓迎を受け、奥山公園、波上宮、孔子廟、図書館、農事試験場などを案内された後、辻遊廓を一見し、夜は琉球の芝居「銘苅子《メカルシー》」を観る。芝居のもどりに螢の飛ぶのを沢山見て、蟋蟀の鳴く音を聞いた。

碧梧桐は沖縄の印象として、まず風俗は、寛濶な芭蕉布を着流した女性の様子を「袖は筒袖と元禄袖の合の子のやう」で、「前を合した襟先を紐もつけずに、ちよいと腰骨の上へ挟んで置く。別に帯といふものを巻かない。」「羽織めいた長い上ッ張りを今一枚着流したのは多少身分のよい女の外出であらう。それが紺の雨天傘をさして行く様などは、どうしても古代的の感じ」*3で面白いと記し、首里城については、

先づ、石垣が残つのたのが、万里の長城というやうな感を起させる。古い木柱も傾いた大きな建築物が残つてをる。木柱が傾いてをるので雅に見えるのかも知れぬが、もう十年とは持たぬと聞くと何となく惜しい心持になる。其の大きな建築物は大体が支那風であるけれども、又た日本風な処もある。*3

と記す。道で見かけた真っ赤な燃えるような花がデーゴ（梯梧）という琉球を代表する花と知り、砂糖を積み出す小さな馬と鋭尖塔めいた笠を被った大きな人との釣り合いが余りにも取れなさ過ぎて面白いと思うなど、見るもの聞くものすべてが碧梧桐の興趣を大いにそそったのである。

土地の俳人との小湾《コワン》での小集は二十名ほどで、なかなかの新調の句もあり日本俳句の質問なども出

て疲れた身にも快いものであった。

こうした数々の思い出を残して碧梧桐が細雨の降る那覇港を出港したのは五月十九日。沖縄で忘れ難いものは何かと船内で問われた碧梧桐は「普通の使ひ水が貯溜した天水であるイヤな心持と、壁土を捏ねてをる女の唄ふ歌の暢びやかなさうして悲しい気になる調子であつた」[*4]と答えている。亜熱帯で珊瑚礁の島である沖縄は当時水道施設もなく天水をためて使っていたのである。

碧梧桐は沖縄で詠んだ句を一句も残していない。したがって冒頭に掲げた句は沖縄で詠んだものではない。沖縄を去った後、八月六日に愛媛県伊予温泉郡で、

馴るれども天水湯浴雲の峰

ほか二句とともに「雲の峰」の題で詠んだもので、首里城から見た勇壮な雲の峰を思い出して詠んだものであろう。「酒家の巷」は辻遊廓を連想したのであろう。

〈馴るれども…〉の句も同じように、伊予の温泉の里に来て、沖縄で感じた「普通の使い水が貯溜した天水であるイヤな心持ち」を思い出して詠んだものと思われる。

＊1 「日本及び日本人」(明43・6・15)。＊2 「碧梧桐と鹿児島入り」(『碧梧桐語録と鹿児島俳壇』所収 昭55・9・1 かんぺい工房印刷 私家版)。＊3 「続一日一信」5月15日記事(「日本及び日本人」明43・7・15)。＊4 「続一日一信」5月19日記事(「日本及び日本人」明43・7・15)。

64　相撲乗せし便船のなど時化となり

『新傾向句集』

　この句は明治四十三年十月二十二日、碧梧桐三十八歳の作である。讃岐丸亀で「相撲」の席題で詠まれたもの。碧梧桐は久しぶりに旧交をあたためた松山の人たちと九月十二日に別れ、高知を経て、十月五日海路高松に入り、栗林公園・金比羅、八島、それに四国八十五番札所八栗寺、八十六番の志度寺などを訪れたが、十四日に八島で劇烈な下痢症に罹り、当時猛威をふるっていたコレラかと危ぶまれもしたが急性カタルと診断され、旅信「続一日一信」[*1]に、「病勢依然として変化がない。咽が渇くのでオモ湯を請求する。時には葛湯も出来る。」(16日)「下痢はとまったけれども、予後の疲労に堪へないで、今夜の課題も知らずに寝た」(18日)とある。が、十七日には衰弱した身体にムチを打って丸亀の句会に出席している。

　揚出句〈相撲乗せし…〉の句意は、相撲取りを乗せて出帆した便船が一体どうして時化に遭ったのだろうというもので、〈など時化となり〉は、どうして時化になったのだろうという意味であるが、在来の句が盛っていたような中心を置かず、ただ単に、相撲取りを乗せた船が時化にあったという事実そのままで、何の作為もない自然さで詠んだものである。
この年の十一月十四日の旅信「続一日一信」[*2]の中で碧梧桐は、中塚響也の、

雨の花野来しが母屋に長居せり

の句を読んだ感想として「雨中の花野を通つて来て、離れの我家に帰るべきものが、母屋に立寄つて長居をした」という「事実」、つまり、一日の出来事のある部分を取り出して、それを偽らずに叙したというところに興味を感じ、「日記中の一節とさまで差異のない出来事が、花野といふ季題趣味を得て、興味を形づくつてをる所を新らしい」とする考えを示したのである。

碧梧桐は「温かいとか、冷たいとか、大きいとか、雄壮だとかいふ風に感じを一点に集めるのが、従来の句作の傾向であ」り、その「感じを一点に纏める」、言い換えれば「何人にも普遍的に明瞭な限定した解釈が出来るやうにする」ということを従来「句に中心点がある」といっていたが、「若し中心点といふことを、明瞭な限定した詞で現はされるものに限るとするならば、この句には中心点といふものがない。」と説き、さらに、一般的には「雑駁な自然から純粋な美を求める手段」を「想化」といっているが、狭義にいう「想化」は、「先人より踏襲した習慣に適合する場合」をさす。したがって、もし「狭義の意味を想化の全体」とすれば、この句には「所謂想化といふ手段」が「殆ど無視されてをるというてよい。」とし、われわれが、いわゆる明瞭な中心点を作ろうとすれば、「等しく写生から出発して往つても、其中心点の為めに自然の現象を犠牲に供せねばならぬ場合がある。」「即ち

名義は写生であつても、中心点の束縛の為めに、写生の意義を没却する場合が絶無であるとは言へぬ。所謂中心点に拘泥しない、他の写生の意義を貫徹した興味」が、この句などによって「闡明さるゝものとみることは出来ぬであらうか。」と説くのである。そして中心点を捨て、想化を無視するということは、「多くの習慣性に慣れた人々に破壊的であると考へらるゝ」が、その破壊的であると考えられる処に、「新たなる生命の存することを思はねばならぬ。」とし、「中心点を捨て、想化を無視するといふことは、可及的人為的法則を忘れて、自然の現象其のまゝの物に接近するの言ひ」であり、「偽らざる自然に興味を見出だす新たなる態度」をもって句作するのを「無中心」といい、新傾向の進むべき方向として示したのである。要するに、出来事をそのままに取り出している点に興味を感じ、それを季題趣味とかかわらわせることによって真の写生のあり方を見出だし、先人より踏襲した習慣を離れるところに新たなる生命がひそんでいることを述べたものである。

これは従来の脚本の形式といふものを全く破壊し、自然に接近し得られるだけ接近して自然を偽らざる叙法を生命としているゴリキーの「どん底」の形式への理解によるものであった。この理解が碧梧桐をして「予が今日主張する句は」「劇と俳句との相違はあるとしても、何処にか類似の点を発見するのである。」といった自信を持たせることとなり、〈相撲乗せし…〉の句について「多少自信のある作であつた」と自讃することとなった。

阿部喜三男はこの句に対して「当時の自然主義の影響を受けており、この句はさすがに陰鬱な気配のある一情景をよくよみとっているが、こうした態度は新しいとはいえ、一般には難解晦渋となって行ったことも事実であった[*3]」と評している。

　この碧梧桐と自然主義との関わりについては、碧梧桐自ら「明治四十年からかけて四十一二年の頃は、自然主義の議論が、一般文学界に旺盛な時であ」り、「自然主義即本能主義又は獣慾主義の如く曲解された。が、元来の自然主義は、自然に返れ、といふ声である。人為的法則を脱して、自然の本情を見よ。といふに過ぎぬ。」「俳句に所期する我等の主張が、幾分自然主義と默契する所あるが如きを快とした。[*4]」と述べていることからも明らかで、こうした自然主義的雰囲気の中で自我の意識を発揮するための態度として「個性発揮」「接社会的」が説かれたのである。

＊1　「日本及び日本人」（明43・12・1）。＊2　「日本及び日本人」（明44・1・15）。＊3　『河東碧梧桐』（昭39・3　桜楓社）。＊4　「新傾向の変遷　三　新傾向論」（「日本及び日本人」明45・1）。

65　枸杞の芽を摘む恋や村の教師過ぐ

『新傾向句集』

明治四十四年、旅中二度目の元日を宝塚温泉で迎えた碧梧桐は三十八歳となった。暮れの二十八日には東京から妻子が来ていて、久しぶりに一家揃っての元日であった。そこへ東京から宇佐美不喚楼が不意に碧梧桐を訪ねて来て、碧梧桐の主張や行動が東京同人の意志と背戻する言動のあることを訴えて一日も早い帰京を促した。これに対し碧梧桐は、虚子との私的な交わりは依然としているが、ホトトギスに対する文芸上の公情は虚子と歩調を共にすることが出来なかったと同じように、東京同人も自分と主張を異にし、他に進むべき道があれば私情に拘泥しないで堂々と旗幟を翻すべきである。言ってみれば東京同人は思想上の老人であるとし、帰京の日を早めて特に東京同人に会う必要を認めなかった。[*1] 東京同人の中で最も碧梧桐の行き方に批判的だったのは乙字で、この頃、俳句で現代思想を詠うことは噴飯に堪えぬ、現代思潮を詠いたいというような人は、俳句など作らぬ方が利口だ、西洋かぶれの生な思潮だ、[*2] 俳句が一般の自然主義運動やその他の運動について、思想上の革命を企てようとすることは根本的に間違っている[*3]という風に、俳句を時代、それに他文学から絶縁させるという立場を明らかにするようになっていた。
碧梧桐は、東京同人が新傾向の意義を自覚しないのは、内容の空虚な議論の結果、句作力が減退したからと言い、句作を度外視して、議論をもって解決しようとするのが堕落の第一歩である。俳人の生命は句作にあるとした。[*1]
二月一日、京都に入った碧梧桐は翌二日より、二十一日までの二十日間に十八夜の俳三昧を、竹の間・句仏・素泉・茂枝女・羊我・小姑・青蛾・游魚・山梔子・石蕗子らと修した。
冒頭の句は二月十三日の第十夜[*4]に「木の芽」の題で、

渡り木の芽の白し水塚の辺に

の句とともに詠んだものである。「枸杞」は、春の若芽を摘んで食用とする。句意は村の娘が枸杞の芽は摘んでいると、娘が淡い恋心を抱いている教師が近くを通り過ぎて行くというもの。微笑ましい田園風景である。

ちなみに、旅信「続一日一信」には、

枸杞芽を摘む恋や村の教師過ぐ

として記載されている。これだと4・5・3・5の十七音であるが冒頭句では、

枸杞の芽を摘む恋や村の教師過ぐ

と、5・5・3・5の十八音となり、いわゆる新傾向俳句の句調となっており、碧梧桐はこれを新傾向の一特色と認めた。井泉水は「最近俳壇の傾向を論ず」[*5]の中で、新傾向の句は、季題を頂点とした五七五の三辺形式にはまらず、中の七が八となって三五に分かれ、五五三五の四分節となり、印象の分岐点が中央五と三との所に来る四辺形式ものが多くなったとした。

つまり、掲出句の場合、五五（枸杞の芽を摘む恋や）で切ることによって一人の青年に恋心を抱いて野原の枸杞の芽を摘む乙女をイメージさせて、その恋心の対象を次の三五（村の教師過ぐ）で明らかにして村娘のほのかな恋を小説の一シーンのように詠んだのである。

＊1　「続一日一信」1月2日記事（「日本及び日本人」明44・3・15）。　＊2　大須賀乙字「俳人と矛盾」（「蝸牛」明43・12）。　＊3　大須賀乙字「現今俳句評」（「懸葵」明44・13）。　＊4　「続一日一信」2月13日記事（「日本及び日本人」明44・4・15）。　＊5　其の十（「層雲」明45・3）。

66　木蓮が蘇鉄の側に咲くところ

『新傾向句集』

この句は明治四十四年三月十二日の作。「南方氏宅即事」の前書を付す。紀伊田辺に植物学者南方熊楠を訪ねた折の即景句である。二月二十三日に名残を惜しみつつ京都を後にした碧梧桐は古都奈良を訪れ、法隆寺、興福寺、三月堂、大仏殿などをまわり、仏教美術に魅せられた後、高野山に登り、御坊に出て、道成寺に参詣、その後田辺に向かい、朝の八時ごろ地元の柴庵の案内で熊楠を訪ねたのである。この日の旅信「続一日一信」[*1]は長文で、熊楠の家の様子、熊楠その人について詳しく記している。以下、紙数の許す限り紹介することとする。

家の構えについては、表門玄関付きの家で、木柱も煤黒いベンガラ塗りの、古風な士族屋敷の跡とも見える建物であった。主人熊楠はまだ目覚めていないというので庭にまわり書斎に上がって待つこととした。書斎の印象を次のように記している。

其処らぢう一杯に書籍雑誌類が積み重ねてあつて、殆んど足の踏み処もない。それに茶殼箱のやうな四角な箱や、百簞笥めいた重ね抽斗なども不整頓な位置に据ゑてある。(略)余り高くない天井の下には、四方に棚が吊つてある。其棚の上にも書籍類を始め畳んだ物や巻いた物がギッシリ詰つてをる。処々蜘蛛の巣の下つてをるのを見ると、其上に積んだ塵の厚さも略ぼ想像が出来る。(略)子規居士の別号獺祭書屋が何等の誇張もなしにこゝに実現されてをると思うた。が、気をかへて、強いて世界の学者の書斎だと思ひ直して見ると、小さな踈《ママ》末な経机位の机が一脚椽側近くに置いてあつて、其上に乗せた蓋のない硯箱とインキ壺とが、きのふも使はれた様に埃もかぶらずにある。

と記し、「かゝる箒をいつあてたかとも思はれる塵埃堆裏に在つて、尚ほ能く究理の権威を保ち得る其人の風丰は、之を想像するに難くない。」「書斎に善美を尽して自ら得たりとする衒気沢山な当世の学者並みとは固より其選を異にする」とし熊楠に会う前にすでに敬虔の念を高めている。

案内の柴庵が、主人が起きてきたと注意した。振り返って見る間もなく碧梧桐の眼前に現れた熊楠の第一印象は、「西郷隆盛の銅像然とした大入道」というのであった。

初対面の挨拶が簡単に交されて、主人は書斎に上つた。煙草の空殻――採集した植物の仮保存器に当てていた(筆者注)――が二つ三つ膝に押し潰されたであらうと危ぶまれるやうな坐り方をして、更めて我輩をギロリと看る。眼つきの鋭い所謂炯々《けいけい》たる眼光も、尋常の炯々に非らざる光鋩に射らるゝ感じがする。

と、その人物像を描いている。ふたりはすぐに意気投合、ビールを何本も飲んで快談し、ふと子規のことに話が及び、熊楠は子規とは共立学校時代に同窓であったとし、三十年前を思い出して、「イヤ正岡は勉強家だつた。さうして僕等とは違つておとなしい美少年だつたよ」と言い、子規は煎餅党、自分はビール党で各々一方の大将顔をしていた。今の海軍大佐秋山眞之などは、はじめは子規党だつたが、後はビール党に降参してきたなどと懐かしそうに話し、自分の日記を取り出して、碧梧桐に「何でもよい署名して呉れ給へ」と言い、柴庵に向って「僕の日記に署名する……君も名誉だよ」といかにも真面目に話している。碧梧桐は熊楠が真面目に宣告する程の名誉という感じを起こさなかったが、そんなことを真面目に何の巧みなしに告白する自信と、其の言い方の無邪気さに打たれて筆を執らざるを得なくなり、庭前の即景そのままを叙して、

木蓮が蘇鉄の側に咲くところ

と署名したのである。この頃の碧梧桐の句としては珍しくさらりとした句であった。

＊1　「続一日一信」3月12日記事（「日本及び日本人」明44・6・1）。

67 蝶そゝくさと飛ぶ田あり森は祭にや

『新傾向句集』

熊楠邸を後にして明治四十四年三月十三日、熊野の本宮大社に詣でるため田辺を発った碧梧桐は峰湯を経て熊野本宮に詣で、熊野川を下って、北山川の瀞峡にも足を伸ばし、十七日、この地の有志による歓迎の宴に列し、二十日に新宮より那智の滝、勝浦、木ノ本の鬼ケ城などを見て、翌二十一日、木ノ本港から船で鳥羽へ。その後は松阪、伊賀上野を経て、四月一日、鵜平に伴われて来た茂枝夫人と草津で合流し、大津に入り、堅田の浮見堂、竹生島などを見て、五日の朝、彦根城に登った後、彦根駅より東海道本線に乗り、穂積駅で下車、すぐ人力車で美濃江崎の鵜平庵に入っている。

碧梧桐は塩谷鵜平邸内に新築された「芋坪舎《うへいしや》」に入り、翌月十四日までここに滞在し、鵜平・観魚、水村、松煙楼、琅々、茂枝夫人らと俳三昧を修した。掲句は四月六日、俳三昧の初日に「蝶」の題で作られたもので、蝶がそそくさと飛ぶ田にはれんげ草が咲き乱れ、その先の森から聞こえてくる祭囃子。森の中には神社があり、村人が集まって祭を楽しんでいるのであろう。〈そゝくさと〉で、祭に急ぐ村人たちの姿まで想像されて、一句全体から心の弾みが伝わってくる。「鵜平居俳三昧」[*1]によれ

ば同日の作に、

　海札所畑貝殻の飛ぶ蝶か

渡台記念の紅竹や蝶も針したり[*2]

花高かりし藪の道蜆蝶群れて

ほか一句がある。

鵜平の家は、ＪＲ東海道線の岐阜駅から西方一キロばかりの踏切を越え旧中山道沿いに西に車を走らせること十分ほどで戦前まで岐阜ちりめんの産地として栄えた鏡島村（現岐阜市）の西の外れにあり、田地五十余町歩のほか、広大な竹藪を所有する大庄屋であった。屋敷裏の竹藪を抜けると長良川の堤で、対岸は旧中山道美濃十六宿場町の一つ河渡宿である。鵜平は多くの文人墨客を自邸に迎えたが、中でも、わざわざ中庭に六畳と三畳の三間つづきの書斎「芋坪舎」を新築して第二次全国旅行中の碧梧桐を迎えたのである。

四月五日、東海道線を穂積駅で下車した碧梧桐は渡し舟で長良川を渡り、堤を下り大竹藪を抜け、木の香も新しい芋坪舎に迎えられた。

碧梧桐はその旅信「続一日一信」[*3]の中で、

　兎に角こちらへ、と家人にも誰にも改まつた挨拶もせぬ中、其紀念小舎へ導かれた。六畳の方に、机も坐蒲団も既に用意してあつた。（略）鵜平は我が知己の第一人だ。予の企図したこの旅行に就いても、多くの人が一俳人の所行として冷やかに客観視する中に、陰に陽に我を庇護して、熱情的に主観視する其一人だ。其熱情の迸りが、この小舎となつて現れたのだ。

と記している。

碧梧桐は鵜平庵での俳三昧中に約七十句作り、四月八日には、

狐狸を徳とす藪主に草餅日あり

と鵜平を詠んでいる。大藪に囲まれた鵜平庵を村人は親しみをこめて「ヤブ」と呼んでいたのである。

碧梧桐は鵜平から、「狐は蛇を食べて村人を喜ばせ、今も納屋に棲む狸はついぞ悪さをしたことがない」と聞かされ、〈狐狸を徳とす〉と、暗に鵜平の人徳を、「草餅日」によって鵜平の人柄を讃えたのである。

三千里という長途の旅にあって、この芋坪舎での約一ヶ月の滞在は碧梧桐にとって最も心安まるものであった。

＊1　塩谷宇平家蔵。　＊2　『新傾向句集』（大正4・1　日月舎）には〈渡台記念の紅竹や蝶も針たり〉と改作して掲載。　＊3　4月5日記事（「日本及び日本人」明44・7・1）。

68　富士晴れぬ桑つみ乙女舟で来しか

『新傾向句集』

五月十五日、鶏平庵を発った碧梧桐は名古屋、岡崎を経て豊橋へ。豊橋からは馬車で田原の渡辺崋山の遺跡を訪ね、浜松では加藤雪腸邸での小集に鶏平と共に出席している。六月十一日には静岡で久能山に登り、富士山麓の御殿場に着いたのは翌十二日、富士五湖見物のため富士吉田から人力車で舟津へ。十三日には青木ヶ原の神秘的な大樹海におどろき、精進湖や本栖湖の美しさに感嘆するが、中でも、朝から顔を見せていなかった富士山が半身以上を現しているのに気付いた瞬間の感動を旅信「続一日一信」[*1]に、

其刹那胸は躍つて、ア丶素晴らしい、と思つた。静寂と崇高の結晶だと思ふた。一切の雑念を圧する自然の威力、時に何物をか与へんとする自然の黙示、たゞ我を忘れて呆然佇立するばかりであつた。

と記している。

掲句は六月十三日の作。西湖を小舟で渡り大樹海の上にくっきりと浮かぶ秀麗富士。水辺の桑畑で桑積みをする乙女にたいして、舟で来たのかと軽い驚きを詠んだものである。

この日、碧梧桐は西湖を小舟で渡り、岨に懇いた桑畑で桑を摘む男女の姿を見ていることから実地に即して詠んだものと思われるが、桑を摘む男女を俳句で乙女としたことで〈舟で来しか〉に碧梧桐の心の弾みが感じられる句となった。

十五日、大雨の中大野から強いて舟で十四里の富士川の渓流を下り、沼津ホテルに入った碧梧桐はこの日の富士川下りの感想を鵜平に「（略）富士川は平凡にしていふに足らず失望せり。併し富士は湖中の精進本栖両湖は心澄み気徹して痛快此上なかりき。（略）」[*2]と書き送っている。

六月二十日には沼津の碧梧桐の元へ荻原井泉水が訪ねてきた。井泉水は碧梧桐と大須賀乙字が対立の度合いを深めている中で、この四月に自力で俳誌「層雲」を新設、自ら選者となっていた。井泉水が碧梧桐をわざわざ旅先まで訪ねて来たのもこの事の了解を取るためであったと思われる。しかし、乙字ら碧門の同人たちは「層雲」が井泉水の個人的色彩が強まるのを不快に感じ始めていた。

二十六日、沼津を後にした碧梧桐は韮山に出て、相知の末久喜十郎（号瓢六）が校長をしている韮山中学で「山水の景勝につきて」[*3]と題して講演をすることとなる。講演の中で碧梧桐は日本海で景色のよい所として男鹿半島佐渡の海府、出雲半島、越後の親不知を掲げた上で、陸奥の竜飛を最も景色のよい所として紹介し、「川」については京都の保津川下り、耶馬溪、木曽川の山水の配合の面白さを説いていた。

修禅寺を経て天城山麓の湯ケ島に着いた碧梧桐はここで激しい暴雨風にあう。三十日、天城越えを断念して雨の山道を約七里歩いて伊東に出た碧梧桐は七月三日に伊東から小田原まで船で行き、十三日の二時過ぎの汽車で鎌倉を発ち、政教社同人を始め親戚友人に迎えられて新橋に着いたのは四時過ぎであった。

碧梧桐は「続一日一信の後に書す」[*4]を書き、その中で、

予が若しこの旅行を企てずして、今日まで東京に閉居して居つたならば、今日の如く新傾向も長足の発展をしなかつたであらう。若し極端な辞を以てすれば、予の旅行が今日の新傾向を生んだのである。

と自負している。が、この頃、東京では碧門に様々な新しい流れが渦巻きつつ動いていた。碧梧桐はこうした渦中に帰る心境を交えて、七月八日に鵜平に宛てて箱根湯本より「(略)荊妻の談によれば乙字碧童対井泉不喚の衝突は案外猛烈――尤も井泉不喚の方にてはヨラズサワラズなるべきも乙字派はプン〳〵怒つてをる由、小生之を主人の留守中に起つた姑小姑と嫁下女などの衝突―飛んだお家騒動と笑ふ　ソンナ事もあれば東京同人の出迎は中止を要求せり(略)東京にて先づこのお家騒動のもつれを解く必要あらんもバカ〳〵しくてそんなことにかゝりあうても居れず　アツイことかな(略)」[*5]と書き送り、俳壇を一手に掌握して来た碧梧桐の戸惑いと憤り、それに苛立ちを吐露していたのであった。

＊1　「続一日一信」6月13日記事（「日本及び日本人」明44・9・15。＊2　六月十五日、沼津沼津ホテル　河東秉より岐阜市在江崎　塩谷宇平宛封書。＊3　明44・10「学友会報」第15号（静岡県立韮山中学校学友会）＊4「続一日一信の後に書す」「続一日一信」2月13日記事（「日本及び日本人」明44・4・15）。＊5　七月八日　箱根湯本福住　河東秉より岐阜市在江崎　塩谷宇平宛封書

69　峰の立つ羽光りや朴の蘂の黄に

『新傾向句集』

明治四十五年六月七日に岐阜県中津を出発し、飛騨高山・富山県井波を経て、十七日に高岡から帰京するまでの十二日間の作品を、

　下呂一泊。
温泉《デ》涸《ユ》れは古き事アマゴ鮎料理
　高山著。
雨晴れ雲四顧に揺曳す田植歌
　御母衣遠山家を訪ふ。
大家族の遺す家ウリの木の茂り
　下梨・五箇山
白川藁屋の名残や町を清水走す

などの八十句を「十二日行」と題して「層雲」に発表。掲出句はその中の一句で、六日目に牧戸から越中五箇山方面へ抜ける途上での作である。句意は、飛び立っていく蜂の羽がキラリと光り、それまで蜂が蜜を吸っていた朴の花の蘂の黄色が初夏の日に鮮やかだというもの。光りと色の感覚がみごとに生かされており、碧梧桐の鋭敏な感覚をうかがわせる句といえよう。

ところで、碧梧桐は四十四年十二月二十一日から翌年の一月にかけて、喜谷六花・天郎・観魚・三汀・金鶏城らと冬季俳三昧二十六夜を修しているが、同年四月に「層雲」を創刊し、新傾向に批判的な態度を明らかにした井泉水、五月に「アカネ」を復刊し、新傾向攻撃の論文を毎月掲げた乙字、それに碧梧桐の選句に対する抵抗から六月に「試作」を創刊した一碧楼はこの俳三昧に参加していない。

こうした碧梧桐に反発する勢力が台頭する中で、二十一日からの冬季俳三昧を修した碧梧桐は、その四日前の十七日の夜、愛弟子鶊平[*1]に心情を吐露した長い書簡を書き送っているので紹介する。

啓　本日は拙宅の句会であつた席上で十六日出の芳書を読んだ何となく涙がこぼれた

東京の俳人否全国の俳人に人生問題が真底から頭に訴へてをる者幾人あるかと思ふと気がクサ〳〵する　殊に昨今の東京はまるで俗人根性の鉢合せ嘔吐を催うす事許りなり　一層の事俳人改造を企てゝ今日迠の交游を一切断たんかとさへ思ふ

がまア〳〵短気は損気と辛抱するつらさを察し給へ

小生も貴地にあつて日曜毎の遠足に加はりたい（略）

突然日本俳句を天郎に譲りて小生は果樹園経営に郷里へ引込むかもしれないア、
など思ひながら碌々として日を送る　来る廿一日より俳三昧を修行す*2
当月より毎水曜日宝生新を迎へて拙宅にて謡を稽古す同勢七八人皆俳人也
来年夏ハ飛驒白川に旅行せん　或ハ月山に行かん*3
日本人へは「日本の山水」*4と題して多少つゞくものを書かん
新年端書を如何に工風せんかなど
我ながら矛盾を感ず　其矛盾を打破し得ざる処即ち我の執着の足らざる処か（略）
「新傾向の変遷」*5の原稿は手元にあれど同文ハ校正の時読み返すに元来気乗りせざりし物なれば
冗長見るに足らず　実は恥ぢ入りをるなり　そんなものを差上も致しかねて躊躇しをれり（略）
来年正月松の内に二三泊の予定にて妻子引つれ貴庵を驚かすかも計られず　併しそれハ旅費でも
残した上の事也　あてにはなり不申候*6
年内ハ日本俳句鈔第二集*7を作る為め余暇なし
十二月十七日夜
十一時半
碧
鵜平兄　侍史
というもので、碧梧桐は愛弟子鵜平に対して苦しい心のうちを明かしていたである。

＊1　明治44・12・17日夜　下谷上根岸　河東秉より岐阜市在江崎　塩谷宇平宛て封書。塩谷家蔵。＊2　翌年の一月末までの二十六夜修したもので、三月には六花宅で二十二夜の春季俳三昧も修している。＊3　月山へは行かず、六月六日から十八日に掛けて和露・山梔子を伴って飛驒を経て北陸への旅を実現させて、「十二日行」としてまとめた。九月には越中黒部に探勝し、鐘釣温泉に遊んでいる。＊4　各地の名山を実地の見聞にもとづいて記述したもので、大正四年七月に『日本之山水』（紫鳳閣）として出版。＊5　碧派の立場を歴史的に論説したもので、所謂西洋思想に教育せられ自我に目覚めた自由人として碧派の俳句の未来を指示したもので、明治十五年一月稿として『新傾向句の研究』（大4・6　俳書堂）の第十章に収録。＊6　予定通り年末に妻子同伴で鵜平庵に赴き、そこで越年し、一月、京都神戸を巡り帰京。＊7　碧梧桐選「日本俳句」を収め、大正二年三月に政教社から刊行された俳句選集。

70　雛市に紛れ入る著船の笛を空

『新傾向句集』

大正二年、碧梧桐四十歳の作。港町を散策していて華やかに雛市が開かれている通りに出くわしたのであろう。〈雛市に紛れ入る〉と切れることによって、雑踏に紛れ込んで店頭に並ぶさまざまな雛人形を見ている作者が目に浮かぶ。そんな作者が、突然、汽笛がぼうと空に鳴るのを聴いて、ああ、船が入港したのだなあと、改めて港町の情緒を実感したのである。

この句は海紅堂句会での題詠句であるが、碧梧桐は旅中の体験を踏まえて詠んだものと思われる。北川漸[*1]はこの句に触れて「地方都市の雛市の回想とすれば、わびしい旅情も感じられる。」と評したが、中島斌雄[*2]も、地方の町の雛市を設定し、なほそこに港町らしい汽笛を配したことで、雛祭の情景を大きく乗り越えたとし、「雛市をとおして、こういうわびしい旅情を打ち出すのは、やはり特異のねらいと言わねばなるまい」と評した。入港の船の汽笛を空に聴くと捉えた碧梧桐のすぐれた感覚から生まれた句といえよう。

ところで、先に紹介した鵜平宛ての碧梧桐の書簡の中で触れていた『日本俳句鈔第二集』というのは、大正二年三月に政教社から出版されたもので、『日本俳句鈔第一集』（上下巻）[*3]の後を受けて、明治四十二年四月から同四十四年十二月までの「日本俳句」を中心とする約千九百句を収めた新傾向の第二期の句集で、新傾向が自由表現と無季に突入する直前までの作品を収めており、調子の上から見ても、従来の五七五調に対し、五五三五調が試みられた新傾向独特の句を収めている。

こうした新傾向俳句に対して、明治四十四年四月に「層雲」を創刊した井泉水は、「俳句の傾向を論ず」を発表、その中で無中心への不満を「たゞ自然に近いといふ事の興味の他に、或物が目途とされねばならぬ」「その或物がたしかに把握された時こそ、最近の傾向が初めて鞏個なる地盤を得る」[*4]との見解を述べ、俳句は「季題を離れて作られるやうになつてこそ、ほんとうの成長なのである。」[*5]と説き、自然と自己との一体化の重要性を説いた。

また、全国旅行中の城崎で、碧梧桐によって「半ば自覚せぬ天才の煥発である」と激賞された一碧楼は、選者制度の否定を掲げ、碧梧桐に反旗を翻し、大正二年六月に季題にも定型にもとらわれない開放的作品を収めた第一句集『はかぐら』（大正2）を出版している。

こうした碧派の動きの中で、虚子は明治四十五年七月に「ホト、ギス」誌上に虚子選雑詠を発表し、俳壇に復帰したのである。これは明治四十二年七月号をもって雑詠欄を廃止して以来、三年ぶりの復活であった。同号の「消息」で虚子は、俳句の制約は「季題趣味、十七といふ字数を制限、詩らしき調子是なり。」とし、

若し其制約を好まずとならば寧ろ凡ての制約を突破し去りて大自由の天地に立つべし。長詩可な

り、散文可なり。

小生は数年前其散文に赴きたるものゝ一人に候。而も俳句に立戻る場合には此制約を厳守せんとす。

此制約あるが故に俳句あるなり、制約なければ俳句なし。

制約無きものを尚俳句と呼ぶも勝手なれ共、其は無意味なり。寧ろ別名を附するに若かず
と新傾向俳句を批判し、

春風や闘志いだきて丘に立つ

と、碧梧桐への密かな闘志を燃やしたのである。

＊1　河東碧梧桐（『近代俳句　日本近代文学大系』56　昭49・5　角川書店）。＊2　『新訂現代俳句全講』（昭50・1・15日　學燈社）。＊3　上巻（明治42・5・4）、下巻（明42・5・12　政教社）。＊4　其の九、（明45・3）。＊5　「昇る日を待つ間」（層雲」大2・1〜4・3）。

71　干足袋の夜のまゝ日のまゝとなれり　『八年間』

碧梧桐四十三歳の作。「海紅」創刊号（大4・3）の「同人近作」十一句中冒頭句で、初出句形は〈干足袋の夜のまゝ日のまゝとなり〉。生活の断面を捉えた句。夜も昼も干されっぱなしになっている足袋は侘びしく、どことなく冷めた家庭が想像される。北川漸は「人間生活の一断面をとらえ、その背景となっている家庭や女性をいろいろ想像させる」[*1]とした。

かつて碧梧桐と関わりの深かった水木伸一氏[*2]に碧梧桐について長時間にわたって話を聞いたことがある。その一部を紹介すると、

　奥さんが碧梧桐を見初めたのは先生が有名だったこともあったけれども、格好が良かったからでしょうなあ。

　先生は怒らないで奥さんのわがままを通させたのですなあ。

　あれだけ利己主義の女というのはないです。裁縫の腕は、三越で裁縫で飯を食べていた私の腹

違いの妹が感心するほどの腕で、「とても河東の奥さんにはかなわない」と言ってましたよ。それなのに先生の着物は縫わない。自分のだけ縫う。こういう変わった利己主義者なんですなあ。

わたしが先生のお宅へうかがうと、先生は自分の酒の肴は自分で作るんですよ。先生は「僕が工夫したんだ」と言って「これは酒の肴にもなるし、お腹もふくれるから」とサンドイッチを出されるんです。

それは、薄いパンに塩鮭をほぐして入れ、その中に何か思いつきの野菜を挟んだものなんですよ。それを十個以上に切るのです。それのみんなに爪楊枝がさしてあるの。これは、奥さん全然こしらえない。

こういう奥さんだから、旅行しても一切先生の世話をしない。お弟子さんが近寄らなくなったのは奥さんの所為ですよ。半分は。

気に入らない人は先生に会わせない。それは厳しいですよ。

そう、観魚は嫌われたわなあ。あれは観魚もひどいですよ、「先生、あんな奥さんやめて、もっと良い奥さん貰いなさい。」と言った。それを観魚が言ったことが分かっちゃって、それは観魚ばかりでなく弟子のみんなが思っている。それで碧梧桐がだめなのは奥さんがだめだからという噂が立った。

というものである。この話から掲出句〈干足袋の…〉に見られる、どこなく冷めた家庭を窺い知ることができるのではなかろうか。

碧梧桐が茂枝夫人を詠んだ句に、

妻に腹立たしダリヤに立てり　　大正五年
牡蠣飯冷えたりいつもの細君　　同六年

がある。前句は、妻に対する腹立たしい気持ちをダリヤに見入ることで鎮めようとしているのであり、後句は、温かいうちに食べなければ美味しくない牡蛎飯が妻の無精ですっかり冷えてしまったというもので、〈いつもの細君〉には、苛立ちを通り越して諦観しきった夫がいる。

伊沢元美は「牡蛎飯」(冬季)は既に季題的扱い方ではない。夫婦のけんたい感を巧みに具象化したもので、」「いつもの細君の無精で、せっかくの大好物の牡蛎飯も冷えてしまったのを食べさせられることか、というのである。」として、「細君《さいくん》」という語は「他人事《ひとごと》のように聞こえるが、我が妻のことをこんな風にちょっと突き放して言ったところにどうにもならない夫婦間のけんたいを諦観《ていかん》しているようなニュアンスがある」[*3]と評している。

大正六年三月、碧梧桐は「海紅」に「人間味の充実」[*4]を発表したが、その中で、「大正五六年になって、私は自分の句に、嘗て絶望してゐた人間味の匂ふものが、比較的多くなつたことに気付いた。」として、この〈牡蛎飯冷えたり…〉の句を挙げて、「私の嘗て焼きつけられた印象と、現在の生活の実経験を出来得るだけ暴露してゐる点に、今日の私だけの満足はある。」という言葉を見せている。

こうして眺めてくると、水木氏の話がこれらの作品の背景として生かされてくると言えよう。

＊1 「河東碧梧桐」（『近代俳句　日本近代文学大系』56　昭49・5　角川書店）。＊2 明25、松山市外荏原村生まれ。大4、碧梧桐・一碧楼の「海紅」に挿絵・文章を書く。同5・春、湯島天神町に部屋を借り、同13、碧梧桐の後援で渡欧。帰国後、しばしば碧梧桐の旅に随行した。筆者が水木氏宅（国分寺市）を訪問したのは昭和57・6・7であった。＊3 「河東碧梧桐」（『鑑賞と研究　現代日本文学講座　短歌俳句』昭37・8　三省堂）。＊4 大4・3、塩谷鵜平の「壬子集」と合併市、碧梧桐が主宰し、一碧楼が編集を担当して創刊。

72　駒草に石なだれ山匂ひ立つ

『八年間』

登山行は日本新聞社以来の親友長谷川如是閑と一戸直蔵の三名で決行されたもので、如是閑はこの登山計画について、

「北アルプス句稿下」[*1]中の一句で「蓮華嶽南尾根を下る」の前書きを付す。碧梧桐四十三歳。この

針木《ハリノキ》岳から槍ヶ嶽迄の間の国境線上を縦走しようといふのである、此の縦走は、明治四十四年に大阪の山岳会員榎谷徹蔵氏が試みた事のある許りで、殆んど処女経路といつてよいのである、其の中最難路といふのは、蓮華《レンゲ》から烏帽子《エボシ》に至る間である。仮に蓮華の頭から烏帽子の頭まで総てを一直線に引いて其の長さを計つたら恐らく三里とはあるまいと思はれる短距離に過ぎないが、其の間の縦走に三日を費すといふによつて、此の山稜線の何う曲折してゐるかゞ想像されやう。もし其の上霧や雨に出逢つたら其の続く間殆ど前進を阻碍されてゐるのである。[*2]

と記している。

碧梧桐一行は大正四年七月十二日に東京を出発し、明科駅・池田町・大町・籠川谷・大沢・針の木峠・針の木嶽・不動嶽・蓮華嶽・北葛乗越・北葛峰・七倉嶽・夜叉沢・東沢嶽・舟窪嶽・不動嶽・南沢嶽・烏帽子嶽・三ツ嶽・黒嶽・槍ケ嶽・赤沢小屋を踏破して、二十四日に帰京しているが、幸いにも十日間の日程中、一日の風雨どころか、眺望を阻む一片の雲も起こらなかった。

立山は手届く爪殺ぎの雪

は「蓮華嶽（二七九八メートル）頂上眺望」の前書きを付した句。「立山」は、雄山（二九九二メートル）を中心とする立山連峰で、〈爪殺ぎの雪〉。は、眼前にくきりと見える立山連峰の雪渓を言ったもので、山頂を極めた感動が具体的に伝わってくる。

さて、掲句は「蓮華岳南尾根下る」の前書きを付した七月十六日の作である。駒草は高山に生え、七八月頃淡紅色の花を咲かす。同時作に〈真黒岩肌に唐松の萌え光るかな〉がある。〈山匂ひ立つ〉は山が色美しく映えるといった意で、快晴に恵まれ、石がなだれ落ちるような斜面に駒草が可憐に咲き、山全体が夏の日に美しく照り映えているというもの。

碧梧桐はこの尾根下りを「肌荒な大岩奇石がニョキ〳〵突立つてゐて、馬鹿に男性的に緊張している。さうしてそれが、四十五度以上の角度で、馬鹿に急勾配を削ぎ立てゝゐるのだ。始めて人を阻む、此行冒険の第一関門に出会したのだ」「砂と石とでずる〳〵辷る崖もある」*1とその難所ぶりを記している。

同じ十六日に七倉嶽頂上で

　雷鳥を追ふ谺日の真上より

と詠んでいる。この七倉嶽を降りたところで如是閑が体調を崩したため夜叉沢で野営することとなり、その様子を「同行如是閑病で夜叉沢野営」と題して次の四句を詠んでいる。

　一木伐りし空明りこの砥雪かな
　樺若葉敷く草を敷く敷き畳まれり
　雪を盛り据ゑし火中の鍋となりぬ
　湯に濁りつゝ雪塊の漂へる

＊1　「海紅」（大4・10・1）。　＊2　碧梧桐・如是閑・一戸共著『日本アルプス縦断記』（大6・7　大鐙閣）。

73　雪踏のふり返る枯木中となりぬ

『八年間』

碧梧桐は大正四年の三月に、二月に終刊した鵜平の『壬子集』を合併して「海紅」を創刊している。碧梧桐が主宰し、編集は一碧楼が当たり、乙字・六花・鵜平・露石・碧堂・桜魂子・折柴・和露・葉吉・古原草・地橙孫らが同人であった。「我を推し進めん―発刊の辞にかへて」で碧梧桐は、自分たちが正しいとする道徳観、自分たちが高いとする芸術観が一般社会に普遍であるとは信じていないが、近代芸術の中毒者、あるいはそれに反抗する皮相な国粋保存者が行方を失って心にもない幻覚に迷う人々にとって、我を推し進める力が充実しておれば、そこに一道の光明を投げうることも至難な技ではないと思うとし、

我々同人というても、それは外的な条件で結びつけられた意味の浅い寄り集まりではない。銘々の内に把握する所に共通点を見出した自然の結合である。（略）同人は銘々自己の道を個々別々に歩んで行くものである。[*1]

とした。

この「海紅」を創刊するにあたって碧梧桐は鶊平に書簡[*2]を送っている。その要点を箇条書きにすると、

一、観魚は、我等仲間の機関を一碧楼にやらせるというのでは、何だか自分が思っていたのとは少し距離があると言う。

一、乙字は、一碧楼にやらせるという事に賛成しない。六花、碧童、乙字と碧梧桐を幹部として、編集なり、出す材料の銓衡をしようと言い、同人近作を碧梧桐の選ではなく、銘々自選としたいが折柴の自選は認めぬと言う。

一、碧梧桐としては、乙字には質疑応答か、俳論か位を押しつけようと思うがそれもなかなか難しい。ともかく雑誌を売らなければという重大な社会問題があると、なかなか強いことが言いにくい。六花が乙字と衝突してもやると言うことなら六花と一碧楼の名前でやることにしてもよいかと考える。が、それも困るというのなら鶊平と一碧楼ふたりの名で出すという事にしてほしい。

一、雑誌の名は「海紅」とし、毎号六十頁内外で一冊二十銭、半年一円二十銭、一年二円とする。

といったもので、「海紅」発刊に関わる苦渋に満ちた心情を鶊平に吐露しているのである。

当時、自由律俳句を推進する井泉水の「層雲」と碧梧桐を中心とする碧派とが分裂している中で、「海紅」の創刊を企てる碧梧桐にとって古俳句を尊重し、季語に関わる表現技法を重視する乙字の取

り扱いに苦慮していたのである。

　ところが、五月十二日の海紅の句評会で乙字が葉吉に「こんな不良少年が」と暴言を吐いたことで、日頃より乙字の暴言に対して激憤した葉吉が撲りつけ、その額部に傷を負わせるという事件があって乙字は早くもこの結集から離れて行ったのである。

　掲出句は同年十二月十九日子規旧廬で蕪村忌俳句会を催した時の句で、課題は雪。同時作に〈雪卸ろせし磊塊に人影もなき〉がある。

　句意は、カンジキで長い時間雪を踏み続けて来て枯木立の中となった。ふり返ると、すでに人家は遠くなってしまったというもの。「五・五・九の句調も新清で、動きや周辺を含む情景が無理なく巧によまれている。碧梧桐の言う『現実味と真実味』もこうしたところに味われると思う」[*3]と評したのは阿部喜三男である。

＊1　「海紅」（大4・3・15　一巻一号）。＊2　岐阜在江崎　塩谷宇平宛て、東京下谷上根岸　河東秉封書（大4・1・16）。＊3　『河東碧梧桐』（昭和39・3　桜楓社）。

74　雲の峰稲穂のはしり　　『八年間』

　この句は碧梧桐四十四歳、「海紅」第二巻第五号（大5・7）の作で、「同人近作」二十句中の一句である。この句、雲の峰を遠景にして、夏の稲田の穂が出始めているところを描いたもので、稲田に漲る生命力と「雲の峰」の勢いを第一印象として、豊作への予兆を実感したものを直接的に表現した短律調の句である。伊沢元美はこの句を評して「『雲の峰』には季題臭さがほとんどない。夏の田を展望したときの景で、雲の峰を遠景に置いて、稲がところどころ穂を出し始めているところを、淡彩だが、ひきしまった描線で簡潔に描いたのである。素描の味であろう。[*1]」とし、瀧井孝作は〈間《あひ》を割《さ》く根立てる雲の〉〈峰づくる雲明方の低し〉の二句と共に挙げて「純粋な的確な表現、これを突詰めて、端的に表現した[*2]」と評した。

　こうした短律調は、同号の「同人近作」に、

水影しるく蝿取空し　　清太郎

清水にて洗ふものつきぬ　　桜磈子
青すゝきひろ〲額汗する　　一碧楼
麦長し活けて書斎の中　　折柴

などの句を見ることができるが、碧梧桐は「真実を求める運動は、やがて純一な第一印象を重んずるやうになる。」が、「其処に或る危険性を感ぜねばならない。」[*3]とし、単一化は必ずしも純一化にはならず、短律調が相似形に執着する嫌いがあることを指摘している。

碧梧桐は前年の四月に「現実味と真実味」[*4]を書き、その中で「真実味」は、「至純な崇高な刺戟を与ふるもの、総ての芸術の中核として存する力」と説き、「感興の基調と表現方法の寸分の隙もなく喰ひ合つた点に、芸術としての魅力が籠る」「単に官覚《ママ》の触れるまゝに現実を描写し叙述したところで、それは権威ある芸術とはならない」「我々の感激が真実と融合して、始めて詩的妙境を生む」と説いており、その「真実を求める運動は、やがて純一な第一印象を重んずるやうになる」[*3]が、生活を切り離した単なる印象を描くことは直ちに芸術にはならないと説いた。

さらに碧梧桐は、「我々の複雑な生活情態は、必ずしも単一化―純一化とは言はぬ―されるべき傾きのみを持つてはゐない」として、純一な印象を重んじるといっても、これを表現する芸術は、似た形式にのみ盛られるべきでなく、かえって純一な印象を重んじるほど、その表現形式もその印象に適応する形を備えていなければならない筈であるとして、「時に字足らずの表現、時に字余りの表現、整然たる描写、混乱した叙述、主観の濃きもの、客観の明らかなもの等、表現も亦た区々あるべき筈である。[*3]」とした。

この発言は碧梧桐がこの時点で自由律に踏み切った発言として注目すべきである。

こうした考えから中西和露の、

山の空鳥雲に入りけり

の句は「或る危険性を帯びた傾きを暗示してゐる[*3]」とした。それは、この句の印象がたとえ作者の第一印象であっても「作者の生活の血脈の打ち切られた印象の抜殻亡骸[*3]」であり、さらに言えば、〈鳥雲に入りけり〉が従来の季題観を加味したものであれば、古人のある観念を無意味に継承した嫌いがあり、もし直接経験の表現であるとすれば、事実に対する感動の訴えが甚だ薄弱であるという憾みを遺している。さらに言えば、季題観の有無を問わしめる事それだけでも、この句に空虚な部分があることを如何ともし難いというのである。

この年碧梧桐は、六月と七月の二回に分けて「季題に関する疑問上・下[*5]」を書き自らの考えを次のように明らかにしている。「季題といふと或る狭い概念を与へ易い」とした上で、「広い意味に於ての季感は、俳句の生命であるといふことは、どのやうに信仰の動揺があり、思想の変遷があつても、少しも揺ぎもない、俳句生存の根本義であると私は思つてゐる。」として、次のような例を挙げて説いている。つまり、「夜の雨」をもの凄いと感じたとしても、其刹那に「季感」は働かないとしても、その物凄いと感ずる心のおののきを誘うものとして、季感が絶対に働いていないということはあり得ないと説いた。

ところで、碧梧桐はこの年に「万有は季題」「であらねばならぬ。」[*6]という考えに至りついている。つまり、「四季の変化は、地球の他転自転に原因するのであるから、実在の万有は其変化を経由せぬことは事実に於て有り得ない。」とし、「存在」のすべてが季節と何らかの意味合いで関わっているということになると説いた。これを別な言い方をすれば、直接、季語を云々しなくても、存在を実感すれば、それ自体が季感を内包しているという現実感を抱いたということで、二つの「実在」、すなわち季節と存在という二つの実在は一つの季感を持った実在となるがゆえに「万有は季題」「であらねばならぬ」という万有季題論となったのである。

これは、碧梧桐が俳句において現実との関わりを季節と存在という二つの「実在」と、それを実感する「個我」とかかわるという新しい基本的態度・方法を確立したことを意味するものであった。

＊1 「鑑賞と研究」(『現代日本文学講座　短歌・俳句』昭37・8　三省堂)。＊2 「解説」(昭29・12　角川文庫)。＊3 「手段としての純一化」(「海紅」大5・5・1)。＊4 「海紅」大4・4・10。＊5 「海紅」(大5・6、7)。＊6 「徹底せざる俳句観」(「海紅」大5・3)。

75　退学の夜の袂にしたる栗

『八年間』

この句は碧梧桐四十四歳、「海紅」第二巻第九号（大5・11）の「同人近作」二十五句中に一句。碧梧桐が小説家を志し、虚子とともに仙台二高を退学し上京したのは明治二十七年の十一月、数え年で二十二歳であった。当時を回想しての作であろう。仙台の下宿で二人は毎晩蒸栗を買ってきて剝きながら人生や文学を論じていた。碧梧桐は当時を回想して全国遍歴の旅信（一日一信）の明治三十九年十一月六日の記事で当時を次のように回想している。

十二年前の昔の事を想ひ出す。学校に在ること僅に三月、無謀にも退学を敢てして、仙台を去つたのは丁度この月のけふであつた。虚子と同居して、よく栗を食つたのは大町辺の風呂屋の離れ座敷であつた。（略）広瀬川を隔てゝ青葉の城趾に対する公園に来て、虚子と毎夜のやうに納涼んだ。城趾に見ゆる一点の灯火を見て、灯火の美といふことを虚子が説いた。予は非常に感服して聴いた。仙台で虚子と碧梧桐は小説に熱中し、書き上げた草稿を子規のもとに送る、が、学校の課業を地道にやっていくのがもどかしく、二人は退学を決意し、十月二十七日に子規に宛てて「此に一大事一激変を申上ねバならぬ事有之申候」「さて其事につきてハ一応大人に御相談可申筈なれども、御相談申したりとて格別のかハりなき事と独断仕候ひしは幾重にも御わび申上候」[*1]と前置きして、その理由として、

　　小説家たらんとするにハ学校生活に甘んずべからず　乃ち学校生活ハ小説家を生まず　故に小生
　　は此際断然廃校仕候

と記し、「小説ハ数日のうちに御送り可申候　凡そ七十枚位にて候べし」と書き添えている。

　これに対して子規は十月二十九日の日付で、「小生一個より見れバ矢張退校之事ハ御とめ申候」「学校をやめる事がなぜ小説家になれるか一向分らぬ様に思ハれ候」とし、碧梧桐が「一大事一激変」と書いたことに対して、「貴兄自身に於て最大激変と思ひ給ふ程ならバ先づ学校ハやめぬ方が善きかと存候」[*2]と退学を諌め、自分が退学したのは変動でも何でもなく、週に一度くらい登校していたのを止めただけだとし、退学するにしてもこの学期だけは試験をすませて、冬休みに上京しなさいと心のこもった忠告であったが、碧梧桐はこれを聞き入れず、二高在学わずか二ヶ月で退学を決意し十二月には虚子と共に上京し、碧梧桐は子規の客人となり、虚子は小石川の新海非風宅に身を寄せることとなったのである。

　子規は碧梧桐と虚子が退学する直前に書き送ってきた小説に対し批評を書いて送っている。しかし、

それは非常に厳しいもので、

小説の小の字も見え申さず候（略）此度の御著作ハ頭から厭味といふ事許りにてかたまりたるものと被思候（略）小生これ迠両兄之文章に於て趣向に於テ度々褒詞ヲ呈し候事ありしと覚え候（略）今や両兄共に志す所ありて高等中学を退学し一個の十九世紀文学者たらんと欲す　小生ハ両兄に対して更に注文すべきもの多し[*3]

として、二人の作を文学者の作として見れば「平凡ならざれハ陳腐、幼稚ならざれハ佶屈、殆んど見るに足るべきものなきなり」と二人の夢を完膚無きまで打ち砕くものであった。二人は今までに経験しなかった子規の恐ろしい一面に戦慄するのである。

上京した二人はその後も小説を書くが、子規からの返事はすべて二人の夢を打ち砕くもので、二人は半ば自暴自棄になり放蕩生活を続ける事となる。

掲句と同時作に、

父の墓の前そろへる兄弟

がある。碧梧桐の父静渓は松山藩士藩学明教館教授河東虎臣の子で、はじめ昌平黌に学び、帰郷し、明教館教授となり、松山藩主久松家の松山詰扶を勤めた人で、私塾千舟学舎を開き多くの師弟を教え、子規もその教えを受けたひとりであった。その人柄は「質性温厚にして講説丁寧を極めた」[*4]と伝えられている。明治二十七年四月二十四日、松山千船町の自邸で急逝、六十五歳であった。

子規は静渓の死を知り、五月五日の「小日本」に「河東静渓翁を悼む」の前書で〈花を見た其目を直に冥がれぬ〉と詠んでその急逝を悼んだ。

ちなみに碧梧桐は翌大正六年十月の「海紅」（第3巻第8号）に、

父はわかつてゐた黙つてゐた庭芒

を「同人作品」中の一句として載せている。この句について北川漸は「幼少の時代を回想しての作か。『庭芒』は、現在眼前の景。『父』を作者自身とすれば、御矢子説諭の場面となる。」[*5]としているが、父は静渓であり、幼少の時代というよりも、碧梧桐が故郷松山を離れて以来の自らの気儘な行動を黙って見ていた父を回想しての句と解したい。

＊1　明27・10・27日付封書、陸前国仙台客奢り東京下谷区上根岸八十二番　正岡常規宛て。＊2　明27・10・29日付封書、東京下谷区上根岸八十二番　正岡常規より、仙台大町通五丁目新町七番地鈴木芳吉方　河東秉五郎宛て。

＊3　明27・11・2日付封書　送り先、宛て名は＊2と同じ。　＊4　『伊予偉人録』（昭11・6　愛媛県文化協会）。

＊5　「河東碧梧桐」（『近代俳句　日本近代文学大系』56　昭49・5　角川書店）。

76　炭挽く手袋の手して母よ

『八年間』

この句は碧梧桐四十四歳、「海紅」第二巻第十一号（大6・1）の「同人近作」に掲載されているが、前年末の作である。炭をノコギリで切っている母の姿の回想句。家事に専念している献身的な母への同情と敬愛の情が「母よ」によく現れている。碧梧桐が母を詠んだ句には明治三十六年十二月二十七日に帰郷の途につき、三十一日に帰郷した折に、「松山著。老母家兄其外甥姪皆健也」の前書きを付して詠んだ、

母君と二人であたる火燵かな

があり、翌三十七年に帰省した折には、

母に遭て湯婆の事を語らばや

と詠んでいる。

母をみとるよるの機音の絶え〳〵にする　　大正十三年十二月

は回想句。母せいが亡くなったのは明治四十一年四月二十六日に七十歳であった。母との思い出を詠んだものに、

母が亡き父の話をする梅干しのいざこざ　　大正六年六月

がある。「梅干」にまつわる父の思い出話を母が懐かしそうに話してくれたのである。その父がたかが梅干のことでもめたというので、どことなくユーモラスな句である。この句と同時作に、

父は梅売をはや三人呼び

がある。かつて父は梅売を何人も呼び入れて値の交渉をぎこちなくしていたのを母が思い出しているのである。

母せいは天保十年十二月一日生まれ。松山藩竹村氏の出で、悠揚迫らぬ慎み深い人で、情深く物惜しみをしなかったが、新しいものが好きで東京のニュースなど好んで聞いたという。

碧梧桐は、大正五六年になって、自分の句に、かつて絶望していた人間味の匂うものが、比較的多くなった事に気付いたとして、人間味の匂う句として掲出句の他に、

牡蛎飯冷えたりいつもの細君　　大正六年二月

子供に火燵してやれさういふな　同

嫂との半日土筆煮る鍋　大正六年二月

荷つく迄四角な窓の一人也　同

等をあげている。

この年三月、「海紅」に「人間味の充実」を書き、「季題の添景といふことも、季題の持つてをる概念を利用するものでなくて、私の摑んだ自然其物が、其場合の情趣を勢ひづけるものになつてゐる傾きを示してゐる」「我に親しい人間味の詠はれなければならないものが、漸く其可能性を見せてゐる」「私の嘗て焼きつけられた印象と、現在の生活の実経験を出来得るだけ暴露してゐる点に、今日の私だけの満足はある。」と述べ、自分たちが求める芸術としての俳句の問題に或る重大な解決を与えるヒントを得たとした。

また四月には「人生観の土台より」[*1]で、五七五調の形式の破壊について、「強ひて五七五調に作り上げようとする技巧は、我の第一印象を鈍らし、同時に我の詞を殺ろす。第一印象を重んじ、生きた詞を要求する直接表現はやがて形式の破壊となつて、最も自由な表現を為し得るやうになつた。」とし、この表現の自由がわれらの印象感激を赤裸々に露出し、同時に生きた言葉を押し出すことが出来たとの感慨を洩らしている。

自我を尊重し自己を生かすことを心がけ、人間的な感情を直接に表現しようとする方向に進んできた碧梧桐に対して北住敏夫は「自然主義の反動として高まって来たヒューマニズムの思潮と無縁ではあるまい。碧梧桐自身は明言していないけれども、さきに自然主義に赴いたあの敏感さをもって、今また新たな思潮に乗ることとなったと見られる」[*2]とした。

この年四月に上根岸八十二番地の能舞台のある家に移った碧梧桐は同行者と能楽を楽しみ、この月の十四日には鳴雪の古稀を祝う演能を催し、「自然居士」に虚子のシテに対してワキをつとめた。これは虚子、碧梧桐の合同句会は絶対にやれぬというので、計画された物であった。

＊1　「海紅」3巻2号)。　＊2　「碧梧桐の俳論」特集　河東碧梧桐　(「俳句研究」昭36・2・1日)。

77　ゆうべねむれず子に朝の桜見せ　　『八年間』

この句は大正六年五月の「海紅」(第三巻第三号)に載る「同人近作」二十八句中に一句。同時作に〈入学した子の能弁をきいてをり〉がある。この二句の「子」は明治四十一年十一月に四歳で碧梧桐夫婦に貰われた養女美矢子である。美矢子は妻茂枝の兄青木月斗の三女で、この年四月に三輪田高等女学校に入学している。句意は、心に引っかかる事があって、つい一睡もできないまま朝を迎え、無邪気な美矢子とともに、朝日に映える桜のいさぎよさを見ているということだというもので、気分転換をはかろうとしたのであろう。

北川漸は「ゆうべねむれず」と「子に朝の桜見せ」の間に「因果関係があるようなないような感じが、微妙でおもしろい」とし、「『子』は五、六歳くらいがふさわしい。事実を多少虚構化した作か」[*1]とし、塚本邦雄は「昨夜の不眠と今朝子に見せる桜との間には、別に何の関りもないやうだ。不眠の原因も、桜を見せる動機も語られてはゐない。けれども読者には曰く言ひがたい微妙な心理が、夜と朝を繋いでゐることが感じられる」とし、春の一日《ひとひ》の夜と朝、わざとさういふ問題からは身をかはし、そこはかとない不安を紛らはすやうに、殊更に子を呼んで、御覧、桜が咲いてゐるよ、奇麗だらうなどと、強ひて明るく指さして見せる。朝露を含んで陽に匂ふ花を、子供は無心に見入り、父はあらぬ方を茫然と眺める。

「さして複雑な心境ではない。」「浅い憂悶、とりとめない鬱屈《うつくつ》、かかる中途半端な近代人の生《せい》の翳りを表現するのには、自由律俳句形式はまさに恰好の器《うつは》であった＊2」と評している。

眠れぬ理由を勝手に想像すれば、一つは大正四年四月に井泉水を除く新傾向俳人によって創刊された「海紅」も創刊当初から経営に苦しく何度も鵜平に借金を申し込んでおり、その書翰の中で碧梧桐は「あなたに金の話をするのを避けたくも思ふのはヒガミでせうか、どうも金の話はいつまでたつてもイヤですなア」「海紅社でも酒の小売りでも始めて、こんな事を言はないやうにしたいねえなど〵一碧ともよく言ふ事です＊3」と書いている。

二つには、「海紅」創刊の翌五月の句会での葉吉の乙字殴打事件により乙字は碧梧桐と絶交し「海紅」を去り、臼田亜浪をたすけて「石楠」に拠り、新傾向を論難してやまなかったこと。

さらに碧梧桐自身、芸術としての俳句は生活の直接的表現でなければならないとの信念から、「徹底的な自己、自己の持つてゐる本然性を突き詰めて、之を赤裸々に叫喚する、そこに始めて詩が生まれる」が、「中途半端な見解を、柔らげられた詞で修飾し、詩人めかした情緒に結びつけようとする、それらの未だ全く覚めない人も、亦た甚だ多数であるのに驚かざるを得ない。＊4」として苛立ちを覚えていたことなどがあげられるであろう。

＊1　「「河東碧梧桐」（『近代俳句　日本近代文学大系』56　昭49・5　角川書店）。＊2　『秀吟百趣』（昭53・10　毎日新聞社）。＊3　大・4・12・13付　東京下谷上根岸　河東秉より岐阜市在江崎　塩谷宇平宛て。＊4　「まだ覚めない人がある」（「海紅」第3巻第8号　大8・6）。

78　子規庵のユスラの実お前達も貰うて来た　『八年間』

この句は大正六年八月の「海紅」（第三巻第六号）に載る「海紅堂六月例会」（六月二十四日）での作。同時作に、

自分で部屋を掃く事になつたいつまでの梅雨
踏切へすゞみに行くけふも薔薇下げた人

など十二句がある。いずれも長句である。

ユスラは山桜桃《ゆすらうめ》で梅雨の頃から紅色の美しい実がみのり、味も甘く、子供たちが喜んで食べる。句意は、お前達も子規庵の庭に熟したユスラの実を貰ってきたのかというもので、親しみをこめて「お前達」と呼び掛けているが、その対象をわが子たちと解するのが自然であろう。しかし、中村草田男は碧梧桐には確か子供がなかったという事実を踏まえてこの句を次のように解している。

これは寧ろ、其昔、子規庵へ共に絶えず出入りした同門の仲間達へ、肩を叩くやうな親しみをもつて話しかけた言葉と採る方が適当なやうです。赤ん坊の指先のやうな、あの可憐な「ゆすら梅」の実は、過去を追憶するしをりとしては如何にもふさはしいものであります。(中略)此句は、お互の現在の小さな愛憎を踏み越えて、思出によつて相つらならうではないかといふ、一種、はかないやうなヒューマンな気持ちが漂つて居ます。しかし、(略)「作品としては中心の力がやゝ張切らず、全体として緊密さの不足したところが感じられます。

と述べている。[*1]

この解釈を受けて、阿部喜三男は「『お前達』を旧友と解さなくても、懐旧とヒューマンな気持ちが漂う点は動せない。また、定型を守る草田男からは緊密の不足が指摘されるが、」「碧梧桐は強いて定型で詠んでは、この真情の直接的表現はできないとしている。[*2]」とした。

つまりこの句の「お前達」を草田男は同門の仲間達として、過去を追憶する句と解し、喜三男は「旧友」とまでは解さないまでも、懐旧とヒューマンな気持ちが漂う句としているのである。

また、大野林火は「この句は若き日を追憶して一座に話しかけている句であり、子規への追慕の情が強く出ている[*3]」とした。

この句を「ヒューマンな気持ちが漂う句」と解することに異存はないが、碧梧桐には明治四十一年に養女とした月斗の三女美矢子がおり、四月には碧梧桐一家は居を子規庵に近い上根岸に移していることを考えれば、「お前達」は茂枝夫人と美矢子であり、二人が子規庵を訪ねて、熟したゆすらの実を貰ってきたと解しても何ら不思議ではない。碧梧桐は「私の嘗て焼きつけられた印象と、現在の生活の実経験を出来得るだけ暴露してゐる点に、今日の私だけの満足はある」[*4]。という言葉を見せている。つまり、「お前達も」の「も」は、かつて碧梧桐やその仲間達が貰ってきたようにとの意味を含んだ「も」であり、茂枝夫人と美矢子が子規庵から貰ってきた赤いゆすらの実を見て、かつて子規庵で貰ったゆすらの実の印象が鮮明に蘇ったと解するのが妥当ではなかろうか。

ちなみに、『八年間』には、

お前と酒を飲む卒業の子の話　大正五年
お前を叱って草臥を覚え卒然と立ち　大正七年
お前に長い手紙がかけてけふ芙蓉の下草を刈った　大正七年

等の句があり、叱った相手も、手紙を書いた相手も茂枝夫人を指して言ったものと解するのが自然であり、「同門の仲間達」を「お前達」とは言わないであろう。

こうした解はすでに北川漸が「『お前達』を河東の旧友もしくは弟子たちと解した者があるが、肯定出来ない。」[*5]「『お前達』を家族とするのに不自然はない」として「お前達と酒を…」の句を用例として挙げている。

＊1 「明治時代の俳句」（『俳句研究』昭16・2）。＊2 『河東碧梧桐』（昭39・3 桜楓社）。＊3 「河東碧梧桐」（『近代俳句の鑑賞と批評』昭42・10 明治書院）。＊4 「人間味の充実」大6・3 海紅。＊5 「河東碧梧桐集」（『近代俳句集』日本近代文学大系56 昭49・5 角川書店）所収。

79 君の絵の裸木の奥通りたり　　『八年間』

この句は大正七年三月の「海紅」(第四巻第一号)に〈君の絵から離れて寄るストーブあり〉と共に「同人近作」二十句中の一句。句意は、君が描いた裸木の奥を通ったことだの意。絵の中にある裸木と、その絵の対象となった実景の裸木とが重ねられていて、読者であるわれわれも作者を追って裸木の奥を通りたくなるような不思議な句である。

加藤楸邨は「絵の中にある裸木、その絵の対象の実際の裸木、それが一つに言われているのでこの句を複雑にしており、そこがこの句の狙《ねら》いでもあった」[*1]と評している。

この句の「君」は「海紅」に挿絵と文をかいた洋画家水木伸一であると思われる。

氏の回想によれば、大正二、三年頃、二十一、二歳の時、油絵の具が買えないので、鉛筆画ばかり描いていたが、大正四年、碧梧桐と一碧楼とが俳句雑誌「海紅」を創刊した時には、デッサンを載せて貰ったのだという。伸一は欅の裸木を好んで描いている。[*2]

掲句が作られたほぼ一年前の大正六年二月号の「「海紅」の挿絵に「風景」と題して、画面いっぱいに十四、五本の欅の裸木を描き、その中央はるか奥に白い四角の建物が小さく描いたものがある。その挿絵をじっと眺めていると、思わず絵の奥の方へ引き込まれていくようである。碧梧桐はおそらく〈君の絵から離れて寄るストーブあり〉の句に見られるように水木の欅の絵に見て詠んだのであろう。

昭和五十七年（一九八二）に水木伸一氏を訪ねて碧梧桐について思い出を語ってもらったことがある。その思い出の中で碧梧桐の、

さら綿出して膝をくねって女　　大正六年

の句を激賞して次のように語っている。

私は絵描きだから毎日デッサンを二時間ずつ肉体美の女性を見て描いているのにどうしても女性美が出ない。三年も描いているのに女が描けないと悩んでいたときに、「海紅」に載ったんだか新聞だったか碧先生の〈さら綿出して膝をくねって女〉の句を見て、ああこの曲線美は何だ。他の品物、抹茶道具や裁縫道具とちがって、綿を出した。新しい綿を膝の上に載せて、〈膝をくねって女〉、芭蕉以来、子規も女の俳句をそういうものを作る俳人はいないし、これをこの人がね、油絵描きで毎日女を描いている男が描けないものをたったこの字数で…。それで参ったです。この俳句は他の人には分からんか知らんが女を描いている絵描きには分かる。これだけの曲線美をすらっと

言う敏感さに感動したことが今日まで頭にある。

というのであった。碧梧桐を崇拝した洋画家水木の鑑賞として興味深く聞いたことを思い出す。

なお、瀧井孝作はこの〈さら綿出して…〉の句について「女性の心持や姿態も見て見抜いてあるやうです」「心持の色合《ニユアンス》を現はす方で、表現の手法も、五七五調の枠はとれて、素材に即して、個個の句調が出てきました」[*3]と評している。

＊1　「河東碧梧桐」(『日本の詩歌』昭50・9　中公文庫)。　＊2　句素描集「欅」(昭54・11　三五堂)がある。　＊3　「解説」(『碧梧桐句集』昭29・12　角川文庫)。

80 牛飼牛追ふ棒立てゝ草原の日没

『八年間』

この句は大正七年十月の「海紅」（第四巻第八号）に「同人近作」二十八句中の一句。句集には「泰山」と前書を付す。句意は、牛飼いの男が、牛を追うのに使う棒を草原に突き立てて立っている。その草原はいま日の没せんとするところだというもの。大草原を照らしてはるか地平線に沈んでいく夕日を牛飼いは牛を追う足を止めてじっと眺めているのであろう。〈牛を追ふ棒立てゝ〉と具体的な描写によって一幅の絵を見るようだ。同時作に、

牛飼の声がずつとの落窪で旱空なのだ
牛糞手づくねて乾かねばならぬ一日
野生セロリーだ牛の群は谷に下りたり
あぢきなく牛糞を焚く真午の焔

などがある。これらの句は、東南アジアから中国を旅行した折の句で、碧梧桐は四月十二日東京を出

発、十八日神戸を出帆し、上海より香港、マニラを見学、五月十八日上海にもどり、それより、杭州・寧波・蘇州・南京・蕪湖・廬山・武昌・大冶・漢江・宣昌・河南龍門・北京・天津・済南・曲阜・泰山などを巡り、七月二十一日馬関に上陸、二十五日に帰京している。この約四ケ月に及ぶ中国大陸の旅行記は「日本及び日本人」（大7・9・5〜同8・9・15）に「支那大陸」と題して十九回にわたって連載している。ちなみに、この旅中の句として掲句の他には、

　五島最西端の回転灯台を過ぎて日本を離る
灯台光る間を待つぬくと立ち尽し
　揚子江を遡って黄浦江に入る
水の際までの柳の菜の花
浮洲の青草我に流れ来
　揚子江を下る
濁水を逃れんとする白服の彼等あるき撓まず
　馬尼刺見物
我顔尖る白服のけふの著汚れ
　香港夜景
灯騒がしく雨期の雲迅し

などがある。この旅行に際して碧梧桐は「当世の学問をして洋行までした新知識と言はれる人でも、日本の俳句は日本の自然の生んだ純郷土芸術だ、俳句は日本を離れては存在しない、米国や欧洲では俳句は出来ない、などゝいふ偏つた考へを持つてゐる者もある世の中だ」が「私はそんな日本の俳諧師で満足は出来ない」[*1]という発言を見せているのは注目に価する、

ところで、ここに掲げた句はいずれも口語句である。この口語句について碧梧桐は大正七年九月の「海紅」（第四巻第七号）に「口語句に就て」を書き、その中で、中塚一碧楼の句、

阪町で出くはしてしまつて黒い襟巻をしとる

他を取り上げて「出くはしてしまつて」「襟巻をしとる」のように、「日常我らの口から出放しに出てゐる言葉其まゝが投げ出されてゐる。」「言ひ代へれば口をついて出る言葉が詩になつてゐる」とし、「口をついて出る言葉が詩になる境地では、もう措字や表現方法のことは大した問題にならないで、たゞ感激が突き詰められてゐるか高潮してゐるかの頭の動きだけが問題になるのだ。」としながらも、口語でなければ、もう詩にならないように思うのは早計で、「感情の動きに適切な口語は、其のまゝ詩語としての緊密さを持つ」のだと説いている。

＊1　「一、冒頭に」（河東碧梧桐著『支那に遊びて』大8・10　大阪屋号書店）。

81　曳かれる牛が辻でずつと見廻した秋空だ　『八年間』

この句は大正七年十一月の「海紅」（第四巻第九号）に「同人近作」十五句中の一句。句意は、すがすがしく澄みわたった秋空の下、人に曳かれていく牛が辻で立ち止まり、ずっと秋空を見廻したの意であるが、この牛が。車などをひく牛か、屠殺場へ曳かれて行く牛かの二様に解することができる。

これを前者と解したのは大野林火で「一読気持のさわやかになる句である。人に曳かれ自由を失った牛も、その辻でひろやかな秋空を見出だしてさわやかさを覚えたことであろう。[*1]」とした。

これに対して後者と解したのは阿部喜三男で、

牛には、今ひかれてゆく先が屠殺場とはわかっていまい。また、秋空を見まわしたようだが、どんな気持ちであるのかもわかりはしない。しかし、この姿をみた作者の胸には、じーんときた悲しみがあった。澄んだ秋空の下に、めぐりゆく悲劇の一景が……人の世の哀愁が……作者の胸につきささったのである、[*2]

と解した。楠本憲吉も「屠殺場へひかれてゆく牛が、四辻で、横切るものでもあったのだろう、ちょっと立ち止まり、秋空を静かに見回していたようだ。[*3]」とし、阿部説に従っている。

これらの説を受けて北川漸は、「屠殺場へ曳かれて行く牛、とする解も捨てがたいが、ふつうの荷車を引く牛でよい。大自然から離れて、都会に生活している人間の憂うつな感情を、『牛』に移入した。碧梧桐としては珍しく散文的表現。[*4]」とした。

このように句の解釈が分かれる原因は「曳く」の語句から受ける印象によるものと考えられる。「引かれる牛」であれば単に農作業から家に帰るために引(牽)かれていく牛が想像される。が、「曳く」には「引きずる」の意がある。したがって「曳かれる牛」を牛の意志に関わらずひっぱられて行く牛を想像することから屠殺場へ曳かれていく牛と解されるのであろう。

ところで、北川が指摘した「散文的表現」について言えば、この牛の句と同時に発表された十五句は、

父の前に坐つたことが虫の音の草原なのだ
我顔死に色したことを誰も言はなんだ夜の虫の音
子規十七回忌の子供の話婦人達とおほけなく

などすべてが散文的表現である。

碧梧桐は大正六年二月の「海紅」(第二巻十二号)に「長句論短句論」を書きその中で、「私達はたゞ

自己の感激を如何に生き〳〵と表現するかに苦しんでゐるのみである。」「生き〳〵した表現を欲する所以は、其虚偽の陥穽と。殺してしまふ幻惑とを、出来得る限り避けんとする努力に過ぎない」とした。つまり、「頭に感ずるものと、表現されたものとの、疎隔し易い距離を、如何により近く結びつけんとするかの運動」であり、「一字を減らすことも出来ない、一音を加へることも出来ない、絶対な表現を要求して、出来得る限りの言葉と文字とを摑まうとしてゐる。それと同時にそれが散文と異なる自己の音律を発揮しようとしてゐる」のだとも説いている。

これを掲出句について言えば、曳かれて行く牛を見て、「じーんときた悲しみ」であれ、「都会に生活している人間の憂うつな感情」であれ、作者の感激と表現との距離をより近く結びつけた作品ということになる。

このことは、先に挙げた三句、たとえば〈我顔死に色した…〉の句についても、よほどショックな事を聞いて碧梧桐の顔が一瞬死人のように青ざめたのを、周りにいた人々のだれもそのことに触れず、ただ夜の虫の声のみという異様状況、異様な感激と表現との距離をより近く結びつけようとした結果の長句なのだと言えよう。

＊1　「河東碧梧桐」(『近代俳句の鑑賞と批評』昭42・10　明治書院)。＊2　「河東碧梧桐」(吉田精一・楠本憲吉『現代俳句評釈』昭42・3　學燈社)。＊3　「河東碧梧桐」(『現代俳句』昭43・9　學燈社)。＊4　「河東碧梧桐集」(『近代俳句集』日本近代文学大系56　昭49・5　角川書店) 所収。

82　髪梳き上げた許りの浴衣で横になつてるのを見まい　『八年間』

この句は大正八年十月の「海紅」（第五巻第八号）に「同人近作」九句中の一句。句意は髪を梳き上げたばかりの女が浴衣姿で横になっている。見まいとするが、つい目がその方に向くというもので、色っぽ過ぎる女の姿態に対する微妙な心の動きを捉えている句と言えよう。この句も長句で、二十八音もある。

この句を解して阿部喜三男は「温泉宿などの一景か」、「離れた座敷なのだが、夏なので障子も開け放されていて、それが見える。見まいとするが、つい目がその方に向く。」と解して「微妙なところをとらえて、生来の感覚の鋭さを生かした作である」[*1]としている。しかし、北川漸は、碧梧桐の茂枝夫人を詠んだものかとした上で、色っぽすぎる夫人の姿態とも解するが「その時の女性のわがままで自堕落な態度や行動に好感が持てなかったからだ」とも受け取れるとして、同時作の〈桔梗をさすので起きて来た顔を見まい〉の句をあげて、この句も夫人を詠んだものとし、「森鷗外・夏目漱石など、文学者によくある例として、河東も、作品の中で、夫人への不満をぶちまけている場合が時たまある。[*2]」とした。

碧梧桐の茂枝夫人に対する不満を詠んだ句は、前に挙げた

妻に腹立たしダリヤに立てり　大正五年
牡蠣飯冷えたりいつもの細君　大正六年
子供に火燵してやれさういふな　同

の他にも、

浴衣の妻を叱る我が妻なれば　同

等の句もあり、これらも「文学者によくある例」ということであろうか。

この夏、大正日日新聞社が創設され、碧梧桐は社会部長として招聘され、十月二十九日一家を挙げて、兵庫県芦屋へ転居した。それは「海紅」の現場にも、現在の自分にも満足できず、現在の生活を打破し、新しい未来を開拓しようとする夢を抱いてのもので、「海紅」を一碧楼に託しての決断であった。

このことに触れて一碧楼は「海紅」（大正八年十月）の消息欄に「碧梧桐先生　この度大阪の大正日々新聞に入社せらるゝ事となり、十月中に同地へ赴かれます。一ヶ月に五日間や一週間位は東京へ帰って居られる由でありますが、何としても淋しい事であります。在京の同人皆々淋しい気持ちにな

つて居ります。先生の御健勝を祈るいよ〳〵切であります。」と報じた。

大正日日新聞の第一号は十一月二十五日に発行され、碧梧桐選の大正日々俳壇も設けられた。第一回の新聞社俳句大会には一碧楼も夜行列車で下阪し出席し、出席者九十余名と盛会であった。ところが大正日々新聞社は行き詰まり、翌九年五月に解散し、碧梧桐の夢はまだ緒に就かない前に打ち壊されてしまったのである。俳句仲間からは碧梧桐の下阪は碧梧桐の生活を堕落せしめたと噂した。碧梧桐自身そういう結果に見える運命と思った。新聞没落後、碧梧桐はよく芦屋の海岸の焼け砂の上に、水泳着のまま寝ころんで、これからの生活を考える事は重苦しいものであったが、それよりもこれからの生活を一変させるにはどうすべきかに、一層深く思い悩むのであった。

十二月二十日　碧梧桐一家は帰京し、牛込二十騎町に仮寓することとなった。

＊1　『河東碧梧桐』（昭39・3・20　桜楓社）。　＊2　「河東碧梧桐」（『近代日本俳句集』日本近代文学大系56　昭49・5　角川書店）所収。

83　月見草の明るさの明方は深し　『八年間』

この句は碧梧桐四十八歳、大正九年七月の「海紅」（第六巻第五号）に「釈尼芝明紀念」として発表。句集には「M子逝く五七日」の前書きを付す。M子は養女の美矢子。青木月斗の三女、十六歳で大正九年五月十四日に芦屋で病没した。「月見草の」「の」は「明るさ」を修飾し、「明るさ」の「の」は「月見草の明るさの中にある」の意と解する。句意は、明けやらぬ暗がり中で月見草が明るく咲いているが、あたりはまだ明け切らぬ深い闇だというもの。可憐に咲く月見草の明るさに美矢子の面影を重ね、その明るさを包む明け切らぬ暗がりを「深し」と感じたところに碧梧桐の深い悲しみ、哀切の情がこめられている。阿部喜三男は「明け方の明るさの中にある月見草、しおれ行く可憐な花、それを惜しむ気持が『深し』で、その語は『夜深し』という夜のなお明け切らぬことを意味する語から脈をひき、この明け方の明るさを惜しむ情を伝える[*1]」とし、伊沢元美は「『明方は深し』には夜が未だ明けやらぬことと作者の悲しい暗い心とが一体となって感じられる。黄ろい月見草の咲いているところのみがほの明るい、御矢子の面影が月見草にダブルのだ[*2]」とし、また、那珂太郎は「夕方花開き朝

になると凋む月見草の明るさとはかなさと少女の死とを重ね、哀切の思ひの深さを『明方は深し』にこめる。」と解した。＊3

碧梧桐は「海紅」（大8・8）に「M子病む」とし、

紫陽花挿したがつたのを挿したお前もう目覚めてゐる
髪が臭ふそれだけを言つて蝿打つてやる
蝿たゝきを持つて立つた寐た口があく

の三句を載せている。

これより先、大正六年十一月中頃に碧梧桐は美矢子をつれて、岐阜・大阪・神戸地方へ旅行し、美矢子を大阪の月斗（実父）のもとに残してひとり東京へ帰るが、東京に帰って美矢子から手紙がきていて、それに長文の返書を書き送っている。＊4

その内容は、三輪田女学校から大阪の学校へ転校したいというのであればそれもよい。しかし、わがままで言うのであれば両方の親も困る。実父母の元であれば可愛がってもらえて淋しくはないだろうが、仮にも子となり親となった仲だから忘れるわけにはいかない（要約）とし、以下、次のように続けている。

こんなことは言ひたくはないのでありますが、こちらのお母さんとあなたとはどうしても合はない性分なのでせう、其の中に立つてゐるわたしの　つらい〳〵心もちも察して下さい、あなたにいろんな心配をさせるのも、真につらい〳〵事なのであります、けれどもそれはどうすることも出来ない運命なのですから、あなたの心持でこれが東京と大阪とどちらにも都合《ツゴー》がいゝと考へることを言つて見なさい、それによつて又た考へてあげませう（以下略）

この書簡によって、大阪に留まろうとする美矢子に対して碧梧桐の苦しい心情を読みとることが出来る。

美矢子が東京に帰るのを嫌い、大阪の両親のもとに留まろうとした大きな理由がこの手紙によって養母である茂枝夫人との不和にあったことがうかがわれる。しかし、美矢子は東京の碧梧桐夫婦のもとに戻り、大正八年、碧梧桐の芦屋転居にも同行していたのである。

＊1　『河東碧梧桐』（昭39・3　桜楓社）。＊2　『採芳巡礼』（1886・6　弥生書房）。＊3　「河東碧梧桐」（『鑑賞日本現代文学33　現代俳句』平2・8　角川書店）。＊4　河東碧梧桐よりみや子宛（封書なし）十一月二十七日付。大正六年と内容より推定（俳句文学館所蔵）。

84

ミモーザを活けて一日留守にしたベッドの白く

『八年間』

この句は大正十年四月の作。句集『八年間』に「ミモーザの花―ローマにて―」の前書を付し、木は相応に高いが、あまり大きいのを見ない。日本の合歓位だ、いゝ香りがある。之れから香水をとる

真盛りの時は遠方からでも見へる
何だか人を唆る花だ
金モールといふものは之をイミテートをしたのだ

ミモーザの咲く頃に来たミモーザを活ける
ミモーザを活けてベッドに遠かつた
ミモーザの匂ひをふり返り外出する

ミモーザの花我れ待つてさく花ならなくに

などの十二句収めた中の一句。ミモーザは、アカシヤ属の花で、小さいまり形の黄金色で枝に群がり咲く。

掲出句の句意は、ミモーザを花瓶に活けて、一日見物をしてまわり、下宿に帰ってくると、朝活けたその花が香りよく私を迎えてくれ、白いベッドが侘びしく夕闇に浮かんでいるというもので、二十音句の自由律だが、俳句的な凝縮性は失っていない。遠く日本を離れた異国の下宿部屋で一人寝をする侘びしさ、それを慰めてくれるのがミモーザであったのだろう。

碧梧桐はローマの下宿に約三ヶ月住んだが、この下宿について、三食つき二十五リラ（当時は日本金で二円五十銭）の安下宿であったとし、下宿人は五六人の常連を除いて、あとは若いドイツ人夫妻が一週間宿泊した後、スカンディナビア人だという女の親子づれ、芸人らしいウィーンの親子三人づれなど絶えず入れ替わった。*1

この外遊は「大正日日新聞」の瓦解解散、養女美矢子の病没による憂愁をいだいたものであった。

碧梧桐は「私の下宿はツリニタ・デ・モンチの丘に近かつた。町へ出るといふより、銭湯に行く捷《ママ》路として、私は幾度この石段を昇降した事であらう。*2何の装飾も施されてゐるとは気づかなかつたこの石段に、言ひ知れぬ和みと親しみを感じてゐたことも亦た私自身に閑却してゐた。」とし、花屋がスパアニアの広場に面してあり、紅白の鮮やかなカーネーションといっしょに、黄色い花を垂れたミモーザが木を組んだ棚に溢れるばかりに挿されていた。碧梧桐はそれを見て「侘しく淋しい、而も内に包まれた香気の、親兄弟の肉親を懐はしめるミモーザは、今の私の気持にふさはしいものゝ一つである」との思いから、ミモーザばかり両手に抱へるほど買って下宿に持ち帰り、挿しきれないで女中の捨てようとする一枝をも惜しんで、洗面台の水入れに投げ込む。一日太陽を見ない北向きの部屋の花瓶にも挿した。それは「澎湃として春は漲る思ひ」であつたという。

大野林火は掲出のミモーザの句に触れて「碧梧桐にめずらしくリリシズムの匂いのする」のは憂愁をいだいた外遊のためかとし、「後年（昭和二年）和歌・俳句領域撤廃をめざす短詩を提唱しているが、この『ミモーザ』の作を彼自身短詩ともいっていた。その萌芽ともいうべきであろう」[*3]と評した。

＊1　随筆「パーネ」（瀧井孝作編『なつかしき人々』平4・9　桜楓社）。　＊2　随筆「花屋」（＊1と同じ）。　＊3　「河東碧梧桐」（『近代俳句の鑑賞と批評』昭42・10　明治書院）。

85　ローマの春の人々の腰してこの石

『八年間』

この句は碧梧桐四十九歳、大正十年六月の「海紅」（第七巻第四号）に「ローマにて、パラチノ丘の夕日の中をさまよひつゝ」の前書を付して、

我が靴ずれの青草の涙落つ
石の青さのもろ膝の暖かさ触れん（古代彫刻）
我がふむこの石このかけらローマの春の人々よ

ほか六句とともに二月二十七日に詠んだもので、句意は春の一日、ローマの人々がパラチノ丘の石に腰掛けて夕日をながめている。その同じ石に古代ローマの人々も腰掛けていたのであろうというもの。古代ローマの人々に思いを馳せての感慨である。パラチノ丘（パラティーノの丘）はローマの七丘のうちの一つ。最も歴史が古いと言われている。

の〈我がふむこの石このかけら〉も同じく石に触発された感慨である。

碧梧桐は、大抵用がなくなった夕方七時半頃、重苦しい鎖につながれたような足を感じて、まわりのローマ人が饒舌におしゃべりをしている傍で、丸テーブルに身を凭せてよくコーヒーを飲んでいた。それは心の奥の方に秘められている、穏やかではあるが痛切な涙の泉をじっと嚙みしめているように味っている心境は、碧梧桐にとって悲劇的な快さであったという。*1

ちなみに、碧梧桐の一年余の外遊は「大阪日々新聞」の瓦解解散、養女美矢子の病死という憂愁をいだいたものであったが、それ以上に句境転換を目指すもので、その旅程は、大正九年十二月二十八日に神戸出帆の郵船熱田丸でその途に上り、翌十年の一月一日に上海着、シンガポール、マルセーユ、ゼノアを経て、ローマに到り、約一ヶ月半滞在の後、イタリー各地を巡遊。六月、パリ、ロンドンを巡り再びパリへ。八月、スイス、ラッセル、ワーテルロー、アムステルダムなど北欧各地をめぐり、十一月、ロンドンへ。十二月三日にアメリカへ、ニューヨーク。ワシントン、シカゴを経てサンフランシスコ。それより海路で一月二十一日横浜に帰着というものであった。

ちなみに、ロンドンからニューヨークまでの大西洋航路の客船は当時の最大船四万五千トン級のアキタニアであった。一週間の航海に七百円という高額な運賃で、貴族的なホテルに逗留しているようなぜいたくなものであった。

この欧米旅行から帰国後は留守中に移転していた牛込矢来町三十五番地の仮寓に入ったのである。この外遊についての碧梧桐が後日、

私の外遊は、日本をあるき、支那をあるいた、其の延長に過ぎないと考へてゐました。何を調査しようとも、何を研究しようとも、期待も準備もありませんでした。ただふら〳〵と出てふら〳〵と帰るに過ぎないと予想されてゐました。が、ローマ滞在中接触し始めたイタリーの古美術は、私の予期しない処から、私の享け容れ得るものを投げ与へ、私の共鳴しうるものを掌に握らしめるのでした。(略)帰国後匆々の落着かないソワ〳〵した気分の中にも、霜枯の土の中から草が芽ぐんで来るやうに、先づ私の心の奥の方に、仄かに萌したのが、詩に対する私の愛惜心でした。肉親の結びつくやうな親しみでした。[*2]

との感想を記している。

＊1　表紙裏随想(「碧」第三号　大12・4)。＊2　感想「詩と生活」(「碧」第一号　大12・2)。

86　草をぬく根の白さに深さに堪へぬ

『八年間』

この句は大正十一年八月の作。「海紅」（第八巻第七号）の「同人近作」二十七句中の一句。「海紅」には「白さに」とあり、個人誌「碧」の第一号（大12・2）で「に」を削除している。「堪へぬ」は打ち消しとも取れるが、完了で「堪えた」と解すべきであろう。句意は、雑草をぬこうとして、その根のあまりの白さと深さに心怯んだが、それに堪えて引き抜いたことだというもの。

「海紅」の「消息」によれば、碧梧桐は五月三日に家族同伴で阪神地方を経て故郷松山に帰っており、「海紅」の六、七月合併号（第八巻第四、五号）の「同人近作」に、

「久しぶりに故郷に帰る」と前書きし、

　姉は生えぎはの汗のまゝにて

　新豆を盛る皿を彼は一つ一つ取る

の句を掲載していることから、掲句も松山に帰っての作と思われる。なお、二句目は、「碧」（第一号）

二月号では〈新豆を…〉の句は〈三家族の揃うた朝の新豆むしる〉と改作されている。
ところで、掲出句を評して阿部喜三男は、

　土から出る根は白く、案外美しく、しかも深々と土の中にくい込んでいる。それをぬく時、ふと生命の根をひきちぎる残酷な思いがわいたが、それをこらえて抜いてしまった感じである。

と解して、「碧梧桐らしい、微妙な心の動きをとらえた句であり、これも自然の事象に触発された心情を詠んだ句である。音量はちょうど定型の十七音であるが、五」五」四・三」と流れるリズムは定型調ではなく、事象の進行と心理的な動きを伝える句調に、自由律の新しさがある」[*1]とした。

　これに対して、伊沢元美は、「草を抜く」は草を「ぬきおわった」のではなく、根の深い草を力を入れて引きぬこうとして、だんだん根がぬけてくるがその根がおどろくほど白く。しかもなかなか深くて抜けない。その瞬間の作者は、草の根の白さと、根の深さに気圧《お》されするような気持ちになったが、じっと我慢してその草を抜こうとしているだとして、この句の妙所は「『草を抜く』とまず作者の所作を出し、次いで『根の白さに深さに』と『堪えぬ』の目的語（「根の白さと根の深さ」）を実に簡潔に叙した点にある」[*2]と評した。

　いずれにしても、碧梧桐は雑草の根の「白さ」と「深さ」に逞しく生きている雑草の命を実感し、雑草を引き抜くことに一瞬ためらったものの、それに堪えて引き抜いたというのである。碧梧桐は同年の十一月一日に海紅堂で、

枯草根こぎにする力を出した

と詠んでいるが、枯れ草であるが故に何のためらいもなく「根こそぎにする力」を出すことができたのである。ちなみに、同号には、

枯草片隅からかたづいて一坪の檜の苗
根こぎにした草々がくるまつて崖から落ちる
枯草をやきすてゝけふの仕事がすんだ

の句も載せている。

碧梧桐は翌十一年の「海紅」九月号（八巻七号）に「今後の『海紅』」を書き、「私達仲間が内輪で考へてゐるやうに、『海紅』は一碧楼のものである、といふことを此際明らかにして置くいゝ機会であると私は信じたのです。」と言い、「今後の『海紅』が、次第に一碧楼化して行く経路に或る快さと興味を持つのです。」との言葉を見せている。震災後発行所が一碧楼の郷里玉島に移され、それが十五年まで続き、ますます碧梧桐から遠のいた状態になっていったのである。

＊1　『河東碧梧桐』（昭39・3　桜楓社）。　＊2　『彩芳巡礼』（1988・6　弥生書房）。

87　松葉牡丹のむき出しな茎がよれて倒れて

「碧」（第七号　大12・10・15）

この句は「碧」の第七号[*1]に「震災雑詠」として発表したもので、大正十二年九月一日午前十一時五十八分に起きた関東大震災を詠んだ一連の作十八句の冒頭の句である。

碧梧桐の「大震災日記」[*1]によれば、「碧」の原稿を書いていると、グスグスと膝を持ち上げる振動を感じ、次の瞬間、全身が揉まれる動揺となり、もう何の音ともつかない耳の底なりのする雑音の中に、閾と柱の食い違うギシギシ摺れる音が際立って、いきなり壁が落ちてきたという。その時の様子を次のように書いている。

いきなり壁が落ちて来たのだ。私はそれを無関心に見過ごす事は出来なかつた。気のついた時、私は同じ場所に立つてゐた。柱につかまつてゐなければ、立つてはをれなかつた。震動は刻々に強度を増して往つた。（略）この家が潰れるか潰れないかを見極めようとするものゝやうに、ぢつと右左にかしぐ鴨居を睨んでゐた。さうして、まだ止まない、まだ止まない、と祈念するのでもなく咽の奥で言ひつゞけてゐた。

夕方となり、足もとの暗くぼかされていくにつれて、屋根ごしの空は毒々しい赤さに染められ、さも永劫の火のように黒煙が空を覆い、火の屏風がそそり立ち、碧梧桐一家はまるで落城間際の寄せ手に囲まれているようであった。さいわい牛込加賀町（佐藤肋骨邸内）の碧梧桐の住居は市ヶ谷の高台にあり被害が少なかったが、現実の痛苦に思い至るより、先ずロマンチックな小説を念頭に浮かべた。しかしそれはむしろ悲痛な余裕であった。掲句の他には、

ずり落ちた瓦ふみ平らす人ら
青桐吹き煽る風の水汲む順番が来る
夜の炊き出しの隙間をもる火
屋根ごしの火の手に顔さらす夜
水道が来たのを出し放してある

など、被災の実態を捉えた句を、碧梧桐の個人誌「碧」（第七号、10・11月合併号）に発表している。この関東大震災では東京市内に大火が続発し、死者・行方不明十万五千、家屋の全壊十万九千、焼失二十一万二千におよぶ未曾有の大災害で、しばらくは水道・ガスもとまり、世情も不安であった。

掲句は可憐な松葉牡丹の無惨な印象をとらえたもので、加藤楸邨は「最も小さく可憐なものの震災

に堪える姿をとらえている。残暑厳しい日だったので『むき出しな茎がよれて倒れて』恐らく花を見せているのが無惨な印象だったろう」とし、〈青桐吹き…〉〈水道が…〉の句のような、「震災らしさのみなぎった句よりも、ずっと痛ましいものがある」[*2]と評した。

この楸邨の評を読んで、昭和二十年八月の東京大空襲で、まさに楸邨の家が焼け落ちようとする火焔をすかして見、焼け崩れる牡丹のさま詠んだ楸邨の〈火の奥に牡丹崩るゝさまを見つ〉の句を思った。

「碧」は碧梧桐の個人誌で、外遊から帰国した碧梧桐が「海紅」を去って、自らの活動の足場として大正十二年二月に創刊し、作品「詩」の他に、これまでの自己の生活を反省した「詩と生活」外遊中に得た資料による「レリーフの研究」、「蕪村の研究」「大震災日記」「子規の回想」など、美術研究・社会時評・俳話などを載せたが、十九号で終刊し、「三昧」に発展的解消をしたが、碧梧桐はこれを「『碧』が『三昧』になるのは一種の成長を意味します。私人から公人への変化でもあります」(終刊号　消息)と述べている。

＊1　十、十一月合併号(大12・10)。＊2　「河東碧梧桐」(『日本の詩歌』昭50・9　中公文庫)。

88　ぶらんこに遠く寄る波の砂に坐つた

「碧」（第八号　大13・2・15）

この句は大正十二年に十一月から十二月にかけて満蒙旅行で得た作品を「詩」として「碧」第八号（十二・一月合併号　大12・2）に「満州の作」（四十七句）を発表したうちの、「大連」と題する二十五句中の一句。

このほかには、

ペチカ鉛色のけさまだ焚かず
馬を追ふ鞭を部屋に垂らしとる
ざぼんに刃をあてる刃を入るゝ

などがある。阿部喜三男によれば、この満州から蒙古への旅は、満鉄理事で、撫順炭坑長だった梅野米城や、陸軍中将から実業家に転じた井出台水らがいたため、大いに歓迎を受けたという。*1

掲句の句意は、ぶらんこのある砂浜に坐ると遠くから波が寄せてくるというもので、穏やかな気持ちで海を眺めている様子がうかがえる。この浜は大連市の西南部にあって、遠浅で、満潮になっても水深二メートルくらいで水泳には最適。今では観光地・大連星海公園として親しまれている。
碧梧桐は大連の烏巣人の案内で撫順から来た五春と句坊、鞍山からきた羊歯白らと、大連駅から市電に乗って星が浦公園の入り口で電車を降り、美しい砂の上を静かに歩いた。前日の強風で空気が洗われ、近くの山の松がくっきりと大和絵の絵の具のような緑を浮き立たせていた。この時の心境を碧梧桐は、

穏やかに凪いだ海の風も、悠々迫らないのんびりした気を唆した。震災以来、こんな落着いた、晴れやかな環境に身を置いた例がなかつた。

と記している。*2
ちまみにこの満蒙旅行では、

白塔は寒い足どりのうしろに立つとる（遼陽）
豚が腹子をこすりつけとる黍殻（鞍山）
けふ一日ぎりの石炭をすくひ残さず（撫順）
埴輪の土のつく指さき日の筋（奉天）
雨になる夜であつた芝は身にそうて枯れた（長春）

毛帽をかぶつた額を見るのだつた私（ハルピン）
オンドルに居ずまうて浴衣になりぬ（洮南）

といった句を発表している。いずれも現地で体験した一場面をさりげなく示し、そこから深い詩としての味わいをかもし出そうとの意図がうかがわれる。

ところで碧梧桐は「碧」の創刊号で「詩と生活」を書き、その中で、

私の詩に対する疑惑は、これまで自分の習慣づけられてゐた俳句的な情趣から蟬脱することの出来ない憾み、又たリズムとかトーンとかいふ言葉文字上にこびりついた宿弊に対するもがき（略）自己のどの創作にも、自己の平凡な渋滞した影しか出てゐない、自己と創作の間には何らかの大きな溝渠がある。透徹しない不純な詩境に停滞してゐる。創作としてのフレッシュな弾力もなければ、背景の深さも認められない。

と、今までの自分の創作について厳しい言葉を見せている。こうした自己批判に立って、自らの創作を俳句という枠から解放したいとの思いから、これまで自由律俳句と言っていたものを「碧」の創刊号から「詩」と名付けのである。

＊1　『河東碧梧桐』（昭39・3・20　桜楓社）。　＊2　紀行「満蒙游記」（「碧」第八号　11・12合併号　大正12・12）。

89　桜活けた花屑の中から一枝拾ふ

「碧」（第十一号　大正13・4・15）

この作品は大正十三年三月、碧梧桐五十二歳の作。「詩」として発表した十四句中の一句。句意は、無駄な枝を鋏で剪り落とした花屑の中から、まだ花のついている一枝を拾ったというのである。茂枝夫人が活けた桜の花屑を拾ったのは碧梧桐であろう。この句も日常の事象をさりげなく捉えて、童心にかえったような素直な句である。阿部喜三男は「この句の中には言うにいわれぬ愛情と静けさと、伸び伸びした心を見る」「六・九・七音と流れるリズムも穏雅であって、内容にふさわしい。」と評している。[*1]また、加藤楸邨は「花瓶などに桜を活ける時、無駄な枝を鋏で剪り落す。その花屑の中から、まだ花のついている一枝を拾いとるというのである。無理のない叙法で自らの動きが自然に感じとれる作である。」[*2]と評している。

和裁の名手であったという茂枝夫人が桜を活けているのを傍らで見ている碧梧桐の姿が目に浮かぶ。

碧梧桐は「碧」の第十一号（大13・4）の「消息」で「四月二十三日出発、松山へ墓参の為め帰つて来ます。帰京は恐らく五月十日前後になるたらうと思ひます。」と予告し、第十二号の「消息」で

「四月二十四日に立つて、五月十日頃に帰京の予定です。京阪地方で、多少蕪村研究の史料をあさり得るだらうとの期待を持つてゐます。」と記している。事実、この年四月二十四日から五月十一日にかけて亡父母の遠忌を営むため松山に帰省している。

ちなみに、父静渓の亡くなったのは明治二十七年四月二十四日、母せいの亡くなったのは明治四十一年四月二十六日で、ともに四月ということもあっての帰省であった。

この年の七月、碧梧桐は「碧」発行所内に蕪村研究会を設置し、以後、史料の発掘に熱意を示し、池田、大阪、岐阜、名古屋等に蕪村史料を訪ね、「碧」「三昧」に書翰を主とする蕪村資料を続々と発掘紹介し、関東大震災以後には蕪村研究叢書として『明和歳旦帖』（蕪村研究会）はじめ四冊の複製本を刊行するなど、蕪村の画・俳の作品を多く発掘し、後の蕪村研究の基礎を築いた功績は大きい。さらに『画人蕪村』（大15）、『蕪村研究』（昭2　新潮社版日本文学講座10）、俳人真蹟全集『蕪村』（昭5）、『蕪村名句評釈』（昭9）など多くを残している。

＊1　『河東碧梧桐』（昭39・3　桜楓社）。　＊2　「河東碧梧桐」（『日本の詩歌』昭50・9　中公文庫）。

90 パン屋が出来た葉桜の午の風渡る

「碧」（第十四号　大正13・7・15）

この作品は大正十三年六月の作として発表した「詩」十三句中の一句。句意は、葉桜となった初夏の桜並木を爽やかな昼の風が吹きわたる。その並木通りに最近パン屋が出来て、焼きたてのパンの匂いがするというもの。新開地らしい町に出来たパン屋。明るくモダンな感じのする感覚の冴えた句である。

阿部喜三男は、「夏の日の葉桜を吹き渡る午ごろの景からは、この町の発展や郊外生活に力強いものを感じて、ほほえむような人々の心情も浮んでくる。すなおな叙景の中に、短詩型なるがゆえに象徴性を含む俳句がもつ、持味の一面が生かされているといえる句である。[*1]」と評し、那珂太郎は、「七・五・三・五とほぼ五音七音を基調としたリズム感をもち『午の』の三音は上とも下とも切れて、どちらにも微妙につながる。」として「薫風の爽やかさに出来たてのパンの匂ひも加はつて、この作者らしい新感覚の冴えがみられる。[*2]」とした。

この号には「パン屋…」の他に、

薔薇をけふも書きついで色の淋しく
埒の外まで苜蓿の花さきつゞく曇り日
ユーカリの葉裏吹く風のごみ捨てる

などがあり、このころの碧梧桐の句は事実に即した言葉で定型にこだわらず、季語の規約も超越した何処か淋しい心情を余情にこめて詠んだ新しみを含んでいる。

ところで記録によれば、明治三十年頃、東京でパンを売る店は十八軒で、それも洋酒や食料品との兼業で、洋菓子は伝統ある和菓子に押されて、風月堂米津と森永とか製造しているだけであったという。[*3]

「パン屋…」の句が作られたのは大正十三年とはいえ、当時、まだパン屋の開店珍しく、和菓子屋と違ったモダンな感じを与えたことであろう。

＊1 『河東碧梧桐』（昭39・3 桜楓社）。＊2 「河東碧梧桐」（『鑑賞・日本現代文学33 現代俳句』平2・8・15 角川書店）。＊3 『明治世相編年辞典』（平7・6・30 東京堂出版）。

91　裏からおとづれる此頃の花菜一ぅねのさく

「三昧」（第二号　大正14・4）

この作品は大正十四年二月二十一日に木下笑風居での「赤い実の会」（会者―碧梧桐・染川藍泉・井出台水・水木伸一・風間直得ら十四名）での作。句意は、この頃は親しい間柄となり、心易く家の裏から訪れるようになった家の裏庭の畑の一畝に菜の花が咲いていることだというのである。風間直得は「その時ふと眼について、花菜の一うね、おうこの家の建てこんだ土を見ることの稀れになつた都会の、石にコンクリートに……と言ふ様な容姿になつた都会の一隅に、久しく忘れてゐた優しいものを見出した、そのよろこびは『花菜一ぅねの……さく』と強くも心に叫んで一句を結んだのである。」と解して、「かくしてこの日の談笑はいかにか愉快なことであつたことかを、手にとる様に思い浮かべることが出来る。[*1]」と感想を述べている。

また、阿部喜三男は、

「『裏からおとづれる』で、この句の特殊な場面が出、『此頃の』は、上にかかっては過去の時間を含め、下にかかっては現在の時を定め、『花菜一うねのさく』で、軽い驚きと喜びの情を示し、全体に情感の電流を通じてこの句を生かし、一句の情景をまとめる。碧梧桐のいう感情の律動的内容がこんな風に表現されていると考えられる。*2」

と碧梧桐の理論に即した理解を示している。

この年三月に碧梧桐の個人誌「碧」は十九号で終刊し、中塚一碧楼とわかれて、風間直得を編集人として「碧」と「東京俳三昧稿」を合併した形で「三昧」を創刊するが、「碧」終刊号（十九号 大14・2・15）で「『碧』を創めた頃は、有自覚であつたか、又無自覚であつたか、私個人のものを要求する衝動を押さへることが出来ませんでした。二年後の今日は、私個人のものとして占有してをることの出来ない。私の環境が移り変つて来ました」とし「三昧」になるのは一種の成長を意味し、私人から公人への変化でもあると記している。

碧梧桐は「二十年間の迷妄」を「三昧」創刊号で書き、詩も芸術も我々の複雑な体形をなしている生活から離れては存在しない。その生活の中から大事なものに目覚めなければ、生活はただ生を貪るものであり、ここに目覚める力の強弱は詩及び芸術の内蔵性の深浅に正比例すると言い、詩の内蔵性は、言葉やリズムの目新しさにとらわれる時、それだけ薄められるとして、次のように説く、

詩の弾力性は内蔵性の張りにある。言葉のみの弾力性は、言葉の遊戯である。
詩情は強烈な刺激で人を突き刺すよりも、穏やかな流れで人を包むべきである。

日常の些事を、あたりまへの言葉で叙して、さうして大きな内蔵性を持つやうにありたい。

というのである。つまり、内容が張りつめていれば、その表現の言葉の一つ一つが生きて動くのであり、内容の張りが足りなければ、言葉が説明に流れ、誇張に響き、冗漫に聞こえることとなると言うのである。

さらに、碧梧桐は言葉をついで、

真を求めることは、同時に現実を求めることではない。現実はたゞ我々の生活に流れてゐる感情の象徴化に役立つのみである。真を求めることは、我々の生活に流れてゐる感情の実体を求めることである。

と言い、「今日の私の心の喜びは、二十年間さまよつて来た懊悩労苦の代償として、漸く私の行くべき道を踏み得たやうな明るさに充ちてゐることである。」「破壊から建設への階梯に到達したのである」と言い、「詩風の変遷は、今日以後の努力の自然に放任すべきである」とも述べて、以後、「三昧」では作品を「短詩」と称して発表したのである。

これを掲出句について言えば、二十四音の一つ一つがあたりまえの言葉で叙してあり、軽い驚きと喜びの情が〈花菜一うねのさく〉に象徴されているということになると言えよう。

＊1　『俳句講座　鑑賞評釈篇　第五巻』（昭7・7　改造社）。　＊2　『河東碧梧桐』（昭39・3　桜楓社）。

92　雨もよひの風の野を渡り来る人ごゑの夕べ

「三昧」（第七巻　大正14・8）

この作品は「三昧」大正十四年九月号の「三昧雑詠」に発表した十一句中の一句。この句、「雨もよひの風の」で休止を置き、「野を渡り来る人ごゑの」で一小休止を置いて、「夕べ」と結句している。句意は、今にも雨が降りそうな風が吹く野を渡って来る人声が聞こえる夕べであるというもの。

一碧楼に替わって当時最も碧梧桐に近くいた直得は「私らの句は私らの内面生活の力強い表現であればあるほど、その正しさを増してくるのである。」「大小深浅の問題は第二の問題であつて第一の問題は真偽の問題である。そして真偽とはその句がどこまで内面生活の正しき表現であるかといふことである。」[*1]との考えを明らかにし、掲句を次のように鑑賞している。

折角晴れ渡りさうな天候も亦、雨を誘ふ風が、あの湿りを帯びた風が、午後の空を暗らくした。丘の家、野をめぐらした丘の家に住みつゝ終日仕事を続けてゐた日の夕べ、野を渡つて来る人のさゞめきにハッとあたりを見廻して、おう、もう日も暮れてきたのか、と思ひつゝ野を見渡せば、この家を襲ふ憂鬱な雨雲は、空に野に、覆ひかゝる。蒼蓼たる空は一面に曇つてきた。つぎつぎと雨雲の往く速さである。風である。雨もさうした中から、又人のこゑが聞えて消えてゆく。何ンと暮れゆく空のもとも寂寞な淋しき情景ぞ、実に寂々として身にしみる淋しき響き。そは「野を渡り来る人ごゑの夕べ」ではないか。

とし、「二段切れでは作者の感情を表はすに尚一層の不備を感ずる程に、事相に対するに、その感情が豊かになり、複雑になつてきたのである。」「それ故に下の句には小休止を置いて作者感情の複雑性の表現の手段となしてゐる。」と解し、ここに至って「従来の作者の心境よりは、一展された作者の芸術的に豊富な心境を見ることが出来るのである。[*2]」とした。

この頃、碧梧桐は「本来短詩は、刹那の心の動き、端的な感激の閃めき、又は持続的な感情のクライマツクスを表現するところに生命があるのですから、さうして其の表現形式が、色にも線にも頼らない、比較的自由な言葉文字を使用する[*3]」から、詩になる、ならないの問題が生まれ易いと説いている。掲句が一碧楼の言う「内面生活の力強い表現」がなされているか、また碧梧桐の説く「刹那の心の動き、端的な感激の閃めき、持続的な感情のクライマツクス」が表現されているかは、判断のむずかしいところであろう。

＊1　「入門者の手紙」（「三昧」第7号九月号　大14・9）　＊2　「河東碧梧桐」（『俳句講座　鑑賞評釈篇』第五巻　昭7・7　改造社）。＊3　「我等の立場　第三講—自己の仮托　感情の具象化—」（「三昧」第12号　大15・2）。

93　灯を見て書きもの ゝすゝみしけふの今少し

「三昧」（第十五号　大正15・5）

この作品は「三昧」大正十五年五月号の「雑詠」に発表した十六句中の一句。句意は、昼間落ち着かず、原稿書きが捗らなかったが、夕方になって部屋に灯を見てから捗り、残りの分もあと少しで仕上がりそうだというもの。「けふの今少し」は、家人に告げているようにもとれるが、自分に言い聞かせているのであろう。

風間真得は、一日原稿書きが渋りがちだったのが、灯の入る頃になって、自ずとペンが走ったのは「何んと静かにも昴りくる心の楽しさであることか。」「『けふの……今少し』と口に出して家人に告げる如くに、心によろこびつゝいそいそと詠ひだしたのである。」とし、「この句の小林止は『けふの』に置いて、更らに『今少し』と感情の運びで結句にしてゐる点、上の句のやゝだるい説明観をよくよく救つてゐる。」[*1]と評している。

碧梧桐は「平凡礼賛」[*2]の中で、その求める心境を、平凡な生活を過ごしてゐる中にも、相対的にはより純一なより浄化された心境が開けないにも限りません、(略)之をさし置いてどこに我々の詩境を求め得るといふのでせう。我々の真実に立脚して、今日たゞ今の心境を諷詠することが、今日の我々の詩としての本統のものでなければならないのです。(略)我々の詩とは、言ひかへれば何処までも往つても尽きることのない生活過程の一種の記録であるとも見做されるのです。

と述べている。つまり、掲句のように、誰もが体験を持ちながらも、そのまま見過ごしてしまう体験、刹那の心境を詩にしたものこそ本当の詩であるというのである。

これは、この頃の碧梧桐の、

袖もとほさゞりし綿入れのかたみわけのしつけをとりぬ
籠り居の夕餉の膳にする灯ともしぬ
爐にたぎる釜は久々の釜にてたぎり澄み来る

といった作品を見ても明らかなように、何れも日常の体験・刹那の心境を詠んだものである。

＊1『俳句講座　鑑賞評釈篇　第五巻』(昭7・7・10　改造社)。＊2「我等の立場　第五講—凡人礼賛—」(「三昧」第15号　大15・5)。

94　春かけて旅すれば白ら紙の残りなくもう

「三昧」（第二十四号　昭和2・2）

この作品は大正十五年十二月十日の「海紅堂の会」（会者八名）での作。旅先で揮毫を乞われると碧梧桐は、コップ一杯の熱燗に一粒の梅干しを入れて、それを飲み干してから揮毫したという。この年も精力的に蕪村研究の旅を重ねている。この旅中、携帯した用紙が残り少なくなったのであろう。伊沢元美は『残りなくもう』の措辞が感覚的で生き生きしている。」「もう残りなく」では概念に堕する。「春かけて」は「冬から春にかけて」[*1]であるとした。これを受けて阿部喜三男は五・五」五・五・二音の句調が「その内容にふさわしいリズムをなして、この旅情の句を美しくまとめている。」[*2]とした。

碧梧桐は「三昧」の第十七号（大15・7・1）に「表現の問題」「言葉の響き」（「我等の立場　第七講）の中で、われわれが詩を作る場合、「先づ深い沈黙に浸つて、総ての雑念から詩念への転換を求め」、多くは詩を理解する「情操の再現と統一に没頭する」とし、この情操の再現なしに、一足とびに表現へ到着することは、「或る除外例を除いて殆んど不可能なこと」で、再現の情操を統一し鈍化する心の悩みは、「詩の三昧境への道程で」あり、「三昧境への道程は、一面は大なる苦痛であり、一面は大なる愉悦でもある」と述べている。つまり、詩を作る作業は、情操の輪郭を鮮明にし、其の中枢を把握する聡明な裁きを行うことであり、それが表現に伴う負担の重さであり、表現のコツ、表現の究極の目的だと説くのである。

また、リズムについては「表現の問題　言葉の響き」（「我等の立場」第七講）の中で、リズムは具象的に詩の内容の成立と同時に存在するものである。詩は「一つ〳〵の言葉の持つ具象的響きの総合」であり、「リズムとは、其の言葉の持つ具象的響きの総合の別名でなければならない。」つまり、リズムは詩の影のようなもので、「いづれが実体であるかも判明しない実体と一つのもの。」[*3]「一語々々の言葉の響きが、作者の情操を直現する内容を持つ、それが言葉の具象的響きであり、言葉の詩的価値の基準である。」「単に七五調の形式其のものに価値を見出さうとする者は、詩的源泉を汲むことを知らない。」[*4]ものであると言う。つまり、リズムは言葉の持つ響きと表裏一体をなすものであり、五七五調のリズムの形式に価値を見出そうとすることは愚かなことだと説くのである。掲句について言えば、五・五」五・五・五・二のリズムの句調が「その内容にふさわしいリズムをなして、この旅情を美しくまとめていると言うことになろう。

＊1　『鑑賞と研究　現代日本文学講座　短歌・俳句』（昭37・8　三省堂）。　＊2　『河東碧梧桐』（昭39・3　桜楓社）。　＊3　「三昧」（第17号　大15・7・1）。　＊4　「我等の立場　第八講―万葉集の考察―」（「三昧」第18号　大15・8）。

95　西空はるか雪ぐもる家に入り柴折りくべる

「三昧」（第二十五号　昭2・3）

この作品は「三昧」昭和二年三月号の「三昧雑詠」に発表した十六句中の一句。句意は、今まで晴れていたが、はるか西の空が曇って雪模様になった。明日あたりからまた雪が降り出すのだろう。家に入り柴を折って爐にくべているというもの。この年も碧梧桐は多忙な一年を送ることとなるが、この年の一、二月の行動を記すと、一月二十二日に東京を出て、その夜は大阪の同人と鐵眼寺で会い、翌二十三日の午後二時大阪発の汽船で高松に急行し高松の同人と会う。二十五日夜高松を発って二十六日に別府に着き、亀の井ホテルに四泊し、三十日の船で神戸へ。三十一日は神戸同人と会い、二月一日の夜、青森急行によって北陸に向かい、二日午後一時新津に着きここで二泊、四日には新潟に出て、新潟同人と会い、五日の午前、柏崎中学校で講演し、午後長岡にで稚泉と会い、その夜の急行に乗り、六日の帰朝京するという超過密スケジュールであった。この十六日間の強行日程について碧梧桐は「此行到る処本年度の極寒に際し、別府の暖地すら雪降り地凍てゝ旅心を寒からしめしも、北陸の雪は幸ひに平穏無事の間を往来して何らの遅滞を見ざりしを奇とす。若し今一日を緩うせば、再度の積雪の為め、少くも数日帰京を沮まれしならん」[*1]と記しているように、この旅中の碧梧桐を新潟で迎えた小林鳥啼は「此度、雪中の御来潟アノ四五日は碧梧桐日和、六日から又々荒天つゞき、当地も三尺に近くラッセル車埋没の騒ぎでした。」[*2]と便りしている。

掲句と同じ三月号には、

　　榾をおろせし雪沓の雪君に白くて

があり、新潟での体験を詠んだものと思われる。

ちなみに、二月以降の碧梧桐は三月上旬に伊那へ、高遠で講演の後、上諏訪での句会へ、四月中旬奈良大阪をへて松山に帰省。五月中旬より京阪・広島方面へ。六月は北陸地方へ、福井・高岡で句会、七・八月は北海道へ旅行し、

　　クローバー道々の鼻緒にかけし休みてはとる
　　サビタの花その香にもあらずそよつく夕べは
　　虎杖林の幹のあらはな刈り口立つる

と詠み、九月は下旬に北陸地方、佐渡へ、相川で三泊、小木に二泊。十月は四日市・大津・宇治山田をへて、高知の三昧会創立の会に出席。十一月も再び四国に旅し観音寺で越年している。まさに東奔西走、休む暇無しの一年であった。

昭和二年三月、「三昧」は三月号から三年目に入ることとなり、碧梧桐は過ぎた三年を顧みて、その後半から各地に三昧会が起こり、また多少の新人も出て、ともかくも大地の春の芽生えを見ることが出来たとしながらも、まだ、その成果を訊ねるほどの顕著なものではなかったとし、その鬱勃たる芽生えに、本当の呼吸を吹き込んで、力ある効果へ導くのが、今後の仕事であろう述べ、「一時代を画するやうな仕事は、到底一人や二人の力ではありませぬ。万人の力の総和であることに思ひをひそめて、元老と言はず、新人と言はず、不段の努力を払はれん事を熱望します。」[*3]と「三昧」への熱い思いを記している。

この年は虚子が俳壇に復帰し、花鳥諷詠の提唱をはじめた年であることを思えば碧梧桐のこうした東奔西走の意図が「三昧」の勢力の拡大にあったことが十分うかがえる。

＊1　「Gぺん」（「三昧」第25号　昭2・3・1）。＊2　「消息」（「三昧」第25号　昭2・3・1）。＊3　「Gぺん」（「三昧」第23号　大16・1・1）。

96　汐のよい船脚を瀬戸の鷗は鷗づれ

「三昧」（第三十七号　昭3・3）

この作品は「三昧」昭和三年三月号の「三昧雑詠」に発表した十三句中の一句。〈汐のよい〉は汐どきがよいこと。句意は、晴天の瀬戸内海を自分の乗った船は快い速度で航行している。甲板に出て爽快な気分でいると、真っ白い鷗の群れが海上の波間に浮かんでいるのや、つれだって飛んでいるのが見えるというもの。中村草田男はこの句を解して次のように述べている。

身は瀬戸内海を航行中。水天ともに紺碧に晴れわたつて、よい潮にのつた船脚は矢のやうに早い。船体そのものも真白なやうな気がしますが……それは兎に角として、海上には真白な鷗が鷗同志つれだちあつて浮び、潮の流れにのつたまゝ如何にも幸福さうに揺れてゐる。空には又空で、真白な鷗がつれだちあつて快翔してゐる……といふ意味であります。「鷗は鷗づれ」と言つたので、今のこの爽快さは、人間の自分だけでなく鷗も亦、うちこぞつてそれに陶酔してゐるのだといふ気持がわかります。

とし、「リズムとしては、此言葉もゝ散文的に緩く、此句全体を余りに説明しつくされて居て、余情に乏しい憾みがあ[*1]」るとした。

これに対して阿部喜三男は「定型を基準にして見れば、こうした二十二音の句が散文調に傾くと言われるのも無理はないが、あえて碧梧桐のために言えば、かれは型にはめる句調をきらい、内面に即した句調を自由に選んだ」もので「この場合の五・五」三・四」五の音調は、いわゆる感情の律動的《ウエ》内容《ーブ》をそれらしく表現している句調と見て良いのではあるまいか。[*2]」と言い、楠本憲吉も「5575のことばの斡旋《あっせん》のもたらすリズムが、瀬戸内海を行く作者の内面のリズムを表現している。俳句的省略も利いていて、散文化を防いでいる点にも注意すべきだろう。[*3]」とした。

この問題について碧梧桐は、「元来詩の言葉は、感情の主体から迸発する火花のやうなものであるべき」と言う。つまり、詩は「言葉の火花から感情の主体へ読者を誘引し行く魅力を持つべき」であり、「言葉のどこを圧しても、感情の主体へ何らかの響きを伝へる、丁度神経系統的なつながりを持つべき」だと言う。したがって、「詩の音律も、感情の動き、其の緩急、其の起伏、其の旋律に伴なふ自然の律動化でなければならない。」「詩の言葉の一つ一つが感情の主体と脉絡《ママ》を保つ間に、其の言葉の総合的音律が、感情の動きを表示することになる」。「つまり感情の静的表現が言葉となり、其の動的表現が音律となるのである」。「散文と詩の区別は、主としてこの二つの点にあり、長詩と短詩の区別も、またこの二つの点にある」、「我々の主張する短詩は、音律そのものが感情の動きの直写であり、言葉の一つ一つに感情の充実した弾力性を持ちたい」と説くのである。[*4]

これを掲句について言えば、憲吉が指摘しているように「5575の言葉の斡旋のもたらすリズムが、瀬戸内海を行く作者の内面のリズムを表現している」と言うことになるのであろう。

＊1 「明治時代の俳句　二」（「俳句研究」昭16・2）。＊2 『河東碧梧桐』（昭39・3 桜楓社）。＊3 「河東碧梧桐」（『現代俳句』1968・9・20 學燈文庫）。＊4 「我等の立場　第十三講―「感情の中断、感情の機械化」―（「三昧」第23号　1月号　大16・1・1）。

97　あらゝか声を筏くむ冷え余り木より来

「三昧」（第四十五号　昭3・11）

この作品は「三昧」昭和三年十一月号の「三昧雑詠」に発表した九句中の一句。風間真得はこの句に対して、

「あらゝか声を」で休止を置き、「を」に次ぎなる言葉につゞく心の響きを響かせ、さながらにそこに多勢集合してこれから何をかすると言ふ気色を、「を」によって感知させてゐるのである。それは「筏くむ…冷え」とつゞいてその、あらゝか声達は筏をくむ仕事の気色であつたと説明し、同時に冷えまさりくるこの場の空気を「冷え」とつゞけて感知させ、そこに一小休止を置き「冷え」その空気を次いで「余り木より来」と寒むぐ〳〵たるその場の光景を直写したのである。

即ち「声を」につぐ「筏くむ」「冷え」に次ぐに「余り木」と明確にもその空気と感情とをよく作者の心が同化して、この山村の筏師の生活その情境の現実的な感触の下に写しだしたのである。*1

と解し、「二タ又の州には三四本の余り木が寄り合つて白々と瀬波にせき立てられて見るからに蒼々

と身を締める寒さを感ずる風景である。」と鑑賞している。これに対して阿部喜三男は「『あら〵か声』と『余り木より声』の間に右（筆者注・風間の解釈）にいうような内容が表現し切れてないものがある」[*2]とし、「句調は七・七・七で整っているが、そうしたものの中で一層と複雑さや緻密性を求めてゆく傾向が、かのルビー利用の句技を採用しはじめる一端緒ともなったと考えられる。」との見方を示している。

阿部が指摘するように、直得の解釈は身びいきによる強引とも言える解釈といえよう。

こうした作品の裏付けとなる理論を碧梧桐は「我等の立場」（第一講〜第二十四講）で論じたが、さらにこれを発展させたものとして、「三昧」に「感情の律動的内容と前人の創作」一〜四十八（第35号　昭3・1・〜第82号　昭7・1）を連載している。その第一回の冒頭で、

> 短詩の成立根拠が、感情の律動的内容の表現にあつて、詩形は其の律動的内容にそぐふものでなければならないとすれば、一定の詩形に安住することは、それが不合理であるばかりか、甚しく芸術的良心を欠くとも見られないではない。

と言い、具体的には「三昧」（第35号）の句評「前号より」で直得の作品四句、

かいづ餌合せ爺の指もて習ふ雨が降つてゐ
まだ込みきらぬ潮をさ引きの餌につくメバル

いざられそこにさ引きたぐりつペルリのはなし
かいづ餌をつくろふ雲影西にかはる風

をあげて、「これらは皆作者が海の釣りに出かけた時の実感に出発してゐる」情景とし、これらの句から受ける気持ちは、「ひろぐ〵とした海を背景に、ゆたぶる小舟に釣三昧な興趣が湧いて来る。」もので、「一点に集中した突きつめた感情を求めるよりも、かういふところに、我々の詩がある」と言う。つまり、全ての事相に対して起る感情を主とするところに詩があり、或る一点に感情を絞ろうとするところに無理が生じ、不自然性があり、世界の狭さと窮屈さがあると言うのである。こうした考えから直得の作品を「我々のいふ感情の律動的内容を、かほどに如実に表現した例としても、有数な作である」と称揚することとなるのである。

これを掲出句に当てはめて考えれば、筏を組む場の空気と筏師の感情を一点に絞らないで現した作品と言うことになるのであろうが、難解というよりも独りよがりの作品と言わざるを得ないであろう。

＊1　「河東碧梧桐」（『俳句講座　鑑賞評釈　第五巻　昭7・7・7　改造社）。　＊2　『河東碧梧桐』（昭39・3・20　桜楓社）。

98　簗落《オチ》の奥降らバ鮎《コ》はこの尾鰭《オド》る

「三昧」（第八十号　昭和6・11）

この作品は昭和六年九月十九日の「海紅堂の会」（会者七名）での作。「破間簗《アブルマ》にて」の前書を付す。破間川は新潟県北魚沼郡の魚野川の支流で鮎の名産川。簗《やな》は川瀬に設けられた鮎漁の仕掛け。「簗落《オチ》」は「ヤナオチ」を詰めていったもの。「奥降らバ」は、上流もし雨が降っているならばの意となるが、ここでは降っているようなので位の意か。加藤楸邨は、「このままでは『もし降るなら』という仮定ととるほかはなく、その他の意味を付与することになると、もう日本語の埒外に逸脱するものといえるであろう。」[*1]と言っている。「鮎《コ》」は「アユ」。「コ」としたのは愛情をこめた呼びかけ。「尾鰭《ドル》る」は、「オヒレ（オド）ル」では刹那の印象の緊密性にかけるので、これを詰めて簗簀に落ちた鮎が撥ねるさまをいったのだろう。句意は、上流で雨が降っているようで勢いよく水が流れ込む簗簀に落ちる鮎が生き生きと撥ねて尾鰭が躍っているよといったところか。

ルビ俳句は風間直得の考案で、その理論付けとして「句技の速度と緻密度―今日のルビと句点に就ての惰性―」（上・下　昭6・7、8　第77・78号）を書き、この中で「私らの今日の三昧句が単なる単語の持つ概念だけでなく、それに依り、現実性—作者の現実性とは、その実践によつて得たる感覚である—を活動させ様と、現実性の感情を作品に技術的にルビする」もので、これを「一種の高速度映写式の描写」によって「表現の緻密度を獲得する」と説いた。つまり、従来の句にあった説明的な言葉を厳しく排除し、短詩に必要な速度と緻密度を求めてルビを表現に利用し、詩語とその内容を裏付ける語を並置して読ませようとする技法であると説いた。これは、作者の内面の複雑性と認識の面で複雑化した存在とを照応させて行くということで、この点において、俳句の複雑化をめざし、人間感情を俳句に詠みこもうとした新傾向俳句の出発時と、また、その延長線上にある「万有季題論」とも深く繋がりを持つものであり、阿部喜三男も「碧梧桐の従来の進行方向としては。こうしたところへ来たことは無理のない趨勢であった」[*2]との理解を示している。

ところがルビ俳句は、当時の碧梧桐の俳論が所謂「新心理主義」の影響を受けていることを逸早く感じとった直得が、その論付けを急ぐあまり、その中心的理論として書い「句技の速度と緻密度—今日のルビと句点に就ての惰性—」（上・下）は、伊藤整の「文学技術の速度と緻密性—文学の本質的な二つの点について」の殆ど百パーセントに近い剽窃であると喝破した曾根博義は、ルビ俳句は「映画によって引き起こされた文学表現革新運動における一茶番劇だった」[*3]と断じた。

＊1　「河東碧梧桐」（『日本の詩歌』昭50・9　中公文庫）。　＊2　『河東碧梧桐』昭39・3　桜楓社）。　＊3　「解纜」（昭60・11）。

99　紫苑野分今日《キノフケフ》とし反《ノ》れば反る虻音《ネ》まさる

「三昧」（第八十一号　昭6・12）

この作品は「三昧」昭和六年十二月号の雑詠に「庭園小景」と題して発表した作。碧梧桐はこの句を発表した「三昧」（第八十一号）の「Gぺん」で「我々はこゝに第三リアリズムを提唱して、その内容の表現方法として、一大新形式のルビ句を成したのである。いかにこれが近代的生活感情の表現方法であつたかといふことは、日を追うてその作句の新鮮なる感情性を発揮してゐることで、日に日に明らかになりつゝあるのではないか。」と述べている。

この句の直得の解釈は次ぎのようになる。

「紫苑野分今日《キノフケフ》とし」と感動的リズムを強調して詠ひ、休止を置いて「反《ノ》れば反《ノ》る」と一休止を置き「虻音《ネ》まさる」と徹頭徹尾、事相に対するに、作者の感動的リズムで押し切つてきてゐる。こゝに従来の説明的散文化方法をとらず、一句の上ミから下モまでを、眼に見て心に写し、心のその感動に寄り一表現形態を造るといふ方法…これが現在の私達の運動の方向なのである。…その理論をそのまゝ事相体験から体験し得て、この感情的律動的表現を得たのである。[*1]」とし「事象は、今日も野分が吹いてゐる中の紫苑の株。それが吹き乱れて伸びようとする生活力は、吹きまくられながらにも、反りに反りつゝ、さながらのた打ち廻るが如くに、反りつゝ伸びてゐる姿。その中を蚯の音が次第にまさつてその数を増す。[*1]」のだと鑑賞している。

ちなみに「三昧」（第八十一号）に掲載の同人の句は、

桐葉枯れ葉の朝挨拶《カワ》す下女《オナ》の坊主箒《ホーキ》目《メ》　木下笑風
街灯《ホ》靄冷ト深《フケ》く、歩《セワ》し一人《カゲ》、夕時往《ザワセセ》路し　蛙辺木実男
毛虫《アキゴ》し生《ア》るか、奥庭《オクガ》い椿葉《ホバ》に、かく荒《セゼ》る　風間直得
遠チの市声《トトロ》す晴れ日《ビ》て夕《ク》るバ森《コ》が家さび　中村烏堂
日も日下《シ》夕糸瓜《タル》坐《ザ》は黒口枯《カ》に今夕《コヨ》そ剪《ハ》ぬか　稲垣一鳴

といったもので、楸邨ではないが「もう日本語の埒外に逸脱するもの」である。
「三昧」は六十号（昭5・2）まで碧梧桐の編集となっていたが、六十一号（昭5・3）より直得の編集となり、その色彩を濃くし、昭和七年八月、直得はこれを「紀元」と改題することとなり、同年十月、ついに碧梧桐は木下笑風らの「壬申帖」[*2]に、
私の信ずる芸術の進展につれて、今日まで多数の同志諸君をどれほど落伍者として篩い落して来

たでせう。私情を以て、芸術を潰するに堪へないとの信念から、常に涙を揮つて馬謖を斬るの思ひでした。（略）多くの同志を篩ひ落すことに勇敢であつた私は、今日己自身を篩ひ落す時機に到達したのであります。（略）三昧発行以来約七年、我々の芸術に、論理的根拠の確実性を与へ、其の論理的根拠の上に、今日の創作を進展せしめたことは、（略）万葉以来のマンネリズムに詩的黎明を与へたものとして、我々の窃に快心事とするものであります。私一個人として、明治四十年来、暗中模索しつゝ左支右吾、何らの帰着点をも得なかった疑惑と昏迷が、三昧発行の為めに一朝釈然たる解決を得たのであります。（略）此度三昧を隠退するに就いては、最早や何らの磊磈をも留めないのであります。

といった内容の「優退辞」を載せ俳壇から身をひく決意を明らかにしたのである。

碧梧桐がルビ俳句を認め、しかも、ルビ俳句によって行き詰まりを自覚せざるをえなかった事を考えれば、新傾向俳句運動の帰着点がここにあったということができるのではなかろうか。

＊1　「河東碧梧桐」（俳句講座⑤　昭7・7改造社）。　＊2　昭7・10　壬申帖発行所。

100　老妻若やぐと見るゆふべの金婚式《コト》に話頭《カタ》りつぐ　「昭和日記」

この作品は「海紅堂昭和日記」（自筆）の昭和十二年一月十九日の条に、水木伸一からの錦の丸帯を貰った茂枝夫人が、金婚式に結べると喜ぶのを、碧梧桐がそれまで生きていられるかと冷やかしたもの。

金襴帯《テリ》かゝやくをあやに解きつ巻き巻き解きつ

の句と並ぶ。帯を結んでは解いている茂枝夫人を楽しそうに眺めているのである。

この日記は瀧井孝作によって「俳句」（昭和三十年八月、三十一年一月、三十三年一月、三十三年三月、三十三年四月、三十四年六月）に翻刻されたもので、昭和七年から同十二年一月二十日まで碧梧桐が随時気ままに記したもので、気の赴くまま記された日常茶飯事が多いが、旅中でのルビ俳句百四十句が挿入されており、碧梧桐晩年の作句の全てを知ることが出来る。

昭和七年元日には、還暦を迎えた感慨を「六十の馬齢を加へし心そゞなる吟を作る」として、

元旦《アサ》ほぎし盃《カサ》ぬる春還暦《カヘ》らんと言はでものことを
孤独《ヒトリ》にて精進《ユカ》バなとたど〲し年齢《トシ》と衰退《シサ》りてあらん
たまに上膝《アガ》るとし老猫《フケ》し手荒《ザラ》つく触る背伸《セノ》しな
誰にもか我《ア》して清算《ツモ》らんに決心肝裏《オモヒハラ》ド底
しばし世忘れん静養《ヤスラ》うに山かける脚力《アシ》骨強ヨであれ
いよよ孤独《ヒトリ》の天《ソラ》吹かる木守の柿をぞ

の六句を記している。ここには、終生のライバル虚子が俳句作家として自己の分限を頑固に守り、特殊の文芸である俳句固有の方法論を追究し完成させたのに対し、宿命的な時代の促しに激しく動かされ、その理論的追究は作品の形式よりは、作品の人間味の充実を重んじ、その直接表現を推進し、俳句の方法論的限界を越え、ついに破綻し、俳壇を引退した碧梧桐の遣り切れない孤独に対する鬱屈した心境が素直に詠まれている。

碧梧桐はこの日記が終わってから間もない昭和十二年二月一日に、腸チフスに敗血症を併発して急逝したため、掲出句〈老妻若やぐ…〉が碧梧桐最後の句となった。

「海紅」は「河東碧梧桐追悼号」（昭12・3）では、

笠もいさ風雪の夜を三千里　　句仏
寒明の天地夢みる死顔よ　　月斗

碧師終焉の夜

更け行くや雨降りかはる夜の雪　碧堂
火鉢によれば淋し立ちて庭を見るに丁字固い蕾　六花
七月七夜も雨ふり通せ枯草水につかりもせ　一碧楼

ほか百八十五名の「碧梧桐先生追悼句」を掲載した。塩谷鵜平は「土」（二七〇）二月号に、

吾らが歳時記の二月一日とこしなへに寒シ

と詠み、
虚子は「日本及び日本人」（昭12・4・1）の追悼号に「碧梧桐とはよく親しみよく争ひたり」の前書をふして、

たとふれば独楽のはじける如くなり

の句を弔句として載せ、そのライバルの死を悼んだ。

河東碧梧桐略年譜

明治六年（一九七三）　一歳（数え年）

　二月二十六日、伊予松山市千舟町七十一番戸に生る。父、朱子学派の漢学者静渓（坤）。

　母、せい（竹村姓）。本名秉五郎。六男三女の五男。長姉與《くみ》、長兄鑑、次兄鍞、三兄鍛（号黄塔、竹村氏を継ぐ）は正岡子規や芳賀矢一の友。四兄銓（可全）は五百木飄亭、新海非風らの友。河東家はもと松山藩の馬廻の家柄であったが、父静渓の代に至り、累進して百石を賜り、明治維新の際には松山藩の少参事に任ぜられたが、廃藩後は旧藩主久松家の松山詰家扶をつとめた。

明治十一年（一八七八）　六歳

　勝山小学校入学。この頃すでに父から四書五経などの素読を授けられていた。

明治十二年（一八七九）　七歳

　初めて木入れの手伝いの子規を父より紹介され、横に切れた眼と、への字に曲がった口に威厳を感じた。

明治十三年（一八八〇）　八歳

　父静渓が千舟学舎を創設。兄鍛（号、黄塔）の友人子規、飄亭、鼠骨などが学んだ。八月、長兄鑑没。

明治十九年（一八八六）　十四歳

　松山高等小学校に入学。父、千舟学舎を閉じる。

明治二十年（一八八七）　十五歳

　私立伊予尋常中学に入学。高浜清（虚子）と同級生となる。

明治二十二年（一八八九）　十七歳
　帰省した子規にベースボールを教わる。
明治二十三年　十八歳
　初めて発句を作り子規の添削を受ける。
明治二十四年（一八九一）　十九歳
　三月、伊予尋常中学四年を中退し、上京、一高受験準備のため錦城中学五年に編入、七月、試験に失敗。八月、伊予尋常中学に復学。在京中、高浜清を子規に紹介。この夏、木曾路を経て帰省の子規をかこみ句作。
明治二十五年（一八九二）　二十歳
　帰省の子規をかこみ句作。小説を書き子規の悪評を受け、深く自省する。
　※十二月、『俳句初歩』（新声社）。
明治二十六年（一八九三）　二十一歳
　六月、伊予尋常中学卒業。九月、虚子に一年遅れて京都第三高等中学予科入学。吉田町で虚子と同宿。
　※七月、『続俳句初歩』（新声社）。
明治二十七年（一八九四）　二十二歳
　四月、父静渓没。九月、虚子とともに仙台二高に転校。十一月、校風を嫌い虚子とともに退学し上京。子規方に寄宿。
明治二十八年（一八九五）　二十三歳
　四月〜五月、子規従軍中、新聞「日本」の俳句欄を代選。六月〜七月、戦地より帰国の途次、船中で喀血し、神戸病院に入院の子規を虚子と共に看護。八月、日本新聞社入社。
　※「寓居日記」三月五日〜六月一日（巻三―四―五―六の四冊）。
明治二十九年（一八九六）　二十四歳
　七月、日本新聞社退社。雑誌「新声」の俳句欄選者となる。十二月、神田淡路町の高田屋方に虚子と移る。

明治三十年（一八九七）　二十五歳
一月、天然痘で神田の神保病院に一ヶ月入院。子規、碧梧桐の句を印象明瞭と賞賛。

明治三十一年（一八九八）　二十六歳
子規庵の蕪村句集論講はじまり虚子とともに常連となる。五月、京華日報社入社。
※三月、『新俳句』（民友社）。

明治三十二年（一八九九）　二十七歳
一月、太平新聞の三面主任、七月頃退社。一時「ホトトギス」の編集代行。
※五月、『俳句評釈』（新声社）。十一月、『続俳句評釈』（新声社）。

明治三十三年（一九〇〇）　二十八歳
十月、梅沢墨水の媒酌で茂枝（青木斗月の妹）と結婚。神田猿楽町に新居。

明治三十四年（一九〇一）　二十九歳
病状悪化の子規を左千夫・虚子らと輪番看護。二月、兄黄塔没。
※五月〜三十六年一月『春夏秋冬』（俳書堂）。

明治三十五年（一九〇二）　三十歳
一月、子規庵に近い上根岸七十四番地へ転居。（九月十九日、子規没）。九月、「日本俳句」の選者となる。
※十二月、『俳句初歩』（新声社）。

明治三十六年（一九〇三）　三十一歳
一月、再び日本新聞社入社。俳句論争を通して虚・碧の対立が表面化。
※十一月、『俳句評釈』（人文社）。
※十一月、『俳諧漫話』（新声社）。

明治三十七年（一九〇四）　三十二歳
小沢碧童・大須賀乙字らをまじえて句会を開始（のち俳三昧と称せられる）。
※三月、『其角俳句評釈』（大学館）。

明治三十八年（一九〇五）　三十三歳

碧童宅で俳三昧、積極的に「客観的写生趣味」を説く。

明治三十九年（一九〇六）　三十四歳

八月、全国旅行第一次開始。（東京―千葉―木更津―館山―鹿島―土浦―水戸―足尾―日光―白河―郡山―須賀川―東登米―一の関―釜石―盛岡―陸奥）。旅信「一日一信」を新聞「日本」に連載。十二月、日本新聞社瓦解、三宅雪嶺中心の政教社同人となり、以後「一日一信」は雑誌「日本及日本人」（政教社）に連載することとなる。

※八月、『蚊帳つり草』（俳書堂）。八月～四十年六月、『続春夏秋冬』（俳書堂）。

明治四十年（一九〇七）　三十五歳

十和田湖付近の曙村居で迎年。野辺地を経て浅虫に滞在、二月下旬に北海道に渡る。二月下旬、新聞「日本」の俳句欄を「日本及日本人」に移し、選にあたる。浅虫滞在中、中村不折より六朝書の拓本を贈られ、その書風を実行し始めた。青森にもどり、秋田、新潟を巡る。十二月、長岡で母病むの報を得て帰京（全国旅行第一次終）、直ちに帰郷。

※十月、『新俳句研究談』（大学館）。

明治四十一年（一九〇八）　三十六歳

二月、乙字の「俳句界の新傾向」（「アカネ」）により新傾向論高まる。四月、母せい没。十一月、月斗の三女美矢子を養女とする。

明治四十二年（一九〇九）　三十七歳

四月、全国旅行第二次開始。（甲州昇仙峡―上諏訪―伊那―木曾福島―松本―長野―渋温泉―戸隠―柏原―高田―湯田中―新潟―出雲崎―柏崎―松本―高山―富山―能登―金沢―名古屋―岐阜―福井―城崎―鳥取―米子―島根県赤江）広江八重桜居で越年。

※五月、『日本俳句鈔第1集上・下』（政教社）。六月、『俳画法』中村不折画・碧梧桐句（光華堂）。

明治四十三年（一九一〇）　三十八歳
　山陰地方を経て下関着。七月、九州・沖縄・別府を経て松山へ帰省。十一月、四国を巡り玉島に入り滞在（十一月二十日〜十二月七日）、一碧楼らと俳三昧、「無中心論」を唱え、城崎時代に次ぐ新風変転の一ポイントを画した。神戸を経て宝塚で越年。
　※十二月、『三千里』（金尾文淵堂）。（『続三千里上巻』大3・1　金尾文淵堂）。

明治四十四年（一九一一）　三十九歳
　旅中二度目の迎春。一月、長嫂蔦死亡のため一時帰郷。四月、奈良・紀伊路をたどり伊勢・大津を経て岐阜に入る。岐阜の塩谷鵜平庵に滞在（四月五日〜五月十四日）。京都—名古屋—浜松—伊豆箱根を巡り小田原を経て七月十三日に帰京（第二次全国旅行終）。四月、井泉水は新傾向唱道の機関誌「層雲」を創刊。

明治四十五年・大正元年（一九一二）　四十歳
　喜谷六花らと盛んに俳三昧。新傾向の俳句雑誌は当時「蝸牛」「朱鞘」「紙衣」などがあり、「層雲」は漸く別派の旗色を見せはじめた。

大正二年（一九一三）　四十一歳
　七月、白馬山登山。この年、「無中心」を「覚醒的自我による動的自然描写」と言い換える。
　※『日本俳句鈔第二集』（政教社）。

大正四年（一九一五）　四十三歳
　三月、一碧楼・鵜平らと「海紅」創刊。（鵜平の「壬子集」を合併）。七月、長谷川如是閑らと日本アルプス登山。十月〜十一月、満鮮へ旅。
　※一月、『新傾向句集』（日月社）。六月、『新傾向句の研究』（俳書堂）。

大正五年（一九一六）　四十四歳
　八月、奥羽地方へ旅。この年「万有は季題「であらねばならぬ」と説く。
　※二月、乙字編『碧梧桐句集』（俳書堂）。六月、『日本の山水』（松本商会出版部）。

大正六年（一九一七）　四十五歳
　三月、養女美矢子、三輪田高等女学校に入学。四月、上根岸八十二番地へ転居（能舞台がある家）。四月、鳴雪翁古希祝賀能に「自然居士」のワキをつとむ。虚子シテを舞う。
　※五月、『碧梧桐は斯ういふ』（大鐙閣）。七月、『日本アルプス縦断記』直蔵・碧梧桐・如是閑（大鐙閣）。

大正七年（一九一八）　四十六歳
　四月～七月、中国へ旅行。七月、駿（月斗三男）を養子とする。書の展覧会を山郎社主催で名古屋、大阪などで開く。書風にまた変転見ゆ。
　※三月、『いろは帖』（山郎社）

大正八年（一九一九）　四十七歳
　十月、大正日々新聞社入社（社会部長）、兵庫県芦屋海岸に転居。「海紅」は一碧楼専任となる。
　※十月、『支那に遊びて』（大阪屋号書店）。

大正九年（一九二〇）　四十八歳
　五月、芦屋で美矢子没。九月、大正日々新聞解散。帰京し。牛込に仮寓。十二月二十八日、神戸より渡欧の旅に出る。（上海―香港―シンガポール―コロンボ―ゼノア―ローマ―ベニス・ガルタ湖・メラン・フローレンス―ローマ―シシリー―パリ―北欧を巡り、ベルリン―ブラッセルよりパリまで飛行機―ロンドン―アメリカ―ワシントン・シカゴを経てサンフランシスコ―横浜）。

大正十年（一九二一）　四十九歳
　一月一日、上海着。三月、香港・シンガポール・マルセーユ。ローマ滞在。六月、シシリー～パリ。九月、北欧を巡りベルリン。十月、ブラッセルよりパリまで飛行機。十一月、ロンドン。十二月、アメリカへ渡る。

大正十一年（一九二二）　五十歳
　一月二十一日、横浜帰着。二月、中央新聞社入社。七月、同社解散。「海紅」を一碧楼のものとする旨発表。

大正十二年（一九二三）　五十一歳

一月〜四月、断続的に海紅堂俳三昧（風間直得・一碧楼・谷口喜作ら）二月、個人誌「碧」創刊。九月一日、関東大震災。牛込加賀町の寓居にて遭うも被害少なし。

※一月、『八年間』（玄同社）。十二月、「大震災日記」（「碧」）

大正十三年（一九二四）　五十二歳

四月、松山帰省。八月、満鮮旅行。七月、蕪村研究会を「碧」発行所内に設置。

※十月、『二重生活』（改造社随筆叢書第六篇、改造社）。十二月、『蘆陰句選』（復刻）蕪村研究会刊

大正十四年（一九二五）　五十三歳

二月、「碧」終刊。三月、「三昧」創刊、選句にあたる。この頃より俳句を短詩と称しはじめる。蕪村研究のため各地へ旅行。十月、銀婚式祝賀会（小石川植物園）。

※十二月、『子規之第一歩』（俳画堂）。

大正十五年・昭和元年（一九二六）　五十四歳

一月〜三月、関西・山陰方面へ蕪村研究の旅。十月〜十一月、中国地方へ旅行。

※八月、『画人蕪村』（中央美術社）。

昭和二年（一九二七）　五十五歳

関西・信州・北陸・北海道へ旅。五月十二日、子規母堂（八重）逝去、八十三歳。

昭和三年（一九二八）　五十六歳

京阪・山陰・満鮮・台湾へ旅。五月〜六月、満州へ旅、十二月、京阪、奈良に遊び、帰省。

昭和四年（一九二九）　五十七歳

上海・青島・黒部・富士・小豆島へ旅。この頃よりルビ俳句を作り始める。

※一月、『蕪村新十一部集』（春秋社）。十一月、『新興俳句への道』（春秋社）。

昭和五年（一九三〇）　五十八歳
　二月、「三昧」の選を風間直得とする。三月、「三昧」を直得主宰とする。四月、関西・中国・山陰へ旅。五、六月、紀州・新潟へ旅。七月、北海道・樺太ニ渡る。九月、妻同伴で九州を旅。
　※十月、『蕪村』（俳人真蹟全集7　平凡社）

昭和六年（一九三一）　五十九歳
　十一月、三昧発行所を碧梧桐方から木下笑風方に移す。この年も九州・伊勢・信州・関西・越後と盛んに各地を旅。

昭和七年（一九三二）　六十歳
　二月、「三昧」誌上への掲載以後断つ。十月、「壬申帖」に「優退辞」を書き、俳壇の隠退を表明。五月、上州・山陰へ旅。
　※昭和日記（昭7・11〜昭12・1（「俳句」昭30・8、31・1、33・1、33・3、34・4、34・6に瀧井孝作紹介）

昭和八年（一九三三）　六十一歳
　二月、銀座花月で還暦祝賀会。三月、「日本及日本人」に「俳壇を去る言葉」を発表。四月、富山、九月、越後、十二月、福山へと旅。
　※十二月、『山を水を人を』（清教社）

昭和九年（一九三四）　六十二歳
　八月、大垣・岐阜へ旅。九月、信州へ旅。十一月、京阪へ蕪村研究の旅。
　※二月『子規を語る』（汎文社）。十二月、『蕪村名句評釈』（非凡閣）。

昭和十年（一九三五）　六十三歳
　三月、句仏還暦祝賀のため京都へ。この年も各地を旅。
　※十一月、『煮くたれて』（双雅房）。

昭和十一年（一九三六）　六十四歳
　二月、虚子の外遊を見送る。三重県下巡遊。大阪・大垣・名古屋・松山・松本などへ旅。十一月、淀橋区戸塚町四―五九〇番地に新居を得る。

※二月、『芭蕉研究・蕪村研究』（新潮文庫）。
十二月、『子規言行˙禄』（政教社）。

昭和十二年（一九三七）　六十五歳

一月、自宅で新居祝賀会。一月三十日、腸チフスの疑いで豊多摩病院に入院。二月一日、敗血症を併発し永眠。二月五日、下谷三輪の梅林寺で葬儀、宝塔寺（松山市西山）へ埋葬。梅林寺へも分骨埋葬。法名碧梧桐居士。
※七月、『山水随想』（日本公論社）。

亀田小蛄編『碧梧桐句集』（昭15　輝文館）。

喜谷六花編『碧梧桐句集』（昭22　櫻井書店）。

喜谷六花・瀧井孝作編『碧梧桐句集』（昭29　角川文庫）。

瀧井孝作監修・栗田靖編『碧梧桐全句集』（平4　蝸牛社）。

栗田靖編『河東碧梧桐』蝸牛俳句文庫20（平8　蝸牛社）。

栗田靖編著『河東碧梧桐の基礎的研究』（平12　翰林書房）。

河東碧梧桐全集編纂室（代表・来空）篇『河東碧梧桐全句集』全20巻（平13〜平22　短詩人連盟）。

栗田靖編『河東碧梧桐』（平23　岩波文庫）。

収録句一覧

＊本書収載の碧梧桐俳句作品をすべて抽出し、読みの50音順に配列した。
＊句の下の数字は掲載頁数を示し、碧梧桐「百句」はゴシック体で、本文中の俳句は明朝体で示した。

◎あ行

◎か行

◎ら行

◎わ行

あとがき

碧梧桐という俳人を瀧井孝作氏は「定型と自由律と—河東碧梧桐の作品について—」の中で

句風に変化を極めて、俳句の変化の面白味を明かにした人だ。俳句の定型と自由律と両方共に、抜群の立派な作品を出した人だ。自由律というものを初めて確立して、俳句の範疇をひろげた人だ。またほかに、ジャーナリスト、旅行家、書家、多方面に仕事をした人だ。

（瀧井孝作監修・栗田靖編『碧梧桐全句集』平4　蝸牛社）

と評している。

「明治二十九年の俳句界」によって子規に高く評価され、虚子とともに日本派のエースとして前面に押し出された碧梧桐は、子規没後、虚子が俳句作家として自己の分限を頑固に守り、特殊の文芸である俳句固有の方法論を完成させたのに対し、宿命的な時代の促しに激しく動かされ、作品の人間味の充実を重んじ、その直線的表現を推進した結果、俳句の方法論的限界を越えることとなり、ついにはルビ俳句によって行き詰まり、俳壇を引退するに至った。

これは俳句を近代詩と考え、その詩の純粋性のみを追究した結果によるものであった。

本書は、碧梧桐が子規・虚子らとの関わりの中で俳句作家としてどのように成長し如何なる哀感の道を歩いたかを、初期の定型俳句から晩年のルビ俳句までの作品の中から百句を取り上げて鑑賞を試みたものである。

百句鑑賞を通し、変化してやまなかった碧梧桐俳句の本質に少しでも迫ることが出来たら幸いである。

今回の出版にあたり、先の『河東碧梧桐の基礎的研究』（平12）に引き続いて翰林書房社長今井肇・静江夫妻に大変お世話になった。厚く御礼申し上げる。

平成二十四年十月吉日

伊吹嶺山房にて

栗田　靖

【著者略歴】
栗田　靖（くりた　きよし）俳号・やすし
昭和12年6月13日　旧満州国ハイラル生まれ。
岐阜大学学芸学部（昭35・3）卒。立命館大学大学院修士課程（昭47・3）修了。日本大学大学院博士課程（昭50・3）単位修得。専攻—日本文学（近代）。東海学園女子短大教授を経て、日本大学国際関係学部教授（平15）退職。現在、「伊吹嶺」主宰。公益社団法人俳人協会理事
編著書◆『子規と碧梧桐』（昭45・双文社出版）、『山口誓子』（昭54・桜楓社）、『河東碧梧桐の基礎的研究』（平12・翰林書房）で第十五回俳人協会評論賞受賞。『碧梧桐俳句集』（平23・岩波書店）ほか。
句集◆第四句集『海光』（平22・角川書店）で第四十九回俳人協会賞受賞。ほか。

碧梧桐百句

発行日	2012年 11月 20日　初版第一刷
著　者	栗田　靖
発行人	今井　肇
発行所	翰林書房
	〒101-0051 東京都千代田区神田神保町 2-2
	電　話　(03) 6380-9601
	FAX　(03) 6380-9602
	http://www.kanrin.co.jp
	Eメール● Kanrin@nifty.com
印刷・製本	シ　ナ　ノ

落丁・乱丁本はお取替えいたします

ISBN978-4-87737-338-2